ALPHAS ANSPRUCH

BAD BOY BÄREN
BUCH EINS

RENEE ROSE

LEE SAVINO

Übersetzt von
STEPHANIE KOTZ

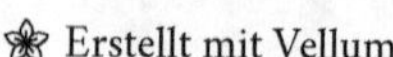 Erstellt mit Vellum

HOLEN SIE SICH IHR KOSTENLOSES BUCH!

Tragen Sie sich in meine E-Mail Liste ein, um als erstes von Neuerscheinungen, kostenlosen Büchern, Sonderpreisen und anderen Zugaben zu erfahren.

https://geni.us/jungfrauunddervampir

RENEE ROSE: HOLEN SIE SICH IHR KOSTENLOSES BUCH!

Tragen Sie sich in meine E-Mail Liste ein, um als erstes von Neuerscheinungen, kostenlosen Büchern, Sonderpreisen und anderen Zugaben zu erfahren.

https://www.subscribepage.com/mafiadaddy_de

LEE SAVINO: KOSTENLOSE NOVELLE

Hol dir ein kostenloses Exemplar von Gezeugt von den Berserkern und Eine Berserker-Geburt, indem du dich für meinen Newsletter anmeldest.

*Der dritte Teil von Daegans, Brennas und Samuels Geschichte. Lies den ersten Teil in **Verkauft an die Berserker** und den zweiten in **Gepaart mit den Berserkern**. Diese Novelle ist kostenlos, ein Geschenk.*

https://BookHip.com/PKRMGC

KAPITEL EINS

Paloma

Sobald der Riegel meiner Schlafzimmertür einrastet, renne ich zum Schrank.

Schwarze Kleider, damit ich mich in der Nacht nicht vor dem Gebäude abzeichne. Elastische Zehensocken, damit meine Zehen die rauen Steine der Villa packen können.

Ich schlüpfe rasch aus meinem ‚Arbeits-Outfit' und in meine Fluchtklamotten.

Ich habe ungefähr drei bis acht Minuten, bis sie den Strom wieder anschalten, und in dieser Zeit muss ich zum Balkon gelangen, die Mauer hinabklettern und in den Ozean springen, wo mich die Sicherheitskameras nicht bemerken und Wärmebildkameras meine Wärmesignatur nicht entdecken werden.

„Du schaffst das, du schaffst das, du schaffst das", flüstere ich mir zu, während meine zitternden Finger die Werkzeuge zum Schlossknacken aus dem Beutel ziehen. Ich hatte sie vor Wochen in der Tasche der schwarzen Yogahose verstaut, nachdem ich den dreizehnjährigen Sohn des Gärtners dabei erwischt hatte, wie er das Garagenschloss während einem meiner seltenen unbewachten Momente im Garten geknackt hatte. Thom hatte mich auf einen Spaziergang geschickt, nachdem er mir mitgeteilt hatte, dass ich übergewichtig sei und mehr Bewegung bräuchte. Ich war begeistert gewesen, dass ich nach draußen hatte gehen dürfen.

Der Junge erzählte mir, dass er es nicht böse meinte und bloß seine Fähigkeiten im Schlossknacken übte. Er zeigte mir das Anleitungsbuch und das Werkzeug, das er im Internet bestellt hatte. Ich sagte, ich würde das Ganze für mich behalten, müsste jedoch sein Buch und die Werkzeuge konfiszieren. Das war gemein von mir, jedoch notwendig. Ich werde sie in dem Blumenbeet unter meinem Fenster zurücklassen. Vielleicht wird er sie eines Tages finden.

Vor der Balkontür sinke ich auf die Knie.

Ich schiebe den schmalen Spanner ins Schloss und übe Druck auf dessen Zylinder aus. Dann schiebe ich den Dietrich hinein. Ich schließe die Augen, um mich zu konzentrieren. Ich habe das hier mindestens einhundert Mal geübt. Ich weiß bereits, wie ich nacheinander jeden Stift finden und einstellen muss, bis sich das Schloss komplett öffnet. Mit etwas mehr Druck auf dem Spanner drehe ich den Zylinder.

Klick.

Bisher musste ich an diesem Punkt stets aufhören. Ich konnte die Türen zuvor nicht öffnen, weil der elektronische Monitor über dem Schloss Thoms Sicherheitsteam verraten würde, dass eine Tür geöffnet wurde. Jetzt, da der Strom im Gebäude ausgefallen ist, habe ich eine Gelegenheit.

Ich atme aus, verstaue die Werkzeuge in meiner Tasche und ziehe die Tür mit beiden Händen auf.

Sie gibt nicht nach.

Ich lasse meinen Blick über den Türrahmen wandern. Ist mir etwas entgangen? Ein zweites Schloss? Ein physischer Riegel oder eine Barriere? Ich sehe nichts.

„Komm schon", knurre ich leise und ziehe stärker.

Sie bewegt sich nicht.

„Juepucha", fluche ich. „Komm schon, du Miststück." Ich reiße mit all meiner Kraft. Die Tür fliegt auf, eine Böe Meereswind rauscht in den Raum und bringt die Vorhänge zum Flattern.

Ja!

Meine Tage als Mädchen im Turm sind vorbei. Ich schleiche nach draußen und schließe die Tür leise hinter mir.

Du hast schon Geschichten über Mädchen in Türmen gehört, oder? Manche von ihnen sind angebliche holde Maiden. Manche sind Prinzessinnen. Manche haben lange Haare, an denen Prinzen wie an einem Seil emporklettern, um sie zu retten.

Ich? Ich schätze, ich bin eine Art Magierin. Ich kann die Zukunft einer Firma sehen, nur indem ich mir ihre Zahlen anschaue.

Daher bin ich als Daytrader so nützlich.

Theoretisch gesehen bin ich auch eine Maid, wenn das bedeutet, dass man Jungfrau ist. Was das „holde" angeht, so wurde das letzte Wort noch nicht gesprochen. Bedeutet das, dass jemand gutaussehend oder hellhäutig ist? Ich wusste das nie. Egal. Ich bin lateinamerikanischer Abstammung, weshalb ich mich als BIPOC identifiziere, falls sich jemand fragt. Und ich trage keine Kleider in der Größe XS. Davon bin ich weit entfernt.

Ich schwinge ein Bein über die gemeißelte Marmorbrüstung, die den Balkon einfasst, und setze mich rittlings darauf. Anschließend ziehe ich das andere Bein nach und balanciere mein Gewicht auf dem zweieinhalb Zentimeter breiten Sims, der außen entlangverläuft.

Schau nicht nach unten, flüstere ich.

Meinem Märchen fehlt es an einem Spalier, an dem ich hinabklettern kann. Allerdings verlaufen Metalldrähte horizontal entlang des Gebäudes, an denen das Efeu wachsen kann. Sie schneiden in meine Hände, erfüllen jedoch ihren Zweck. Ich verlasse die Sicherheit des Sims und taste mit meinem freien Fuß nach einem Draht unter mir. Er ist weiter entfernt, als ich erwarte, doch irgendwann erwische ich ihn. Dann realisiere ich, dass einige der Efeuranken möglicherweise dick genug sind, um mich zu tragen.

Das funktioniert besser. Ich klettere nach unten, wobei ich mit den Füßen nach den Drähten suche und mit den Händen über die dickeren Efeuäste gleite. Ich befinde mich im zweiten Stock, was sich viel höher anfühlt, jetzt, da ich nach unten klettere. Und ich habe bereits zu viel Zeit verschwendet.

Das Licht könnte jeden Moment wieder angehen.

Der Ast, an dem ich mich festhalte, ist zu dünn und bricht. Ich stürze nach unten. Meine Finger greifen nach etwas, an dem ich mich festhalten kann, und erwischen endlich etwas. Meine Haut wird aufgerissen und meine Finger brennen, das bemerke ich jedoch kaum. Meine gesamte Konzentration gilt meinem Abstieg.

Ich springe, bevor ich es sollte, verstauche mir den Knöchel leicht und knalle mit dem Knie auf die Erde unter mir. Das spielt allerdings keine Rolle – ich bin draußen. Ich renne so schnell wie möglich zum Ozean.

Ich habe auch dafür trainiert. Ich gehöre zwar nicht zu den Dünnsten, jogge aber jeden Tag auf meinem Laufband mit Blick auf den Ozean und flüstere meinem Körper zu, dass der Tag kommen wird, an dem wir fliehen werden. Meine Krankheit erschwert das Ganze, die Medizin scheint jedoch zu funktionieren.

Ich war nicht darauf vorbereitet, schon heute Nacht zu fliehen. Ich wollte Wren finden und einen Plan schmieden, um sie vor meiner Flucht in Sicherheit zu bringen. Außerdem muss ich herausfinden, wie ich die Medizin besorgen kann, die mich am Leben hält. Bei meinem letzten

Fluchtversuch brach ich zusammen, bevor ich weit kam. Jetzt fühle ich mich allerdings stärker und habe keine andere Wahl. Meine Zeit ist abgelaufen.

Thom hat mich heute Abend beim Essen über seinen widerlichen Plan in Kenntnis gesetzt.

Morgen Abend sollen ich und meine besonderen Fähigkeiten in Sachen Börsenhandel bei einer Auktion an den höchsten Bieter versteigert werden. Es reicht nicht, dass ich ihm Milliarden einbringe. Er muss mich an einen seiner Kumpel verkaufen, um eine High-Society-Fusion zu zementieren. Seine verkorkste Version einer arrangierten Ehe.

Tut mir leid, aber nein. Das kommt nicht infrage.

Dieses Mal wird mein Fluchtplan funktionieren. Es muss einfach klappen.

Die Lichter der Villa gehen mit einer plötzlichen Lichtexplosion wieder an.

Verdammt.

Renn, renn, renn. Ich senke den Kopf und sprinte so schnell wie möglich. Meine Füße berühren Sand.

Ein Alarm schrillt. Es wird hoffentlich trotzdem eine Weile dauern, bis sie realisieren, dass ich fort bin. So lange wie …

„Keine Bewegung!", brüllt eine Männerstimme.

Nein! Ich wurde entdeckt.

Ich kann es noch schaffen. Ich kann mich im Wasser verstecken. Ich erreiche das Ufer, renne und tauche in das eiskalte Wasser, bevor es tief genug ist, weshalb es eher ein Bauchklatscher wird. Ich stoße mich mit den Händen an den Felsen unter mir ab, um mich ins tiefere Wasser zu befördern.

Ich schaue nicht hinter mich. Ich will nicht sehen, wie nah sie sind. Ob sie mir auf den Fersen sind. Ich drücke die Augen zu, paddle angestrengt weiter und vergesse, dass ich im Ozean möglicherweise nicht überleben werde, selbst wenn ich nicht erwischt werde.

Doch ich werde erwischt.

Ein kräftiger Arm legt sich um meinen Hals und drückt meinen Kopf unter Wasser.

Ich wehre mich, trete aus, schlage mit den Ellenbogen um mich und versuche, mich seinem Griff zu entziehen. Ich muss Luft holen.

Versucht dieser Kerl, mich zu töten?

Er weiß eindeutig nicht, dass ich die goldene Gans bin.

Alles wird von den Wassergeräuschen gedämpft, aber ich höre Schreie über mir. Aus den Augenwinkeln sehe ich Lichter. Sterne tanzen vor meinen Augen.

Dann bin ich oben und werde an den Haaren über Wasser gehalten.

„Was tust du da?", tobt Thom am Ufer.

„Es tut mir leid, Mr. Thompson. Ich dachte, sie wäre ein Eindringling."

„Bring meine Tochter zurück ans Ufer."

Seine *Tochter*. Jedes Mal, wenn er mich so nennt, will ich mich übergeben.

Chip, Thoms Sicherheitschef, und eine andere Wache packen mich an den Armen und zerren mich aus dem Ozean an den Strand, wo mir Thom eine kräftige Ohrfeige verpasst.

Ich denke mir, dass dies meine einzige Gelegenheit ist. Falls irgendein Mann mit einem Gewissen für Thom arbeitet, muss ich ihn auf meine Lage aufmerksam machen. Wenn er seine Befehle jetzt nicht missachtet, wird er das Ganze vielleicht den Behörden melden.

„Lass mich los!", kreische ich. „Du kannst mich nicht versteigern. Ich bin nicht dein Eigentum! Du kannst mich hier nicht für immer gefangen halten!"

Eine Nadel pikst in den fleischigen Teil meines Arms, bevor ich sie sehen komme. Ich starre in die Augen des

Mannes, der sie mir verpasst hat, und bemerke ein sadistisches Funkeln der Freude in ihnen, bevor mein Sichtfeld dunkel wird und meine Beine vergessen, mich aufrechtzuhalten.

* * *

Darius

Milliardäre haben einen bestimmten Geruch. Sie riechen nicht nur nach sauberer Menschenhaut, sondern besitzen auch einen zusätzlichen Duft aus teuren Hautpflegeprodukten, seltenen Parfüms und reichhaltigem Essen.

Das denkt zumindest mein Bär. Nach all den Jahren, die ich in Manhattan gelebt habe, hat sich die Nase meines armen Tiers an alle möglichen Stadtgerüche gewöhnt. Es ist eine Erleichterung mit einem Helikopter über das Wochenende in die Hamptons zu fliegen, obwohl ich es nur tue, um mit den Reichsten der Reichen der Wall Street zu verkehren. Ich betrete die Landebahn und atme zum ersten Mal seit Monaten saubere Luft ein. Sie schmeckt leicht salzig. Ungefähr achthundert Meter entfernt auf der anderen Seite des gemähten Rasens reflektiert das Sonnenlicht vom windgepeitschten Meer.

Je reicher man ist, desto mehr Land kann man sich leisten. Mein Gastgeber, Thom Thompson, hat von meinem erfolgreichen Immobilieninvestment-Unternehmen, Medvedev Enterprises, und meinem neuen Hedgefonds, Mountain Top Investments, erfahren und mich zu diesem verlängerten Wochenende eingeladen, damit er mich potenziellen Kunden vorstellen kann. Thom gehört ein gewaltiges Anwesen am Wasser zwischen zwei Tierschutzgebieten.

Wald, bemerkt mein Bär. Er will meine Menschenhaut abstreifen und in die Wildnis trampeln. Ihn ständig einzusperren, ist der schwierigste Teil meines Lebens in Manhattan. Diese Wälder sind kein Vergleich zu der Wildnis des Bad Bear Mountains, wo ich aufgewachsen bin. Sie erinnern mich jedoch daran, was mir jetzt entgeht, da ich New York City zu meinem Zuhause gemacht habe.

Nein, lehne ich seinen Wunsch ab. Ich kann ihn hier nicht rauslassen. Er darf nicht in einem Kiefernwald umherstreifen, wie es meine Brüder und ich früher am Bad Bear Mountain getan haben. Er darf überhaupt nicht frei herumlaufen. Nicht nach dem, was er getan hat. Man kann ihm nicht vertrauen.

Ich überprüfe meinen Kragen und rücke meine Manschetten zurecht. Ich trage meinen besten Freizeit-Blazer, der so designt ist, dass er lässig aussieht und trotzdem wie angegossen sitzt. Meine Halbschuhe wurden in einem kleinen Dorf vor Milan in Handarbeit hergestellt. Ich bin von Kopf bis Fuß gepflegt, um zu den Menschen zu passen, unter die ich mich während des gesamten Wochenendes mischen werde. Zu dem einen Prozent des einen Prozents der reichsten Leute der Welt.

Mein einziges unbändiges Merkmal sind meine dichten, blonden Haare. Ich lasse sie jede Woche schneiden, doch ich schwöre, mein Bär lässt sie schneller wachsen, um mich zu ärgern. Der Wind zerzaust sie, als ich mich von dem Helikopter entferne.

„Hier entlang, Sir." Jemand vom Personal in einer dunkelblauen Uniform nimmt meinen Koffer und führt mich zu einer Villa, bei der der große Gatsby vor Neid erblassen würde. Ich wappne mich, da ich erwarte, dass das Gebäude alt, nach geöltem Holz und uralten Pferdehaar-Möbeln riecht. Das Innere ist jedoch modern eingerichtet.

Der Besitzer und Mann, der mich eingeladen hat, wartet im Foyer, um seine Gäste zu begrüßen. „Darius, willkommen."

„Mr. Thompson." Ich gebe ihm die Hand, wobei ich

darauf achte, nicht zu viel Druck auszuüben. Ein kräftiger Händedruck von einem Bärengestaltwandler würde einem Menschen die Knochen zerquetschen.

„Bitte, nenne mich Thom", erwidert er mit greller Stimme. Er ist lässig in ein Outfit gekleidet, das mehr kostet als ein neues Auto.

„Danke, dass du mich eingeladen hast."

„Natürlich, mein Junge." Thom und ich sind uns einige Male begegnet. Er ist die Art von Person, die sich für einen Mentor hält. Er veranstaltet viel Aufhebens darum, jüngere Männer unter seine Fittiche zu nehmen. Er lässt sich für ihre Erfolge rühmen und wirft sie weg, sobald sie in Ungnade fallen. „Ich bin mir sicher, du wirst das Wochenende lehrreich finden." Er lässt mich nicht zu Wort kommen, weshalb ich mich damit zufriedengebe, meine Bewunderung zu murmeln, während er fortfährt: „Lockepoint verfügt über mehrere Pools und Tennisplätze. Und einen Golfplatz. Ich hoffe, wir können morgen einige Runden spielen. Man hat mir gesagt, dass es möglicherweise regnen wird." Er macht ein finsteres Gesicht, als sei das Wetter ein Angestellter, der gerügt werden muss. Reichtum kann eine Person vor jeglichen Unannehmlichkeiten schützen, die Natur bleibt jedoch die Natur.

„Ich bin einfach froh, aus der Stadt rauszukommen."

„Ja, ich bin so froh, dass du zu meiner bescheidenen Hütte kommen konntest." Die *bescheidene Hütte*, von der er spricht, hat beinahe dreißig Schlafzimmer. Sie ist über zehntausend Quadratmeter groß, und das ohne die Gäste- und Poolhäuser. „Nester wird dich zu deinem Zimmer bringen, aber bleibe nicht zu lange dort. Bis um sechs Uhr werden hier Cocktails serviert und im Anschluss werden wir uns zum Abendessen hinsetzen."

Neue Gäste kommen an, weshalb ich mich bei ihm bedanke, weitergehe und Nester zwei Treppen hinauf und durch einen langen Flur zu einem Zimmer mit Fenstern folge, die eine Aussicht auf den Ozean bieten.

Lass mich raus.

Mein Bär randaliert noch immer, damit ich ihn in den Wald lasse.

Ich besänftige ihn, indem ich die Fenster öffne und den Geruch von Milliardären hinauslasse. Ich reiße alle auf und atme die Ozeanluft ein. Eine Brise zerzaust meine Haare. Ich schwöre, sie wachsen einen Zentimeter, während ich dort stehe.

Mein Handy vibriert und ich werfe einen Blick auf das Display. Es ist Teddy, mein Zwillingsbruder. „Du kannst mich mal", schimpfe ich und lasse den Anruf auf die Mailbox gehen. Wir sind zwar eineiige Zwillinge, jedoch so verschieden, wie es zwei Brüder nur sein können. Er hat sich im Alter von achtzehn Jahren dem Militär angeschlossen, einer Spezialeinheit für Gestaltwandler, und lebt im Einklang mit seinem tierischen Wesen. Ich habe meinen Bären weggesperrt und bin nach New York gezogen.

Jemand musste das Geld verdienen, um unsere Familie am Bad Bear Mountain zu unterstützen.

Mein Handy vibriert erneut. Dieses Mal ist es Lana, die menschliche Gefährtin meines Bruders. Ich runzle die Stirn. Vielleicht stimmt etwas nicht. Als ich rangehe, dringt allerdings Teddys Stimme aus dem Lautsprecher.

„Was zum Henker, du Idiot. Bei ihr gehst du ran, aber nicht bei mir?", beschuldigt er mich ohne eine Begrüßung.

„Teddy", schimpft Lana irgendwo in der Nähe. Sie ist der Sonnenschein zu seinem Griesgram. „Vielleicht arbeitet er gerade."

„Ich *arbeite* tatsächlich." Teddy würde ich wüst beschimpfen, Lana hört jedoch ebenfalls zu. Ich mag Lana. Sie ist nett. „Was willst du?"

„Wir haben uns gefragt, ob du über Thanksgiving zum Berg kommst.“

„Aww, *Medvezhonok*“, nutze ich den Spitznamen für meinen Bruder. Er hasst ihn fast so sehr wie seinen vollen Namen Theodore. „Vermisst du mich?“

„Ganz und gar nicht, Arschloch. Es geht hier um Lana. Sie plant ein großes Familienessen. Du musst nach Hause kommen.“

„Bad Bear Mountain ist nicht mein Zuhause. Das ist in New York.“ Als ich Bad Bear Mountain das letzte Mal besuchte, schwor ich mir, nie wieder zurückzukehren. Der Berg weckt meine Bärendränge und ich kann die Gefahr nicht riskieren, die damit einhergeht.

Teddy schnaubt. „Komm nach Hause.“

Ich mache ein finsteres Gesicht. Mein Bär dreht und windet sich in mir und kämpft darum, sich zu befreien. Ich schubse ihn zurück. „Ich glaube nicht, dass ich es schaffen kann.“

„Gib mir das Telefon“, befiehlt Lana. Teddy murrt etwas, doch sie hat ihn um ihren Finger gewickelt, weshalb ich als Nächstes Lanas süße Stimme höre. „Okay, das lief nicht besonders gut. Lass uns das noch einmal versuchen. Hi, Darius!“

Meine Lippen biegen sich bei der unendlichen Heiterkeit meiner Schwägerin nach oben. Ich fühle mich nicht zu Lana hingezogen, würde jedoch lügen, wenn ich nicht zugeben würde, dass ich verdammt eifersüchtig bin, dass mein idiotischer Bruder seine Gefährtin gefunden hat.

Selbst wenn ich mich in den gleichen Kreisen wie andere Bären bewegen würde oder mir das Schicksal einen Menschen zugeteilt und ich ihn gefunden hätte, könnte ich mir unmöglich eine Gefährtin nehmen. Mein Bär ist zu labil. Er zerstört alles, was er anfasst. Ich kann ihn nicht rauslassen.

„Hi, Lana."

„Hör zu, kommst du bitte, bitte, bitte, bitte über Thanksgiving nach Hause? Es ist mir wirklich wichtig."

„Warum?" Es ist beschissen, das zu fragen, und Lana verdient es nicht, dass ich mich ihr gegenüber wie ein Arschloch benehme. Vor allem nicht, da der Reichtum ihrer Firma am Ende den Bad Bear Mountain rettete, bevor ich Mountain Top und die Immobilieninvestment-Tochtergesellschaft, Medvedev Investments, zu einem Unternehmen mit einem neunstelligen Wert aufbaute.

„Wir haben Neuigkeiten, wenn du es wissen musst." Ihre Stimme wird weich.

Ich weiß nicht, warum mich das wie ein Schlag in die Magengrube trifft.

Teddy wird ein Bärenjunges bekommen.

Die Neuigkeit entzündet tief in mir Einsamkeit. Der Sog der Familie und des Bergs konkurriert mit meinem Ehrgeiz, hier erfolgreich zu sein.

Allerdings besteht für mich kein Grund mehr, Milliarden zu verdienen. Dieses Bedürfnis verschwand, als Teddy Lana zur Gefährtin nahm. Ich tat alles in meiner Macht Stehende, um den Berg zu retten. Ich versuchte sogar, ihn zu bebauen, damit er nicht in die Hände eines anderen Hedge-Fonds fiel. Teddy sieht mich als einen weiteren bösartigen Hedge-Fonds-Typen, dabei wollte ich meine Kräfte für etwas Gutes einsetzen, verdammt.

Lanas Geld hat die Auswärtigen jedoch ferngehalten, ohne dass gebaut werden musste.

Ich bin für die Familie nutzlos, von der ich mich entfremdet und für deren Rettung ich so angestrengt gearbeitet habe.

„Das ist toll", erwidere ich dumpf. „Herzlichen Glückwunsch." Ich will das Gespräch beenden. „Ja, ich werde versuchen, da zu sein, Lana."

„Versuche es nicht nur." Lana zeigt einen Hauch des Stahls, der sie zu einer erfolgreichen Geschäftsfrau gemacht hat. „Sorg dafür, dass es klappt, Darius."

„Okay, Lana." Ich weiß, wann ich eine Verhandlung verloren habe. „Ich muss Schluss machen. Aber ich werde dich auf dem Laufenden halten."

„Sorg dafür, dass es klappt", wiederholt sie. Ich beende das Telefonat und seufze.

Ich schaue in den Spiegel und murre wegen meiner Haare, die einen *weiteren* Zentimeter gewachsen sind, während ich telefoniert habe. Das ist der Protest meines Bären, weil ich mich weigere, nach Hause zurückzukehren.

Ich muss wieder nach unten gehen. Ich bin hier, um Kontakte zu knüpfen, und dieser Scheiß findet bei Cocktails und einem Abendessen statt.

Ich gehe zum Empfangsraum, wo ein Kellner meine Getränkebestellung aufnimmt, und trage meinen Whiskey auf Eis zum Kamin.

Über dem Sims hängt ein gewaltiges Ölgemälde von Thom. Er hat eine eindrucksvolle Pose eingenommen und eine jüngere Frau sitzt an seiner Seite. Mein Blick wird sofort von ihrem perfekten ovalen Gesicht angezogen. Dunkle Haare, dunkle Augen, pralle Lippen. Ihre Haut ist einige Schattierungen dunkler als Thoms bleiches Gesicht.

Vielleicht liegt es bloß an meiner Sehnsucht nach einer Gefährtin wie Lana, aber ich fühle mich zu dem Porträt hingezogen. Sie ist das atemberaubendste Weibchen, das ich jemals gesehen habe. Der Maler muss ein wenig in sie verliebt gewesen sein. Sie ist zu schön, um real zu sein.

Vor meiner Anreise habe ich Nachforschungen zum Gastgeber angestellt und keine Hinweise darauf gefunden, dass Thom jemals verheiratet war. Die Frau ist vermutlich seine Partnerin, jedoch jung genug, um seine Tochter zu sein. Sie sieht nicht aus, als wäre sie alt genug, um das College bereits abgeschlossen zu haben, doch ich habe eine Menge Männer kennengelernt, die Trophäenfrauen in ihren Zwanzigern bevorzugen.

Nein, tut mein Bär sein Missfallen kund. Ich ignoriere ihn. Er ist zunehmend unzufrieden mit allem und jedem. In der Stadt unter so vielen Leuten zu leben, setzt ihm zu. Ich arbeite über einhundert Stunden pro Woche. Er vermisst meine Brüder und den Berg. Er will Freiheit.

Doch ich wage es nicht, ihn rauszulassen. Jedes Mal, wenn ich das tue, endet es in einem Desaster.

Der prächtige Empfangsraum füllt sich mit Leuten. Es sind einige ältere Männer anwesend, die wie Thom aussehen, sowie junge Männer, die aussehen, als gehören sie zu einer Studentenverbindung. Sie haben Vogelgesichter, tragen kräftiges Eau de Cologne und teure Uhren, die mit Daddys Geld gekauft wurden. Der Raum stinkt nach Anspruchsdenken.

Das hier sind die Personen, denen ich das ganze Wochenende lang Honig ums Maul schmieren soll. Für die meisten Leute wäre es ein wahr gewordener Traum, einige Tage mit den Ultrareichen in einer Villa zu verbringen, für mich ist es eher ein Albtraum. Es ist alles andere als entspannend, den ganzen Tag lang Menschen übertrieben freundlich die Hände zu schütteln und sie zu überreden, in meine Firma zu investieren.

Allerdings habe ich Mountain Top Investments nicht ohne Opfer aus dem Nichts aufgebaut. Thom Thompson gehört der erfolgreichste Hedge-Fonds der Welt. Ich bin hier, um seine Geheimnisse zu lernen und zu schauen, ob er es ernst gemeint hat, dass er bei einem Immobiliendeal mit meinem Investement-Unternehmen zusammenarbeiten will.

Ich trinke meinen Drink und bereite mich darauf vor, mich ins Getümmel zu stürzen. Bevor ich das tue, erregt der Geruch einer sehr zerbrechlichen und verletzlichen Person meine Aufmerksamkeit. Er kommt aus dem Gang in der Nähe. Ich schlendere in diese Richtung und bleibe wie angewurzelt stehen beim Anblick einer Frau, die die prächtige Treppe herabkommt. Sie ist klein und kurvig mit vollen Lippen und glänzenden Haaren.

Es ist die junge Frau von dem Gemälde. Ich habe mich geirrt. Der Maler hat die makellose Symmetrie ihrer Züge nicht übertrieben. Sie ist im echten Leben fünfzigmal so atemberaubend. Mein Bär bäumt sich unter meiner Haut auf.

Sie kommt langsam die Treppe herab und lässt ihren Blick durch den Raum schweifen. Sie ist in ein schlichtes weißes Kleid gekleidet, das ihre goldene Haut zum Leuchten bringt. Auf der Hälfte der Treppe erwischt sie mich beim Starren und ihre reizenden dunklen Augen verengen sich zu finsteren Schlitzen. Ihr Duft steigt mir in die Nase: Orchideen und Gardenien mit einem bitteren Unterton.

Meine Brust vibriert, als mein Bär versucht, seine Meinung kundzutun. Er ist so fasziniert wie ich, jedoch unglücklich wegen des medizinischen Geruchs, der ihr anhaftet. Ich trete zurück, grunze, um das Knurren meines Bären zu überspielen, und reibe mir übers Brustbein, um ihn zu beruhigen. Eine Millisekunde lang erhält er die Kontrolle. Ich verwandle mich beinahe spontan, wie ich es als Kind tat – viel zu jung und völlig außer Kontrolle. Ich dränge ihn mit erbitterter Willenskraft zurück.

Verdammt.

Der vorrübergehende Kontrollverlust muss an der Nähe der Wälder und dem Anblick des ersten Weibchens liegen, zu dem ich mich seit langer Zeit hingezogen fühle. Dieses Wochenende muss ich besonders vorsichtig sein. Ich kann es nicht gebrauchen, dass ich jedes Mal mit meinem Bären kämpfen muss, wenn ich einen Ständer für ein hübsches Weibchen bekomme.

Die Frau erreicht die unterste Stufe und zwei massige

Männer in schwarzen Anzügen und durchsichtigen Ohrhörern treten vor, um sie in ihre Mitte zu nehmen. Sie reckt das Kinn in einem hochmütigen Winkel und geht in die Richtung, in die sie deuten. Zwei weitere Männer gehen hinter ihnen her.

Sie sieht aus und benimmt sich wie eine verwöhnte Frau der feinen Gesellschaft, doch etwas daran, wie sich ihre Bodyguards in ihrer Nähe herumdrücken, regt meinen Bären auf.

Nein.

Ihm gefällt es nicht, dass diese Männer in ihrer Nähe sind. Er hat sich noch nie so lautstark geäußert. Erneut kämpft er mit mir um die Kontrolle und nur all die Jahre, in denen ich ihn unterdrückt habe, erlauben es mir, die Oberhand zu bewahren.

Was zum Teufel passiert hier?

Ich marschiere durch die Tür und behalte die Frau im Blick. Das beruhigt meinen Bären. Sie steht jetzt schweigend und schmollend neben Thompson. Vielleicht haben sie sich gestritten. Ihr Sugar-Daddy hat ihr nicht den Mercedes geschenkt, den sie wollte.

Als wir alle für das Abendessen zum Esszimmer gehen, umringen die Bodyguards sie erneut. Einer von ihnen zieht ihr den Stuhl raus, als sei er eine Kombination aus Bodyguard und Butler. Daraufhin sinkt sie auf den Platz gegenüber vom Kopfende des Tischs.

Etwas veranlasst mich dazu, mich auf dem Stuhl neben ihr niederzulassen, und sie wirft mir noch einen kalten Blick zu. Sie riecht falsch – nach Medizin. Ist sie krank? Aus der Nähe bemerke ich die dunklen Ringe unter ihren Augen. Sie sind nicht ausgeprägt genug, um ihre Schönheit zu verringern, könnten jedoch ein Zeichen für schlechten Schlaf sein. Vielleicht hat sie Kopfschmerzen. Das würde die schlechte Laune erklären.

Thompson steht am Kopfende des Tischs und räuspert sich. „Danke, dass Sie alle gekommen sind." Er geht um den Tisch herum, als sei er unser Schuldirektor, der uns eine Lektion erteilt. „Dies wird ein denkwürdiges Wochenende werden."

Alle murmeln ihre Zustimmung.

Er bleibt hinter dem Stuhl der jungen Frau stehen. „Und ich freue mich so sehr, Ihnen meine Tochter Paloma zu präsentieren." Er legt eine Hand auf ihre Schulter.

Tochter. Meine Nachforschungen haben mir nicht verraten, dass Thom Kinder hat. Er muss sich sehr angestrengt haben, diese Information geheim zu halten.

Ich suche Palomas Gesicht nach einem Hinweis ab, dass sie mit Thom verwandt ist, kann jedoch keinen finden. Ihre Mutter muss eine seltene Schönheit mit dominanten Genen gewesen sein.

„Sie arbeitet fleißig als Börsenhändlerin bei Thompson Capital, doch ich habe sie überredet, sich freizunehmen", fährt Thom fort. „Sie hat großartige Dinge in der Firma geleistet und ich bin so stolz auf sie." Es erklingt höflicher Applaus.

Paloma scheint das Lob nicht zu berühren. Wenn überhaupt wirkt sie, als würde sie sich noch mehr verschließen.

Thompson nimmt die Hand seiner Tochter und küsst sie. Ihre Miene verändert sich nicht. Sie starrt stur geradeaus, als würde sie stumm gegen ihn protestieren.

Falls Thompson ihr Verhalten bemerkt, scheint es ihn nicht zu stören. „Am Ende des Wochenendes werde ich möglicherweise eine weitere Ankündigung bezüglich einer Fusion der persönlichen Sorte machen können."

Weiterer Applaus, der dieses Mal lauter ausfällt und eifriger wirkt. Einige der älteren Geschäftsmänner beugen sich vor und flüstern ihren jüngeren Gegenübern zu. „… ersteigern … morgen Abend …", höre ich einen sagen. Mein

Gestaltwandlergehör ist scharf genug, um die Worte aufzufangen, sie ergeben allerdings keinen Sinn.

Was hat Thompson mit einer Fusion der persönlichen Sorte gemeint? Etwas geht hier vor sich.

Thompson spricht einen Toast auf seine Tochter aus. Wir heben alle unsere Gläser. Paloma macht keine Anstalten, ihr Glas zu heben, woraufhin sich einer der Bodyguards über sie beugt und ihren Arm anstößt.

Das ist der Moment, in dem ich die lilafarbenen Male auf der Haut zwischen Schulter und Ellenbogen bemerke. Sie sehen aus, als hätte jemand ihren Arm fest gepackt. Sie hebt ihr Weinglas und der Ärmel ihres Kleides rutscht nach hinten, wodurch weitere Blutergüsse enthüllt werden.

Mein Bär bäumt sich auf. Erneut verwandle ich mich beinahe spontan. Mein Bär wird verrückt und will aus meiner Haut hervorbrechen. Verdammt, ich dachte, dass ich nach all den Jahren in New York City gelernt hätte, diese Wildheit zu unterdrücken. Ich blinzle meinen Teller an und hoffe, dass ich die Helligkeit in meinen Augen verbergen kann. Meine Fangzähne werden schärfer, weshalb ich mit den Zähnen knirsche und meinen Bären zwinge, sich zurückzuziehen. *Halte dich zurück*, befehle ich ihm.

Ich zwinge mich, mich auf das Essen zu konzentrieren, es ist allerdings ein Kampf, Paloma nicht zu beobachten. Nach drei Gängen wage ich es, sie erneut anzuschauen. Sie sitzt mit diesem harten Ausdruck auf ihrem hübschen Gesicht da. Wenn ich die Blutergüsse nicht gesehen hätte, würde ich sie für einen Snob halten.

Doch jetzt glaube ich, dass es ein Ergebnis der Misshandlungen ist.

Der Bodyguard, der scheinbar das Sagen hat, beugt sich erneut vor. „Iss", befiehlt er ihr. Sie schüttelt kaum merklich den Kopf, aber er greift über sie und schneidet ihr Steak, als sei sie ein Kind. Er steckt die Gabel in ein Stück Fleisch und hält es ihr vor die Lippen.

Ein Muskel an ihrem Kiefer spannt sich an. „Nein", brummt sie. „Ich habe keinen Hunger."

„*Aufhören.*" Der Bär schwingt in meinem Knurren mit. Mein Ausbruch erregt die Aufmerksamkeit der Leute am Tisch.

Palomas Blick zuckt zu mir.

Thom und seine Gesprächspartner verstummen. Ich erhebe mich halb aus meinem Stuhl, bevor ich weiß, was los ist. Ich stelle mich dem Bodyguard. „Die Dame hat Nein gesagt."

Paloma nimmt Blickkontakt mit mir auf und Energie knistert zwischen uns. „Ich *habe* Nein gesagt." Sie klingt überrascht, dass ich sie gehört und mich an ihr Nein gehalten habe. Was absolut verkorkst ist. Thom muss ein kontrollsüchtiger Mistkerl sein.

„Es wird spät. Vielleicht bist du müde", sagt Thom zu seiner Tochter. Er wartet nicht auf ihre Antwort. „Bringt sie zu ihrem Zimmer." Er gibt ihren Bodyguards ein Zeichen. Dasselbe Arschloch, das versucht hat, sie zu füttern, zieht ihren Stuhl zurück und nimmt ihren schlaffen Arm, um sie wegzuführen. Sie sieht mich im Gehen über ihre Schulter an.

Will sie, dass ich mich einmische? Mein Bär erwacht brüllend zum Leben. Er ist offenbar bereit, für sie zu töten. Das ist keine normale Reaktion für das Tier, das ich in einem Käfig halte, seit ich ein Teenager war.

Ich zwinge ihn zurück und spanne meine Muskeln an, damit ich nicht aus meinem Stuhl springe und ihr folge.

Meine Alarmglocken schrillen. Niemand scheint es merkwürdig zu finden, doch ich bin völlig verwirrt von der Interaktion zwischen Thoms unglücklicher Tochter und ihren kontrollierenden Bodyguards.

In dieser Villa geht etwas Mieses vor sich und ich beabsichtige, herauszufinden, was das ist.

KAPITEL ZWEI

Paloma

Ich rechne damit, dass ich den ganzen Tag in meinem Schlafzimmer eingesperrt werde, solange so viele Gäste in der Villa sind, doch der Riegel wird um 6:00Uhr zurückgeschoben – zur selben Zeit wie jeden Morgen. Ich nehme an, dass ich meiner üblichen Samstagsroutine nachgehen darf.

Thom denkt vermutlich, dass er mir so viel Furcht eingeflößt hat, dass ich nicht aus der Reihe tanzen werde.

Damit liegt er richtig.

Nach meinem Fluchtversuch vorgestern Nacht teilte mir Thom unverblümt mit, dass Wren einen schrecklichen Unfall erleiden würde, wenn ich nicht spurte und alles tat, was er mir befahl. *Ein schrecklicher Unfall wie der deiner Eltern.*

Bis dahin war ich mir nicht sicher, ob er für ihren Tod verantwortlich war. Ob es nicht bloß ein unglücklicher Autounfall war. Jetzt weiß ich es mit Sicherheit – er hat ihn in die Wege geleitet, um mich unter sein Dach zu holen.

Er ist ein so schrecklicher Mann, wie ich vermutet habe.

Die ersten Jahre seiner Vormundschaft waren nicht schlecht gewesen. Wren und ich trauerten, doch er stellte uns jeden Luxus zur Verfügung einschließlich eines Therapeuten, der uns dabei half, mit allem klarzukommen.

Ein Therapeut, der uns durch Gehirnwäsche zu Thoms kleinen Robotern machte. Das wird mir erst jetzt bewusst.

Ich rebellierte, als er mich von der Schule nahm, damit ich lange Stunden arbeitete. Daraufhin schickte er Wren auf ein katholisches Internat, wo man ihr weder ein Handy noch unbeaufsichtigten Internetzugang erlaubte. Er machte meinen Kontakt zu ihr zu einer Strafe oder Belohnung. Wenn ich mich danebenbenahm, entzog Thom mir das Privileg meines wöchentlichen Videoanrufs mit ihr. Wenn ich wollte, dass sie über Weihnachten nach Hause kam, musste ich meine Quote halten.

Er weiß nicht, dass Wren ein Talent für übersinnliche Verbindungen hat. Wenn ich nachts einschlafe, erscheint sie mir manchmal in meinem Traumzustand und sieht nach mir. Sie erzählt mir einen Witz und benimmt sich wie eine alberne Siebzehnjährige. Hätte ich diese Momente mit ihr nicht, würde ich durchdrehen.

Ich muss jedoch aufpassen, dass er das nie herausfindet, andernfalls wird er sich etwas überlegen, um sich auch ihre Gabe zunutze zu machen.

Ich ziehe meine khakifarbene Reithose und ein enganliegendes Oberteil, meine Stiefel und einen Hut an, und gehe zu den Ställen, um Starlight zu besuchen. Sie zu reiten, ist das einzige Vergnügen, das ich hier habe. Starlight und die sonntäglichen Videoanrufe mit Wren.

Meine Stute wiehert leise, als ich die Tür öffne.

„Hey, Süße. Ich habe dich gestern vermisst." Ich schaue über meine Schulter zu den zwei Bodyguards, die mir folgen. „Sie haben mich nicht rausgelassen, um dich zu besuchen." Ich streichle ihre Stirn und beuge mich vor. *„Pendejos"*, flüstere ich in ihr seidiges Ohr.

Ich fluche noch immer auf Spanisch – obwohl es Thom

verärgert – weil es mich an meinen Dad erinnert – meinen *echten* Dad – der zu Hause Englisch sprach, außer wenn er fluchte. Ich bin mir sicher, dass er das tat, um unsere zarten Ohren zu schützen. Stattdessen hat er uns jedoch beigebracht, in seiner Muttersprache zu fluchen.

Cas, der niederländische Pferdepfleger erscheint mit einem Sattel hinter mir. „Ich mache sie für Sie fertig, Miss Paloma", murmelt er und weicht meinem Blick aus.

Ich mag Cas, muss allerdings ehrlich sein. Er ist nicht mein Freund. Alle, die in dieser Villa arbeiten, wissen, dass ich eine Gefangene bin, und keiner hat einen Finger gerührt, um mir zu helfen.

Andererseits hat Thom vermutlich gegen jeden einzelnen etwas in der Hand. Ein Druckmittel, das er einsetzt, um ihre fortwährende Kooperation zu gewährleisten.

Hatte er das mit meiner Mom getan, als sie für ihn arbeitete? Hatte er sie zu Dingen gezwungen, die sie nicht tun wollte? Hatte er sie getötet, weil sie ihm keinen Zugang zu mir gegeben hatte?

Ich schließe den Kinnriemen meines Helms, während Cas Starlight aus ihrer Box führt.

„Alles bereit, Miss Paloma. Ich werde sie für Sie nach draußen bringen."

„Danke, Cas." Ich folge ihnen nach draußen, wo ich die Aufstiegshilfe erklimme, um mich auf meine Stute zu setzen.

Ich schwinge mein Bein über Starlight und nehme die Zügel. In den Anfangstagen von Thoms Vormundschaft nahmen Wren und ich an all den außerschulischen Aktivitäten der reichen Kinder teil: Bogenschießen, Segeln, Fechten und natürlich Reitunterricht. Es kam sogar ein Lehrer der Englischen Reitweise zur Villa, um uns zu unterrichten. Ich lernte Dressurreiten und träumte davon, mit Starlight an Wettbewerben teilzunehmen. Thom beschloss jedoch, dass es mich von meinen ‚Studien' ablenken würde.

Natürlich drehten sich meine Studien nur noch um die Börse. Der Tutor kam nicht einmal mehr, um den Anschein zu wahren, ich würde zu Hause unterrichtet werden. Jeder wache Moment drehte sich um das Studieren von Zahlen und das Handeln mit Aktien.

Ich war schon immer in der Lage, den zukünftigen Erfolg oder das Versagen einer Firma zu spüren. Ich fühlte, welche Märkte florieren würden und welche verkümmerten. Es war leicht.

Meine Mutter bemerkte meine Fähigkeit als Erste. Sie nannte es eine Gabe. Sie erlebte nie, wie sie zu einem Fluch wurde, der mein Leben in einen Albtraum verwandelte.

Im Lauf der Jahre verdiente ich Thom Milliarden. Das reicht allerdings nicht. Es reicht nie. Thom besitzt mich. Wenn es nach ihm geht, wird er mich den Rest seines Lebens kontrollieren, und jetzt hat er auch noch vor, mich für seine Freunde arbeiten zu lassen.

Es gibt nichts, was ich dagegen tun kann.

Ich lasse Starlight auf dem vertrauten Pfad zum Strand traben. Sobald wir dort sind und das wilde, bewegte Meer sehen, lockere ich die Zügel und bringe sie zum Galoppieren. Die Gischt fliegt durch die Luft und bespritzt mein perfektes Outfit. Starlight donnert über den Sand und rennt wie der Wind. Meine Haare flattern wie eine Flagge hinter mir her.

Es ist keine Freiheit, kommt dieser für mich jedoch am nächsten. Ich genieße jede Sekunde.

Ich habe die Hälfte des langen Strandes hinter mir gelassen, als Starlight scheut und erschrickt. Ich verlangsame ihr Tempo, damit ich sie beruhigen kann. Sie ist nervös und tänzelt, aber ich weiß nicht warum. Wir sind weit von den Wachposten entfernt, die das Ende von Thoms Land markieren, und sie ist es gewohnt, dass Security-Teams mit ihren Waffen in den Dünen patrouillieren, damit ich nicht fliehe.

Dann sehe ich den Schwimmer im Wasser. Es ist zu kalt,

um im Ozean zu sein – wie ich nur allzu gut von vorgestern Nacht weiß. Nur ein Idiot würde ohne Neoprenanzug zum Spaß in dieses Gewässer springen, doch dort ist er, groß und oberkörperfrei. Er schüttelt sich seine dunkelblonden Haare aus dem Gesicht und stapft aus den Wellen. Wasser strömt über die epischen Muskeln seiner Schultern und seines Oberkörpers. Ich werde sofort an die unzähligen historischen Liebesromane erinnert, die mir Ellie im Lauf der Jahre heimlich zugesteckt hat. Er könnte mühelos auf dem Cover eines dieser Bücher abgebildet werden.

Er sieht wie ein Wikinger aus, der an Land marschiert, um zu töten und zu plündern. Und er kommt geradewegs auf mich zu.

Ich erkenne ihn sofort – er ist der Mann, der gestern Abend beim Essen neben mir saß. Derjenige, der diesem Arschloch Chip sagte, er solle mich nicht zwangsernähren. Ich fühlte mich sofort zu ihm hingezogen, obwohl er vermutlich hier war, um auf mich zu bieten, da er an diesem Abendessen teilnahm.

Der Wind peitscht in mein Gesicht und meine Finger sind eiskalt, der Rest meines Körpers wird jedoch warm. Ich versuche, den Blick von seiner glänzenden feuchten Brust abzuwenden, kann es allerdings nicht.

Er ist … unglaublich. Licht glitzert auf seinen prächtigen Brustmuskeln, wo Wasserrinnsale zu dem ‚V‘ seiner Taille hinabströmen.

Ihn zu sehen, entzündet ein unbekanntes Feuer in meinem Bauch, das zu einem alles verzehrenden Flächenbrand wird. Wahrscheinlich hatte ich bisher zu viel mit Angsthasen aus guter Kinderstube zu tun, denn ich habe mich noch nie so zu einem Mann hingezogen gefühlt. Vielleicht ist das der Unterschied. Sie waren Jungen und dies ist ein Mann, wild und mit Augen so stürmisch wie das Meer.

„Guten Morgen.“ Er hebt seine Hand, winkt und watet

auf das Ufer zu. Seine Stimme ist ein tiefes Grollen und steigert die Aufregung in meinem Bauch. Meine Innenschenkel drücken gegen Starlight.

Sie mag ihn nicht. Sie tänzelt rückwärts und schüttelt den Kopf. Nur dank meiner jahrelangen Übung im Reiten schaffe ich es, im Sattel zu bleiben. Es hilft nicht, dass meine Beine schwach geworden sind.

„Ist er das?", rufe ich zurück, während sich Starlight im Kreis dreht.

Der Wikinger bleibt im hüfthohen Wasser stehen, mustert mich und reibt über die goldenen Stoppeln auf seinem Kinn. Seine Haare sehen länger aus als gestern Abend. Trotz der eindeutig maskulinen Konturen eines kantigen Kiefers und buschiger Augenbrauen sind seine Lippen prall und perfekt. Wie wäre es wohl, einen Mann mit einem Bart zu küssen?

Warum starre ich die Lippen dieses Mannes an? Und warum frage ich mich, wie es wäre, wenn er mich ersteigern würde? Ich frage mich ernsthaft, wie es wäre. Natürlich wäre meine Verlobung nur vorgetäuscht. Thom leiht mich nur wegen meiner ‚Gabe' aus. Dieser Mann wäre kein echter Verlobter. Er würde keine ehelichen Rechte erwarten.

Aber was, wenn er es täte?

Was, wenn er mich über seine Schulter werfen, zum Strand tragen und hier auf dem Sand über mich herfallen würde? Ich würde ihm entkommen und wie neulich nachts davonrennen. Er würde mir keine Bodyguards auf den Hals hetzen; er würde mich selbst jagen. Und wenn er mich erwischte …

Oh verdammt. Ich habe definitiv zu viele von den Wikinger-, Regency- und Highlander-Liebesromanen gelesen, nach denen ich dank Ellie süchtig bin.

Ich versuche, die Aufregung abzuschütteln, die dieser Gedanke mit sich bringt. Ich muss irre sein, wenn ich davon fantasiere, wie sich Thoms Pläne zu meinem Vorteil entwickeln könnten, mich wie eine Arbeitssklavin an einen fiktiven Verlobten auszuleihen. Das hier ist kein sexy Wikinger, der gekommen ist, um mich in ein fremdes Land zu bringen. Er will mich kaufen und wie Thom benutzen, um seine Konten zu füllen.

Ich berühre Starlights Flanken mit meinen Fersen und lasse sie galoppieren, damit sie uns wegbringt. Beim Reiten spüre ich seinen Blick in meinem Rücken und es kostet mich sämtliche Willenskraft, nicht zurückzuschauen.

* * *

DARIUS

Ich beobachte, wie Paloma auf ihrem Pferd davonreitet, als wären ihr die Höllenhunde dicht auf den Fersen. Kurz verhakten sich unsere Blicke und ich spürte ein Knistern zwischen uns. Dabei verwandelte ich mich beinahe erneut.

Mein Bär ist anscheinend verliebt.

Doch einen Augenblick später war sie fort.

Mein Blut rauscht durch meine Adern und das nicht nur wegen meines erfrischenden Bades im Ozean. Paloma zu sehen, beschleunigt meinen Herzschlag. Ihr reizendes Gesicht, ihr Schmollmund. Mein Schwanz ist hart und bereit, obwohl der Rest von mir taub von dem eiskalten Wasser ist.

Sie. Jetzt, sagt mein Bär. Er will ihr nachgehen. Ihr Pferd geriet bei meinem seltsamen Bärengestaltwandlergeruch in Panik. Paloma näher zu kommen, könnte daher bedeuten, dass das Pferd durchdreht und sie abwirft. Ich will Paloma ansprechen und kennenlernen, wenn sie entspannt und frei von ihren Wachen ist, an einem Ort, wo sie sich sicher genug fühlt, um mir zu verraten, wie sie die hässlichen Blutergüsse an ihren Armen erhalten hat.

Letzte Nacht verbrachte ich endlose Stunden damit, an Zigarrenrauch zu ersticken und langweilige Gespräche mit den anderen Gästen zu führen. Ich erfuhr, dass Paloma die Tochter eines Paars war, das als Börsenhändler in Thoms Firma arbeitete. Sie starben bei einem Autounfall, als Paloma vierzehn Jahre alt war, und Thom wurde zu ihrem Vormund. Wie ich wurde sie adoptiert. Doch falls jemals Liebe zwischen ihr und dem Mann vorhanden war, der sich als ihr Vater bezeichnet, so ist sie mittlerweile verschwunden.

Ich versuchte, tiefer zu graben und herauszufinden, was für eine Fusion Thom plant, damit ich mehr über die Versteigerung erfahren kann, über die ich Gerüchte gehört hatte, doch niemand verriet mir etwas.

Ich habe nicht so herumgeschnüffelt, wie ich es gerne getan hätte. Heute werde ich meinen hervorragenden Geruchssinn und mein Gehör benutzen, um ein wenig Detektivarbeit zu leisten. Als Erstes werde ich mehr über die tragische und rätselhafte Schönheit in Erfahrung bringen, die von Bodyguards umgeben ist.

Nachdem ich mich in meinem Zimmer angezogen habe, schlendere ich durch die Flure, als gehöre mir die Villa. So benehmen sich reiche Leute. Sie drängen sich in jeden Ort, den sie begehren, aus der bloßen Überzeugung heraus, dass sie überall hingehören, wo sie hinwollen. Es ist wie in der Tierwelt, in der die Tiere ihre Dominanz demonstrieren. Allerdings weiß man bei Menschen nie, was sie anstelle von Zähnen und Krallen haben.

Meine Nase verrät mir, dass Thoms Gemächer im West-flügel sind. Ich gehe in diese Richtung, strecke meinen Kopf wahllos in Zimmer und teste Türgriffe. Ich suche nach einem Büro.

Eine wuchtige Tür versperrt mir den Weg zum Westflü-gel. Sie ist abgeschlossen und ein schwarzes Tastenfeld befindet sich daneben. Thom hat zusätzliche Sicherheitsmaßnahmen getroffen, was ein gutes Zeichen dafür ist, dass ich am richtigen Ort bin.

Ich öffne ein Fenster. Ich befinde mich im ersten Stock und es dauert nur einen Augenblick, um von einem Fenstersims auf einen kleinen Balkon zu springen. Für einen Menschen wäre das ein unmögliches Unterfangen, für einen Werbären, der in seiner Kindheit ständig auf Bäume geklettert ist, ist es jedoch kein Problem. Niemand ist auf dem Gelände zu sehen, dennoch ducke ich mich und schneide mit meinen scharfen Krallen ein Loch in die Scheibe. Es erklingt kein Alarm und ich kann eine Hand durch das Loch schieben, um die Balkontür zu öffnen.

Und schon habe ich die Sicherheitsvorkehrungen umgangen und bin in dem Flügel, in dem sich Thoms private Büros befinden. Wenn ich Glück habe, werde ich einige Geheimnisse aufdecken.

Ich schlüpfe aus dem ersten Zimmer und gehe durch den breiten Gang. Hier muss ich vorsichtig vorgehen. Ich nehme den Geruch der Wachen wahr – abgestandener Zigarettenrauch und der schwache Duft von Schießpulver – sowie eine Wolke von Thoms Eau de Cologne.

Zehn Türen weiter habe ich Glück. Jemand spricht hinter der geschlossenen Tür und hört sich sehr nach Thom an.

Ich lehne meine Schulter an die Wand, sodass ich zur Hälfte von einem Marmorsockel verdeckt werde, auf dem sich die Statue eines Bullen auf den Hinterbeinen befindet.

Es ist definitiv Thom, der mit seiner grellen Stimme spricht. „Drink?" Glas klirrt.

Dann spricht jemand anderes: „Wir könnten dieses ganze Theater umgehen und den Deal einfach jetzt treffen."

„Wen würde sie heiraten?", fragt Thom. „Dich?" Er schnaubt. „Ich will keinen Verdacht erregen und die Leute nicht mit der Nase darauf stoßen."

„Nicht mich ... meinen Sohn. Chad wird die Rolle eines

geeigneten Verlobten spielen. Du bekommst dein Geld, ich werde drei Jahre lang Zugang zu ihr erhalten …"

Zugang? Was für eine kranke Transaktion besprechen sie?

„Ein Jahr. Der Deal gilt für ein Jahr. Das ist mehr als genug Zeit für sie, um den Wert deiner Aktienbestände zu steigern."

Oh. Es geht also nicht um Sex, sondern um etwas anderes.

Lass mich raus! Meine Brust rumpelt, als mein Bär in Reaktion auf dieses widerwärtige Gespräch um sich schlägt, um freizukommen. Sie unterhalten sich darüber, Paloma in eine kurze Ehe zu verkaufen, damit sie … was tun kann? Ihren Reichtum irgendwie vergrößern?

„Sehr schön. Ein Jahr und dann wird Chad die Verlobung lösen. Du wirst sie wieder verkaufen können." Thom murmelt etwas, was ich nicht höre, weil jemand die andere Seite der Wand streift.

Ich warte.

„Nein", blafft Thom. „Ich habe versprochen, keine Vorab-angebote anzunehmen. Du und Chad könnt euch heute Nacht der Auktion anschließen. Um Mitternacht."

Der andere Mann protestiert, doch Thom spricht einfach über ihn hinweg. „Ich bin mehr als großzügig." Schritte nähern sich der Tür. „Jetzt lass uns dieses Gespräch beenden. Ich komme zu spät zu meinem Golfspiel."

Der Türgriff schabt, woraufhin ich davonschlendere und lässig in einen kleinen Gang abbiege, bevor Thom und sein Mitverschwörer das Büro verlassen. Ich rieche Zigarren-rauch und einen seltenen Whiskey.

Ich spitze die Ohren und hoffe, dass Thom in die entge-gengesetzte Richtung geht. Stattdessen kommen die Schritte näher. Der Flur hinter mir führt zu einer schmalen Treppe, die ich hinabgehe, um mich zu verstecken. Thom und sein

Freund gehen an der Tür vorbei, wobei sie sich über Golf unterhalten. Sie gehen weiter, ohne mich zu bemerken.

Ich drücke mich auf der Treppe herum und lausche ihren leiser werdenden Schritten, als ich eine Wolke von einem Blumenduft auffange. Palomas Gardeniengeruch wabert die Treppe herauf und ich kann nicht anders, als ihm zu der unterirdischen Etage zu folgen. Der Duft ist kräftig und süß, hat jedoch den gleichen bitteren Unterton, der mich heute Morgen und gestern Abend beunruhigte. Je weiter ich die Treppe hinabgehe, desto stärker übertüncht die Bitterkeit die Süße, bis ein metallischer Geschmack meine Zunge überzieht.

Die Treppe führt zu einem weiteren Flur. Hinter den Wänden summt es und die Luft ist kühler. Ich befinde mich vermutlich in der Nähe eines Serverraums.

Palomas Duft führt mich zu einer geöffneten Tür. Der Raum dahinter ist mit gewaltigen Bildschirmen gefüllt. Es gibt einen kleinen Schreibtisch und Stuhl, wo ihr Geruch besonders konzentriert ist.

Paloma verbringt hier eine Menge Zeit und ich glaube, ich weiß, was sie hier tut. Ich wette, wenn ich den Schalter an der Wand umlege, werden vertraute Zahlen weltweiter Aktienbörsen auf den Bildschirmen aufleuchten. Thom sagte, sie würde für seine Investmentfirma arbeiten. Ich wette, sie nutzt diesen Raum für ihre Arbeit.

So vergrößert sie Thoms Reichtum. Thoms Reichtum und den der Person, an die er sie versteigert.

Doch warum? Ihm stehen bestimmt hunderte Börsenhändler zur Verfügung. Wieso muss er seine Ziehtochter benutzen und verkaufen? Was ist so besonders an dem, was sie tut? Ist es vielleicht etwas Illegales?

Was immer es ist, mir ist schlecht.

Ich bin mir sicher, dass Paloma eine Gefangene ist, die

gegen ihren Willen von dem Milliardär festgehalten wird, der sich zu ihrem Vater gemacht hat.

Das erklärt, warum die Tür von außen abgeschlossen werden kann. Ich kann die Stellen riechen, an denen ihre Wachen stehen.

Hat sie versucht, zu fliehen? Sich gewehrt? So könnte sie sich die Blutergüsse zugezogen haben.

Mein Bär ist bereit, Amok zu laufen und den gesamten Raum zu zerstören. Es kostet mich all meine Selbstbeherrschung, mich nicht an Ort und Stelle zu verwandeln.

Stattdessen zwinge ich mich, zu gehen und die Tür zu schließen. Ich habe nichts zu gewinnen, indem ich die Kontrolle verliere. Ich muss mehr herausfinden, damit ich entscheiden kann, ob und wie ich Paloma helfen kann.

* * *

PALOMA

Ellie beendet ihre Arbeit mit dem Lockenstab und tritt zurück, um ihr Werk zu begutachten. „Wunderschön wie immer."

Ellie ist meine … wie soll ich sie nennen? Wenn wir uns an die Märchenausdrücke halten, wäre sie meine Kammerzofe oder meine Dienerin. Ich schätze, sie ist eine Mischung aus Gefängniswärterin und persönlicher Assistentin. Sie bringt mir Essen auf einem Tablett, wenn Thom oder sein Handlanger Chip mich in meinen Gemächern einsperren. Sie bestellt meine Kleidung, schneidet meine Haare und sorgt dafür, dass ich eine frische Zahnbürste erhalte. Gestern Abend hat sie mich geschminkt und frisiert und für den heutigen Maskenball hat sie sich richtig ins Zeug gelegt. Thom hat fünfundsiebzig zusätzliche Gäste für die Fete des Abends eingeladen – es ist vermutlich noch eine Gelegenheit, anzugeben.

Ich trage ein weißes, trägerloses Chiffon-Seiden-Oberteil. Ich vermute, es soll gleichzeitig Gedanken an ‚süße Unschuld‘ und ‚knallharte Börsenhändlerin‘ wecken.

Das korsettähnliche Bustier ist herzförmig und rahmt meine Brüste. Auf der Vorderseite ist es mit der dazu passenden Hose mit weitem Bein verbunden. Ein durchsichtiger Stoff bedeckt diese Kleider und verleiht ihnen eine ätherische Eigenschaft. Eine dünne Stola hängt über meinen Armen, um die Blutergüsse zu verdecken. Ellie verteilt eine nach Ingwer duftende Lotion auf meiner entblößten Haut, die daraufhin geradezu strahlend wirkt.

Ich betrachte mein Spiegelbild, erkenne die junge Frau jedoch kaum, die mir entgegenblickt. Mittlerweile bin ich seit zehn Jahren in einem Turm eingesperrt. Die meiste Zeit fühle ich mich noch immer wie die trauernde Vierzehnjährige, als die ich hergekommen bin. Das Mädchen, das sich lieber in seinem Zimmer verkroch, als mit der Welt zu interagieren.

Carajo, ich habe es ihm so leicht gemacht.

„Es wird alles gut werden“, murmelt Ellie, obwohl es das ganz gewiss nicht werden wird.

Ich versuche, zu schlucken, und nicke. „Klar.“

Was immer mich morgen erwartet, es fällt mir schwer, zu glauben, dass es besser sein wird als das, was ich hier habe. Ich werde bloß einen Gefängniswärter gegen einen anderen eintauschen. Ich werde *verkauft* werden.

Wenigstens hatte Thom nie sexuelles Interesse an mir. Ich arbeite für ihn – er beschützt Wren und hält sie von alldem fern. Das ist unsere Vereinbarung.

Ich betrachte das Bild von Wren, das am Rahmen des Spiegels steckt. Ich habe überall Fotos von ihr, um mich daran zu erinnern, warum ich durchhalten muss. Sie ist fürs Erste in Sicherheit. Sie ist auf einem katholischen Internat in Connecticut. Auf einem Internat, das weder Handys noch

Internet erlaubt, außer der Nutzen wird streng überwacht. Es ist die moderne Version eines mittelalterlichen Klosters. Sonntags ist mir ein Videoanruf mit ihr erlaubt. Wenn meine Arbeit jedoch nicht so viele Profite erzielte, wie Thom wollte, wird meiner Schwester erzählt, dass ich länger arbeite, und ich werde das Wochenende über in meinem Zimmer eingesperrt.

Am Freitag sind die Märkte eingebrochen, doch ich habe es geschafft, meine Quote zu erfüllen. Ich sollte morgen mit ihr telefonieren dürfen, außer mein neuer Ehemann nimmt mich davor schon mit.

Bis heute Morgen war er eine gesichtslose Replik von Thom.

Jetzt ertappe ich mich dabei, wie ich mir den Wikinger vom Strand vorstelle.

Einen Mann, der mir vermutlich mit einem Druck seiner riesigen Hände das Genick brechen könnte. Was, wenn mich Thom an ihn verkauft? Was, wenn er … *mehr* will als mein Börsenwissen?

Hitze rollt meine Innenschenkel hinab. Was, wenn er grob ist?

Ein Zittern setzt in meinen Beinen ein. Es wurde von Angst ausgelöst, nicht von Erregung. Definitiv nicht von Erregung.

„Noch ein wenig Lipgloss." Ellie greift nach einer Tube und gleitet mit dem Stab durchsichtigen Lipgloss' über meine Lippen, obwohl ich sie bereits ziemlich feucht fand. Sie betrachtet ihre Arbeit erneut. „Perfekt."

Ich bitte Ellie nicht um Hilfe. Das versuchte ich einmal vor Jahren und sie bekam schreckliche Angst. Tränen strömten über ihr Gesicht und sie flehte mich an, nie wieder davon zu sprechen.

„Ich kann dir nicht helfen", flüsterte sie.

Ich nahm an, dass Thom auch etwas gegen sie in der

Hand hat. Etwas, damit sie ihm wie ich gehorcht. Um sie – meine einzige ‚Freundin‘ hier, nun, da Wren fort ist – zu verschonen, veranstalte ich kein Theater.

Ich werfe einen Blick auf die Uhr. „Ich habe noch fünfzehn Minuten. Ich werde etwas lesen." Ich krabble auf mein Himmelbett, ohne darauf zu achten, ob ich mein jungfräuliches Geschäftsfrauen-Outfit zerknittere.

Ellie öffnet den Mund zum Protest, doch ich habe bereits *Die Geliebte des Meisterspions* in die Hand genommen, der Liebesroman von Joanna Bourne, den ich zum siebten Mal lese. Sie schließt ihren Mund wieder. „Natürlich. Wir sehen uns später." Sie schlüpft aus der Tür.

Am Wochenende verbringe ich normalerweise so viel Zeit wie möglich draußen, da ich an den Wochentagen in einem Keller im blauen Licht der Bildschirme arbeite. Heute verspürte ich jedoch kein Verlangen mich unter meine Verehrer zu mischen. Verehrer ist vermutlich nicht der richtige Ausdruck, selbst wenn ich in einem Märchen-Albtraum lebe. Meine Möchtegernbesitzer? Gefängniswärter?

Nach meinem morgendlichen Ausritt verbrachte ich jedenfalls den Rest des Tages freiwillig in meinem Zimmer und las. Eine Realitätsflucht ist das Beste, worauf ich hoffen kann.

Eine Realitätsflucht und …

Ich hoffe nicht, dass der Wikinger der Sieger ist. Ich will definitiv *keinen* Mann wie ihn.

Okay, vielleicht will ich es. Von all den Männern ähnelt er meinem Ziehvater am wenigsten, zumindest dem Erscheinungsbild nach. Er hat seinen riesigen, muskulösen Körper heute Morgen *zum Spaß* in den kalten Ozean getaucht. Außerdem hat er mich gestern Abend verteidigt.

Er ist allerdings immer noch ein schrecklicher Mensch, der an Menschenhandel und Zwangsarbeit teilnimmt. Natürlich versteht er das Ausmaß von Thoms Kontrolle über mich womöglich nicht. Vielleicht denkt er, dass ich freiwillig mitmache. Dass ich ebenfalls von dem Deal profitiere.

Ein leises Klopfen erklingt an meiner Tür und ich spanne mich an, bevor sie sich öffnet, weil ich weiß, wer hereinkommen wird.

Ich schwinge die Beine bereits vom Bett, um aufzustehen, als Thom hereinkommt.

„Ah, Darling." Er breitet seine Arme aus. „Du siehst großartig aus."

„Nicht dein Darling", erwidere ich zähneknirschend.

Er gibt das väterliche Gehabe auf. „Denk daran, worüber wir gesprochen haben", warnt er. „Dein teilnahmsloses Auftreten gestern Abend hat mir nicht gefallen." Er packt mein Kinn und ich zucke zurück.

„Ich habe alles getan, was du von mir verlangt hast", erwidere ich wütend.

Er nickt. „Das hast du getan. Und du solltest besser so weitermachen, ansonsten wird Wren die Konsequenzen dafür tragen."

Heiße Tränen brennen in meinen Augen. „Halte sie aus dieser Sache raus. Das ist das Einzige, was ich jemals von dir verlangen werde."

Er lächelt, als wäre er zufrieden, dass er mir Tränen entlockt hat. „Und ich habe mich an meine Seite des Deals gehalten. Du bist diejenige, die zu fliehen versucht hat."

Meine Nase brennt. Ich balle meine Hände so fest zu Fäusten, dass sich meine Fingernägel in die Handflächen graben. „Es wird nicht mehr vorkommen", entgegne ich steif.

„Gut." Er winkt mich zu sich. „Jetzt setz deine Maske auf. Ich erwarte, dass du einen besseren Eindruck hinterlässt als gestern Abend. Ich verleihe deinem neuen Verlobten nicht nur deine Dienste."

Alarmglocken läuten. Der Raum dreht sich. Kälte rauscht

durch meine Glieder. Irgendwie weiß ich, dass das, was er meint, schrecklich ist.

„Wovon sprichst du?" Es gelingt mir nicht, das Zittern aus meiner Stimme zu vertreiben.

„Der höchste Bieter wird auch deine Jungfräulichkeit erhalten, Darling. Wir haben dich viel zu lange von Männern ferngehalten", erklärt er, während er seine Maske befestigt. „Es wird höchste Zeit, dass du dich fortpflanzt, damit ich herausfinden kann, ob meine Enkelkinder genauso talentiert sind."

Ich greife nach der Wand, damit ich nicht umkippe. Jetzt wird die Kälte zu heißem Eisen, das von meinem Kopf in meine Brust fließt und ein schreckliches Rauschen in meinen Ohren erzeugt.

Thoms Lippen verziehen sich bei meiner Reaktion zu einem zufriedenen Lächeln. Er hebt meine Maske auf und tritt hinter mich, um sie mir anzulegen.

Ich sollte wegrennen. Ich sollte aus dem Fenster springen und mir das Genick brechen, anstatt ihm die Befriedigung zu geben, mich für Sex zu versteigern.

Doch da ist noch Wren. Ich kann nichts tun, bis ich einen Plan habe, um sie in Sicherheit zu bringen. Ich kann es nicht riskieren, dass er sie vom Internat zurückholt und ihr die gleichen schrecklichen Dinge antut.

Die Seide der Maske legt sich über meine Augen und er verschnürt die Bänder an meinem Hinterkopf. Meine Nackenhärchen richten sich auf, weil mir der Teufel so nah ist.

KAPITEL DREI

Darius

Thoms Maskenball ist nicht nur für die Hausgäste. Er hat eine lange Liste an Freunden und Bekannten zu der heutigen Party eingeladen. Mit Einbruch der Dämmerung fährt eine nie endende Reihe Lamborghinis, Bugattis und Rolls Royces vor die Villa. Ich nehme die hauchdünne schwarze Maske, die mir jemand vom Personal vor einigen Minuten gebracht hat. Sie wird gut zu meinem komplett schwarzen Smoking passen. Ich sehe aus wie James Bond, kann meine Sorgen allerdings nicht abschütteln.

Heute Nacht will ich herausfinden, was mit Paloma los ist. Irgendetwas stimmt hier nicht. Ich habe keinen Beweis, weiß es jedoch tief in meinem Bauch.

Mein Bär will wüten. Nach Jahren, in denen ich die Oberhand hatte, werde ich jetzt von seinem Aufstand auf die Probe gestellt. Als ich in den Spiegel schaue, sind meine Augen goldfarben. Ich muss mich anstrengen, um meinen Bären unter Kontrolle zu bringen, damit meine Augen wieder ihre menschliche Farbe annehmen. Nur die Drohung, dass ich in meinem Zimmer bleiben werde, bringt ihn dazu, sich zurückzuziehen. Er will Paloma sehen. Wenn es nach ihm ginge, würde er sie nicht aus den Augen lassen.

Doch ich bin kein unzivilisierter Neandertaler. In jungen Jahren war ich ein wildes Kind, beinahe verwildert. Ich verbrachte Jahre damit, meine Kontrolle aufzubauen, und werde jetzt nicht den Kopf verlieren.

Ich habe mich vorhin glattrasiert, doch als ich mein Zimmer verlasse, habe ich einen Bart. Das ist die Rebellion meines Bären. Ich werde es erlauben, solange er sich zu benehmen weiß.

Ich betrete den Ballsaal und nehme ein Glas Champagner entgegen. Thom hat anscheinend eine ganze Modelagentur engagiert, damit deren Models an der Feier teilnehmen, denn überall sehe ich hochgewachsene, attraktive Frauen. Die Models überragen die jungen Männer, die alle aussehen, als würde Weihnachten dieses Jahr früher stattfinden. Der Rest der Menge sind die gelangweilten, reichen Leute, die in den Hamptons leben. Ich schlängle mich zwischen ihnen hindurch und nicke denen zu, die ich geschäftlich kenne. Ich bleibe in Bewegung und warte darauf, den Gardenienduft aufzufangen.

Paloma betritt den Raum umringt von einer Schar Bodyguards. Sie werden ständig mehr. Bald hat sie eine bessere Security als der Präsident.

Ich trete näher, um einen besseren Blick auf sie zu erhaschen. Sie trägt erneut weiß, ihre üppigen Brüste werden nach oben gedrückt und von einem trägerlosen Oberteil gerahmt. Die Farbe lässt sie wie eine Göttin leuchten. Trotz der Maske, die ihre großen ausdrucksstarken Augen verbirgt, ist eindeutig, dass sie die reizendste Frau im Raum ist.

Neben ihr bildet sich eine Schlange Männer, wie sie häufig in Country Clubs zu finden sind. Die Band beginnt, zu spielen, und ich brauche kein Gestaltwandlergehör, um zu wissen, dass sie zum Tanzen aufgefordert wird. Ein Mann, der doppelt so alt ist wie sie, führt sie auf die Tanzfläche. Sie tanzt mit ihm und nach der Hälfte des Liedes kommt ein anderer Mann und beansprucht sie für sich. Dann erscheint der Nächste. Auf ihrem Gesicht ist keine Überraschung zu sehen, wenn die neuen Partner an sie herantreten. Sie tut auch nicht so, als würde sie das Tanzen genießen. Sie betreibt mit keinem von ihnen viel Konversation. Es ist beinahe so, als wäre es im Voraus arrangiert worden – mit wem sie tanzen wird und wann. Als sei dies Palomas Debütantinnenparty und sie nun auf dem Ehemarkt verfügbar.

Ist das die Fusion, auf die sich Thompson bezogen hat?

Ich komme an einem weißhaarigen Mann vorbei, der mit seinem Sohn schimpft. „Konzentriere dich. Wir müssen die Auktion gewinnen."

Der Sohn protestiert und erhält einen Schlag mit dem Gehstock seines Vaters.

„… heute Nacht, zu Mitternacht. Danach kannst du tun, was du willst." Der Vater schiebt den Sohn vor und er geht widerwillig durch den Raum zu Paloma.

„… die Ware testen", brummt ein anderer Mann in der offenkundigen Schlange.

Mein Bär zwingt sich beinahe an die Oberfläche. Ich will mein Champagnerglas auf den Boden knallen, mir den Anzug vom Leib reißen und jeden vernichten, der es wagt, sie anzufassen.

Stattdessen nehme ich mir ein riesiges Glas Merlot und schlendere zur Mitte der Tanzfläche, wo ein dreißigjähriger Kerl mit einer siebzigtausend Dollar teuren Uhr und einer Stirnglatze versucht, Paloma zwischen den anderen Tänzern hindurchzuführen. Ohne mir die Mühe zu machen, ein Stolpern vorzutäuschen, schütte ich meinen Drink auf ihn. Die dunkle Flüssigkeit spritzt auf die Vorderseite seines Hemds und durchtränkt die teure italienische Baumwolle.

„Uups", sage ich.

Der Mann flucht. Paloma tritt zurück. Ihr weißer Anzug ist sämtlichen Flecken entkommen.

Ihr Tanzpartner beginnt, sich aufzuregen, woraufhin ich seinen Blick auffange und ihn halte, bis er die Wildheit meines Bären sieht und den Blick senkt. „Sie sollten sich besser umziehen." Ich ziehe eine Braue hoch. „Ich werde hier übernehmen." Ich trete vor ihn, ergreife Palomas Hand und ziehe sie in meine Arme.

Ihr süßer Duft umgibt mich und kurz wird mir schwindlig. Der bittere Geruch hat sich verringert und ich kann nur ihre köstliche Haut zusammen mit einem leichten Ingwerduft riechen. Ich will an ihrem Hals lecken und richtig von ihr kosten.

„Darf ich um diesen Tanz bitten?" Ich schenke ihr ein strahlendes Lächeln und beginne mit dem Walzer, den uns unsere Mutter Winnie beibrachte, als wir schlaksige Teenager waren.

„Oh, jetzt fragt er."

Ich kann nicht erkennen, ob sie mit mir flirtet oder verärgert ist.

Ich bin nicht die mürrische und distanzierte Sorte Bär wie mein Bruder Teddy. Ich habe gelernt, Menschen Honig ums Maul zu schmieren und zu bezaubern, um in dieser unbarmherzigen Branche zu gewinnen. Doch zum ersten Mal bin ich mir unsicher. Zum ersten Mal ist es mir tatsächlich wichtig, ob mein Charme gut ankommt oder nicht.

Paloma passt sich meinen Schritten an, lehnt sich an mich und reagiert auf den leichtesten Druck. Wir drehen uns gemeinsam und tanzen, als wären wir dafür geboren worden.

„Sag mir nicht, dass du deinen alten Tanzpartner bevorzugt hast."

„Rückgratloser Chad? Nein."

Ich lache schallend, doch sie hebt bloß eine Schulter. „Ich

ziehe es vor, in Ruhe gelassen zu werden." Trotz ihrer Worte wandert ihr Blick voller, wie ich hoffe, Interesse über mein Gesicht.

„Ja. Es sieht so aus, als hättest du eine lange Schlange Verehrer." Ich blicke zur Seite und entdecke, dass der Vater ihres ehemaligen Tanzpartners wütend mit ihren Wachen spricht.

Sie murmelt etwas auf Spanisch.

„Wie bitte?"

Sie reckt das Kinn. „Unter all diesen Muskeln musst du in Wahrheit ein sehr kleiner Mann sein."

Wow. Okay, jetzt wird es persönlich. Ich bin mir nicht sicher, was ich getan habe, um diesen Angriff auszulösen, meinem Bären gefällt es jedoch, dass sie austeilen kann. Letzte Nacht malte ich mir aus, dass sie von ihrem Ziehvater und seinen Männern eingeschüchtert wurde.

„Ich weiß nicht, die meisten Frauen finden mich in äh, *dieser* Hinsicht mehr als angemessen." Ich wackle über der Maske mit den Brauen.

Ihre Bodyguards umringen die Tanzfläche. Zwei von ihnen drängen sich durch die Tänzer zu uns.

Was zum Henker geht hier vor sich? Ist Thom nicht bewusst, was für ein Spektakel seine Männer vor seinen Hampton-Gästen veranstalten? Ist es ihm egal?

Bei meiner Anspielung werden ihre Wangen und ihr Hals rot. Sie versucht, sich von mir zu lösen, doch ich drücke sie an meinen Körper, denn ich liebe es, ihre weichen Kurven zu spüren. Ich drehe uns und tanze von den näher kommenden Wachen weg.

„Du widerst mich an." Ihre Nasenflügel blähen sich. „Jeder Mann, der auf die Jungfräulichkeit einer Frau bietet, muss *tiefgehende* Unzulänglichkeiten haben."

Ihre Worte treffen mich wie ein Betonschwall gegen die Brust. Ich höre zu tanzen auf und lasse sie urplötzlich los.

Auf ihre *Jungfräulichkeit* bieten?

Das geht hier dieses Wochenende vor sich? Oh zur Hölle, nein. Nicht mit mir.

Mein Schock lenkt mich vorübergehend von den näher kommenden Wachen ab. Bevor ich antworten kann, sind sie bei uns.

„Zeit, zu gehen, Paloma." Das Arschloch, das sie gestern Abend zum Essen gezwungen hat, packt ihren Ellenbogen.

„Sie geht nirgendwohin", knurre ich, bevor ich mich daran erinnere, meine Aggression zu verbergen.

Paloma löst sich jedoch von mir. „Pass auf, ich bin noch nicht dein Eigentum."

Thom lässt eine Hand auf meine Schulter fallen. „Sieht so aus, als wolle meine Tochter nicht tanzen, Darius."

Ich knirsche mit den Zähnen, als die Wachen sie wegführen, nicht nur weg von mir, sondern aus dem Raum. Der Beton, der meine Brust getroffen hat, reist nun hinab zu meinem Magen. Ich will Thom zu Brei schlagen. Mein Bär will wüten und toben, doch ich zügle mich.

Ich habe die letzten fünfzehn Jahre damit verbracht, die Beherrschung meiner Impulse zu erlernen.

Jede Tat muss gut überlegt werden, wenn man unter Geiern lebt. Vor allem, wenn man nicht derselben Spezies angehört.

Ich werde keinen Kampf gegen die beinahe vierzig Security-Leute gewinnen, die ich auf dem Gelände gezählt habe. Ich muss den richtigen Augenblick abwarten, herausfinden, wohin sie Paloma gebracht haben, und sie aus dem Horror befreien, der ihr Leben zu sein scheint.

Ich zwinge mich, mich umzudrehen und Thom ein nichtssagendes Lächeln zu schenken. „Fantastische Party. Ein Jammer, dass dein Security-Team ständig ein Spektakel veranstaltet."

„Ich schätze, ich bin ein wenig überbehütend bei denen, die meiner Fürsorge unterstehen. Es ist mein größter Makel." Er senkt die Stimme, als würde er mir ein Geheimnis anvertrauen. Ich muss weg von ihm, bevor ich ihm einen Schlag gegen den Hals verpasse. Palomas Geruch wird schwächer und mein Bär drängt mich, ihr zu folgen, bevor ich die Spur verliere. Doch dann sagt Thom etwas, was mich und meinen Bären dazu bringt, ihm zuzuhören. „Paloma geht es … nicht gut."

„Es tut mir leid, das zu hören." Das könnte den bitteren Geruch erklären. Vielleicht handelt es sich um eine Medizin? „Kann man etwas tun, um ihr zu helfen?"

„Darum wird sich bereits gekümmert, mein Junge. Es ist nichts, womit die Ärzte nicht zurechtkommen." Er tätschelt erneut meine Schulter und schaut an mir vorbei. „Ah, ich sehe, ich werde andernorts gebraucht."

Auf der anderen Zimmerseite verlassen ein Haufen betagter Milliardäre zusammen mit ihren Söhnen den Ballsaal. Thom schließt sich ihnen an.

Ich gehe neben ihm her. „Findet ein Meeting statt?"

„Es handelt sich bloß um eine persönliche Angelegenheit. Nichts, worüber du dir den Kopf zerbrechen musst." Er winkt mit einer Hand und zwei kräftige Bodyguards verstellen mir den Weg. „Genieße die Party." Er verlässt den Saal mit seinen Freunden.

Ich trete vor, bleibe jedoch stehen, als sich die Wachen nicht bewegen. „Privatparty?", frage ich und deute. Der letzte übriggebliebene rückgratlose Chad wird von seinem Vater gerufen und verschwindet hinter der geschlossenen Flügeltür.

„Nur auf Einladung. Sie sind nicht eingeladen."

Ich könnte die Schädel der beiden Schlägertypen gegeneinander schlagen und Thom folgen, muss das allerdings nicht tun. Ich weiß bereits, was hinter diesen geschlossenen

Türen vor sich geht. Die Auktion. Thom verkauft seine Ziehtochter, als sei sie eine mittelalterliche Prinzessin.

Ich hoffe, die Auktion dauert lange. Ich brauche die Zeit, um zu Paloma zu gelangen.

Ich zucke mit den Achseln, als hätten die Bodyguards gewonnen, und gehe im Ballsaal in die Richtung, in die das Security-Team Paloma gebracht hat. Neben diesem Ausgang entdecke ich einige weitere Schlägertypen in Anzügen, die mir den Weg verstellen. Zwei von ihnen starren mich böse an und ich widerstehe dem Drang, frech vor ihnen zu salutieren.

Ich hole mir noch ein Glas Champagner und nippe daran. Einige Models stehen in einem Kreis herum und sehen gelangweilt aus. Ich schlendere zu ihnen.

„Wart ihr Damen schon einmal hier?"

Zwei von ihnen schütteln die Köpfe.

„Hättet ihr gerne eine Führung?"

Zehn Minuten später schlendere ich mit einer Gruppe kichernder Partygäste durch den Garten. Eine Gruppe normaler Gäste folgt mir und den Models. Alle sind ein wenig lauter als üblich, vermutlich weil ich sie dazu eingeladen habe, Shots zu trinken, bevor wir zu der ‚Führung' aufgebrochen sind.

„Hier entlang." Ich trete an die Tür heran, die dem Westflügel des Hauses am nächsten ist, und verstelle allen mit meinem Körper die Sicht, damit ich das Schloss knacken kann. „Die besten Gemälde sind hier drin." Ich führe die Gruppe in das Gebäude.

„Ist das ein Picasso?" Einige Leute drängen sich um ein kubistisches Gemälde einer Frau.

„In der Tat", bestätige ich. „Das Gemälde ist vermutlich beinahe einhundert Millionen Dollar wert."

Da keine Spur oder Duft von Paloma zu finden ist, bleibe ich in der Nähe der Tür, während sich die anderen in das

Gebäude drängen.

Plötzlich fange ich ihren Geruch auf.

Geh, drängt mein Bär. Ich zügle den Drang, durch den Flur zu rennen.

„Hast du etwas genommen?" Ein Model beugt sich näher zu mir, runzelt die Stirn und betrachtet mein Gesicht. „Deine Augen sind … komisch."

„Gelbsucht", erwidere ich und sie mustert mich misstrauisch. Sie ist zu klug, um auf meine Lüge hereinzufallen. Ich zwinkere ihr zu, damit sie das Ganze für einen Witz hält. „Ich habe Augentropfen in meinem Zimmer. Ich bin gleich wieder zurück. Ich glaube, den Gang runter und um die Ecke hängt ein Monet", rufe ich im Gehen über meine Schulter, was freudiges Kreischen auslöst.

Ich folge Palomas Duft durch den Flur. Ein Dutzend Partygäste folgen mir, die mich noch immer als ihren Anführer betrachten.

„Hey! Was macht ihr hier?", brüllt eine Wache, als wir um eine Ecke biegen. Er hat die Nachzügler der Gruppe erwischt. „Ihr solltet nicht hier hinten sein." Ich bin außer Sichtweite und den Geräuschen nach zu urteilen, versuchen er und die anderen Wachen, die Gäste zurück zum Ballsaal zu treiben. Die privilegierten, betrunkenen Gäste werden angriffslustig, geben Wiederworte und erlauben mir, meine Suche ungestört fortzusetzen.

Ich folge Palomas frischem Duft durch den Gang. Ich befinde mich jetzt tief im Westflügel. Ich habe keine Wachen gesehen, kann sie jedoch irgendwo vor mir reden hören.

Ich marschiere mit großen Schritten weiter und passiere eine Tür, die falsch riecht. Ich bleibe stehen und drehe den Griff. Dahinter befindet sich ein kleiner, dunkler Raum, der wie ein Untersuchungszimmer einer Arztpraxis aussieht. Es gibt eine Untersuchungsliege und keine weiteren Möbelstücke mit Ausnahme eines weißen Schranks und eines Gefrierschranks mit einer Glastür.

Von hier kommt der medizinische Geruch. Thom hat mir erzählt, dass es Paloma nicht gut geht, hat allerdings angedeutet, dass sie die beste medizinische Versorgung erhält, die man mit Geld kaufen kann. Ihre Krankheit muss schwerwiegend sein, wenn es hier ein Zimmer gibt, das nur Arztbesuchen gewidmet ist.

Ich nehme mir einen Augenblick, um die Schrankschubladen zu durchsuchen. Schachteln mit Einmalhandschuhen und Spritzen – alles, was ein Arzt oder eine Krankenschwester brauchen würde, um eine Medizin zu verabreichen.

Der Gefrierschrank ist einer der Sorte, wie sie Apotheker benutzen, um Impfungen bei einer bestimmten Temperatur aufzubewahren. Er enthält viele Regale, die mit Phiolen mit einer blauen Flüssigkeit gefüllt sind.

Gift, warnt mein Bär, aber das ergibt Sinn. Menschliche Medizin riecht für ein Tier wie Gift. Ich zwinge mich, die Tür zu öffnen und zu schnuppern, um festzustellen, ob ich etwas Bestimmtes bemerken kann. Der Geruch ist rasiermesserscharf und schneidet wie winzige Klingen in meine Nase. Aus der Nähe würde es sogar ein Mensch riechen. Ich weiß, dass Menschen scharfe Präparate benutzen, um Leben zu retten – wie beispielsweise Chemotherapie, um Krebszellen anzugreifen – doch das hier riecht falsch.

Mein Drang, zu Paloma zu gelangen, wächst. Die Zeit rennt mir davon.

Momentan bietet Thoms Auktion die perfekte Ablenkung. Ich muss Paloma finden, bevor diese einmalige Gelegenheit verstreicht.

Ich schließe die Tür und gehe weiter. Palomas Duft liegt noch in der Luft und lockt meinen Bären und mich wie der

Ruf einer Sirene. Ich zwinge mich, langsam zu gehen und nach Wachen Ausschau zu halten.

Ihr süßer Blumenduft wird stärker und ich weiß, dass ich nah dran bin. Dann höre ich ihre Stimme.

„Nein", informiert sie jemanden. „Ich will in meinem Zimmer bleiben."

Ich habe die letzte Ecke erreicht. Der Gang endet zwanzig Schritte von meinem Standpunkt aus. Paloma und eine Gruppe Wachen streiten vor einem riesigen, gebogenen Türrahmen.

Diese Kerle tragen keine Anzüge wie die Bodyguards, sondern schwarze militärische Uniformen. Thom lässt seine kostbare Paloma von einer privaten Armee bewachen. Mehrere von ihnen tragen eine gewaltige Waffensammlung bei sich.

„Ich werde dir helfen." Die größte Wache packt ihren Arm. Meine Augen flammen hell auf und ich muss darum kämpfen, dass mein Bär nicht hervorbricht.

„Ich komme schon klar", blafft Paloma und der Mann lässt seine Hand fallen. Die Bewegung rettet ihm das Leben. Ich hätte ihn getötet, wenn er sie angefasst hätte. „Ich kann laufen. Lasst mich einfach in Ruhe."

„Dann geh." Der Anführer der Wachen – derjenige, der gestern Abend versuchte, sie zum Essen zu zwingen – tritt beiseite und Paloma verschwindet. Die riesige Tür schwingt hinter ihr zu. Sie ist rund wie die Tür eines Banktresors. Es erklingt ein kreischendes Klicken, als der Riegel vorgeschoben wird.

Sieht so aus, als hätten sie Paloma für die Nacht eingesperrt.

Der Anführer befiehlt seinen Männern, auszuschwärmen. Manche gehen auf Patrouille, die meisten bleiben jedoch mit dem Rücken zur Tür stehen.

Ich könnte losrennen und den Großteil von ihnen bei

einem Überraschungsangriff ausschalten, dann würde ich allerdings viel Zeit damit verschwenden, diese Tresortür zu knacken. Außerdem würde ich die ganze Villa alarmieren und es wandern noch mindestens fünfunddreißig andere Wachen über dieses Gelände.

Ich muss auf andere Art in ihr Zimmer gelangen.

Ich gehe auf demselben Weg zurück, den ich gekommen bin, und betrete wieder den Garten. Palomas Zimmer befindet sich am weitesten entfernten Ende des Westflügels in einem Steinturm. Sie ist eingesperrt wie eine Prinzessin.

Wachen patrouillieren das Gelände, blicken jedoch nach draußen, als würden sie mit einem Angriff von der Straße rechnen.

Zwischen den Steinen gibt es genügend Stellen, die Platz für Füße bieten, und ein Haufen Efeu wächst daran empor, den ich notfalls packen kann. Werbären sind großartig im Klettern.

Ich warte, bis die Wolken vor den Mond treiben, bevor ich mit meinem Aufstieg beginne.

* * *

PALOMA

Mondlicht strömt in mein Zimmer. Das Fenster knarzt und Efeuranken tanzen im Wind. Ich stehe auf und schaue in den Nachthimmel. Ich würde alles geben, um das Fenster für die Meeresbrise öffnen zu können. Ich schlage frustriert mit der Hand gegen das Sicherheitsglas, bevor ich mich aufs Bett fallen lasse und dem Nachthimmel zuwende.

Ich habe einen kurzen, rosafarbenen Schlafanzug angezogen, damit ich mich entspannen kann. Mein Buch liegt auf dem Nachttisch, aber ich bin zu angespannt, um mich ins Bett zu legen und es fertig zu lesen.

Wenigstens bin ich allein. Früher hasste ich es, in meinem

Zimmer eingesperrt zu sein, doch jetzt ist es eine willkommene Erholung. Es ist meine letzte freie Nacht.

Ich reibe über meinen rechten Arm. Mein Bizeps ist wund von der Spritze des heutigen Abends. Ich bin benommen von meiner Medizin.

Vor einigen Jahren wurde mir nach einer normalen Untersuchung und einer Grippeimpfung so schwindlig, dass ich mich hinlegen musste. Thom heuerte daraufhin Ärzte aus jedem Winkel der Erde an. Sie wissen noch immer nicht, was mit mir nicht stimmt, haben es jedoch auf eine Autoimmunerkrankung eingeengt. Thom schränkt meinen Internetzugang ein, weshalb ich keine eigenen Nachforschungen anstellen kann. Der Medikamenten-Cocktail, den sie mir alle paar Tage injizieren, hält die Symptome allerdings in Schach.

Bei meinem erfolgreichsten Fluchtversuch entkam ich dem Gelände, nur um innerhalb von vierundzwanzig Stunden zusammenzubrechen. Extreme Schwäche ist eine Nebenwirkung der Krankheit. Ich brauche den Rest meines Lebens regelmäßige Spritzen, um mobil zu bleiben. Wenn ich sie nicht erhalte, wird sich die Schwäche ausbreiten, bis meine Organe versagen.

Ich bin dankbar, dass die Krankheit auf die Behandlung anspricht. Doch jetzt hat Thom mehrere Möglichkeiten, mich an dieses Leben zu binden: meine Schwester und die Medizin, die mich am Leben hält.

Und er hat vor, mich zur Fortpflanzung zu zwingen. Er wird meine Kinder zu einem beweglichen Vermögen machen, so wie er es mit mir getan hat. Ich werde nie aufhören, mich zu wehren, habe jedoch keine Ahnung, was ich tun soll. Die Hoffnung ist ein schwaches Licht, das am Horizont verschwindet.

Mein Kopf ist benebelt von der Medizin, das Rumoren in meinem Magen ist jedoch der Auktion geschuldet.

Das Fenster knarzt erneut. Der Rahmen erbebt und dann

tut das Sicherheitsglas das Unmögliche. Es bricht, biegt sich nach innen und explodiert in einem Hagel aus einer Million funkelnder Splitter.

Ich bin erstarrt und unfähig, zu reagieren. Meine Gedanken bewegen sich langsam, als befände ich mich unter Wasser, und ich kann nur zuschauen, wie eine dunkle Gestalt den leeren Rahmen füllt. Der Eindringling hält kurz inne, bevor er leichtfüßig auf den Boden springt und sich aufrichtet. Im schwachen Licht wirken seine wilden blonden Haare golden.

„Hallo, Rapunzel."

KAPITEL VIER

Paloma

Es ist der Wikinger. Hier. In meinem Zimmer. Er ist gerade den Turm emporgeklettert, hat das Fenster eingeschlagen und jetzt grinst er mich an, als sei das normal.

Mein Mund hängt offen. Elektrizität summt bei seinem Anblick über meine Haut und mein Herz beginnt, heftig zu hämmern.

Ich zwinge meine schweren Glieder, sich zu bewegen, krabble vom Bett und bringe es zwischen ihn und mich. Eine weitere Woge Benommenheit schwappt über mich hinweg. Ich bin außer Atem, als wäre ich gerannt, finde aber schließlich meine Stimme. „Was machst du hier?" Ich schnappe mir den erstbesten Gegenstand – mein dickes Taschenbuch – und werfe es auf ihn. Mein Arm fühlt sich schlaff an.

Es ist kein großartiger Wurf, doch er fängt das Buch auf, dreht es um und betrachtet das Cover. „Ich habe von dieser Autorin gehört. Ist sie gut?"

„Verschwinde." Ich deute zum Fenster.

Er schlendert vor und legt das Buch auf mein Bett. Die Bewegung lenkt meine Aufmerksamkeit auf seine kräftigen

Schultern. Mein Zimmer fühlt sich kleiner an, wenn er darin ist.

Er hält die Hände hoch. „Ich will dir nicht schaden."

„Das weiß ich", sage ich, bevor mir bewusst ist, dass es der Wahrheit entspricht. Ich fühle mich bei ihm sicher. Zwischen uns besteht eine Anziehungskraft. Er hat auf die gleiche Weise Interesse an mir wie ich an ihm. Auf die altmodische Junge-Mag-Mädchen-Art. Nicht nur die Ich-Will-Dich-Weil-Du-Mir-Milliarden-Dollar-Einbringen-Wirst-Art, allerdings will er das bestimmt ebenfalls.

Er tigert um das Bett und kommt näher. Ich kann nirgendwohin zurückweichen und bleibe wie erstarrt stehen, fasziniert von seinen flüssigen Bewegungen.

Einige Schritt entfernt hält er inne. „Du hast keine Angst vor mir."

„Nein", stimme ich zu. „Aber du solltest nicht hier sein." Ich habe immer noch nicht nach Hilfe gerufen. Ich weiß nicht, warum ich es nicht tue. Ein Teil von mir will nicht zuschauen, wie meine Wachen in mein Privatzimmer eindringen und ihn zerreißen.

Ein Teil von mir will diesen Moment genießen. Er ist riesig, sieht gut aus und mein Körper erinnert sich daran, wie sanft er mich in den Armen hielt, als wir miteinander tanzten. Er erinnert sich auch an den Charme seines Lächelns.

Die kalte Nachtluft dringt in mein Schlafzimmer und Gänsehaut kribbelt über meine Haut. Ich bin mir stark bewusst, wie wenig ich anhabe. Dünner Satin bedeckt meine Brüste und meine nackte Mitte und kann meine aufgerichteten Nippel nicht verbergen.

Man muss dem Wikinger zu Gute halten, dass er mir nur ins Gesicht schaut. „Gehen wir, Rapunzel." Er reicht mir seine riesige Hand.

Ich betrachte sie und ertappe mich dabei, wie ich starre.

Was könnte so ein großer Mann mit diesen Händen an meinem Körper anstellen?

Wow … warum denke ich daran?

Oh ja … weil heute Nacht meine Jungfräulichkeit versteigert wird und dieser Kerl beschlossen hat, die Schlange zu überspringen und mich ohne Bezahlung mitzunehmen.

Ich sollte wirklich schreien. Doch Thom würde ihn töten. Jetzt, da ich mir sicher bin, dass er meine Eltern getötet hat, weiß ich, dass die Wachen nicht nur zur Show da sind. Wer weiß, wie viele Tode sie auf Thoms Geheiß eingefädelt haben? Und aus irgendeinem Grund will ich nicht, dass der Mann in meinem Schlafzimmer stirbt, obwohl er genauso abscheulich sein muss wie die anderen. Ich bin fasziniert von ihm.

Ich weiche zurück. „Du musst gehen. Es ist nicht sicher.“

„*Du* bist nicht in Sicherheit. Deswegen bin ich hier, Prinzessin.“ Er tritt einen Schritt vor und winkt mich zu sich. Seine Augen schimmern eigenartigen hell und honigfarben wie ein Sommermond. „Der rückgratlose Chad bietet in eben diesem Moment auf dich. Lass uns von hier verschwinden, bevor er oder ein anderer Schlappschwanz zum Gewinner erklärt wird.“

„Weil dein Schwanz nicht schlapp ist?“ Ich verschränke die Arme vor der Brust und ziehe eine Braue hoch. Röte kriecht meinen Hals hinauf, als ich mich dabei ertappe, wie ich über diesen Teil seiner Anatomie nachdenke.

Okay, na schön … ich schaue hin.

In seiner Hose ist eine Beule, die mir verrät, dass dieser Kerl garantiert *keinen* schlappen Schwanz hat. Ähm, ja, *überhaupt nicht*.

Ich versuche und versage darin, zu schlucken, als ich wieder darüber nachdenke, wie es wäre, wenn dieser Koloss eines Mannes meine Jungfräulichkeit nehmen würde.

Hitze erblüht auf meiner Haut und rollt von meinem

Bauch zu meiner Brust. Ich weigere mich, zu glauben, dass ich auf ihn reagiere. Die Medizin hat wahrscheinlich Hitzewallungen ausgelöst.

Der Wikinger legt den Kopf auf die Seite, als würde er vor der Tür etwas hören, obwohl ich nichts höre. „Komm schon, Paloma." Er winkt mich erneut zu sich und verliert sein lässiges Auftreten. Dringlichkeit hat sich nun in seinen Ton geschlichen. „Wir müssen gehen. Jetzt."

Der Raum dreht sich leicht von der Medizin. Ich habe keinen sicheren Stand mehr.

Ein waghalsiger Teil von mir will mit ihm gehen. Aber ich kann nicht noch einmal fliehen – Thom wird seine Wut an Wren auslassen.

Ich schüttle den Kopf. „Ich kann nicht mit dir gehen. Wenn du mich willst, gib mit den anderen dein Gebot ab."

Ich würde es vorziehen, wenn er die Auktion gewinnen würde. Doch er hat offensichtlich nicht das Geld dafür, andernfalls hätte er nicht den Turm erklommen, um in mein Zimmer einzubrechen.

Er dreht erneut den Kopf und lauscht auf etwas, was ich nicht hören kann. „Okay, Prinzessin. Das hier tut mir leid." Er überwindet die Distanz zwischen uns, beugt sich vor, drückt seine Schulter in meine Hüftbeuge und richtet sich auf, wodurch er mich wie einen Sack Kartoffeln über seinen Rücken hebt. „Wir müssen das Ganze auf meine Art erledigen."

Mein Magen schlägt einen Purzelbaum, als sich meine Welt umdreht. Ich packe seine Hose, kann jedoch bloß, seine eisenharte Pomuskulatur zu spüren. „Stopp!", schreie ich flüsternd. Ich habe meine Entscheidung bereits getroffen – ich werde ihn nicht umbringen, indem ich meine Stimme hebe.

Doch ich sollte es tun. Denn er könnte dafür sorgen, dass

ich getötet werde, wenn er ohne meine Medizin geht. Oder Wren könnte getötet werden, falls Thom denkt, ich hätte bei dieser Sache meine Hand im Spiel gehabt.

„Ich kann nicht … du kannst nicht … Stopp!"

Aber es ist zu spät. Dem Wikinger gelingt es irgendwie, *mit mir über seiner Schulter* aus dem Fenster zu klettern – eine unmögliche Leistung – und er beginnt, den Turm hinabzuklettern. Er muss mich loslassen, um die Ranken mit beiden Händen zu packen, und ich baumle über seiner Schulter.

„Waah!" Meine Arme funktionieren nicht richtig, doch ich gebe mein Bestes, mich an seine Taille zu klammern, damit ich nicht falle und mir das Genick breche. „Ich bin viel zu schwer für dich. Versuchst du, mich umzubringen?" Ich schreie noch immer flüsternd.

Allerdings werde ich nicht sterben, denn der Wikinger bewegt sich so flink, dass wir bereits dem Boden nahe sind. Er gibt mir auch nicht das Gefühl, schwer zu sein. Bei ihm wirkt es, als sei ich so leicht wie eine Feder.

„Nein, Süße. Ich versuche, dich zu retten."

Mein Kopf ist voller Wattebausche, aber ich versuche, seine Worte zu entschlüsseln.

Mich retten. Der Wikinger ist hier, um mich zu retten. Das ist ein großartiger Plot Twist.

Wir landen am Boden, er setzt mich jedoch nicht ab, sondern sprintet über den Rasen, wobei ich noch immer über seiner Schulter hänge.

Der Lärm und die Aktivitäten der Partygäste schützen uns anscheinend davor, von den Wachen bemerkt zu werden, denn der Wikinger schafft es bis zu der riesigen kreisrunden Einfahrt, bevor wir entdeckt werden.

„Stehen bleiben!", brüllt einer von ihnen. In seinen Hörer schreit er: „Das Schatz wurde geraubt. Ich wiederhole, der Schatz wurde geraubt!"

Schreie erklingen ringsum.

Der Wikinger bleibt kurz stehen, dreht sich und betrachtet alles, bevor er schneller in den Wald rennt, als es einem Menschen möglich sein sollte.

„Hilfe!", rufe ich, nicht, weil ich gerettet werden will, sondern um sicherzugehen, dass Thom nicht denkt, ich hätte hierbei meine Hand im Spiel. Ich will nicht, dass Wrens Leben wegen eines albernen Plans in Gefahr gerät.

Jemand feuert einen Schuss ab. In den Ställen wiehert Starlight, als wüsste sie, dass ich in Gefahr bin.

Ich höre noch eine Stimme brüllen: „Haltet die Waffen zurück! Haltet die Waffen zurück! Verletzt den Schatz nicht."

Mir wird schlecht, weil ich als Schatz bezeichnet werde.

Nein, tatsächlich liegt es daran, dass ich mit dem Kopf nach unten über der gewaltigen Schulter eines Kerls hänge, der zwischen den dunklen Bäumen hindurchrennt. Es liegt daran und an der Medizin, wegen der mir noch immer übel ist.

Ich schätze, mein Entführer ist wirklich ein Wikinger bis hin zu den Raubzügen und dem Plündern. Ein Jammer, dass wir wegen ihm beide sterben werden.

Ich trommle auf seinen Rücken. „Das hier wird mich nicht retten!"

* * *

DARIUS

Paloma hat Angst.

Ich erkenne das daran, dass ihr Geruch den Metallduft von Furcht annahm, als Schüsse abgefeuert wurden. Ich verwandelte mich beinahe, weil mein Bär jedes einzelne Arschloch in Stücke reißen wollte. Davor hätte ich schwören können, dass ich den schwachen Honigduft ihrer Erregung wahrnahm, als würde es einem Teil von ihr gefallen, über meiner Schulter hängend davongetragen zu werden.

Jetzt dreht sie durch und ich will den Mistkerl umbringen, der seine Waffe abgefeuert hat. Ich bin mir ziemlich sicher, dass er in die Luft geschossen hat, um die anderen zu alarmieren, denn welcher Idiot würde im Dunkeln auf ‚den Schatz‘ schießen? Wie auch immer, ich bin beinahe versucht, meinen Bären rauszulassen, um den Kerl Glied für Glied auseinanderzureißen. Allerdings ist keine Zeit, um Randale zu machen, und ich vertraue meinem Bären nicht, dass er Paloma dabei nicht ebenfalls verletzt.

Ich muss Paloma von hier wegbringen und trösten.

Vorzugsweise ohne ihre Kleider.

Uups. Vergiss diesen vollkommen unangemessenen Gedanken.

Es ist nur so, dass sie die hübscheste Satinshorts und ein Bustier trägt und sonst nichts anhat. Außerdem verspüre ich den verrückten Drang, sie hier und jetzt zu markieren, um all diese anderen Mistkerle von ihr fernzuhalten.

Nicht, dass Menschen meinen Anspruch auf sie anerkennen würden.

Und ich *will* sie beanspruchen.

„Setz mich ab!“ Paloma trommelt mit ihren Fäusten auf meinen Rücken.

„Halte durch. Ich werde dich von hier wegbringen“, informiere ich sie. Ich renne durch den dunklen Wald. Der Himmel über uns ist bewölkt und ich nutze den Vorteil der Dunkelheit, um Thoms Anwesen zu durchqueren und die Straße zu finden. Wir sind den Wachen fürs Erste davongerannt.

Ich breche zwischen den Bäumen hervor auf die Straße. Das Röhren eines Motors verrät mir, dass ein Auto kommt.

Perfekt.

Ein schwarzer Lamborghini fährt auf uns zu. Daran, wie dicht das Auto am Seitenstreifen fährt, kann ich erkennen, dass der Fahrer betrunken ist. Es ist einer von Thompsons Gästen, der das Gelände verlässt, keine Wachen.

Der Fahrer sieht mich nicht rechtzeitig, um anzuhalten, doch ich strecke ein Bein aus und halte den Wagen mit einem Fuß am Kühlergrill an. Die hinteren Reifen brechen zur Seite aus. Der Kühlergrill wird um meinen Fuß herum eingedrückt.

Paloma tritt mit den Beinen aus. Ich setze sie noch immer nicht ab, nicht bis ich die Beifahrertür erreiche, sie aufreiße und meine Hand dem Passagier im Inneren reiche – eines der Plastikmodels von der Party.

„Bist du okay?", fragt der betrunkene Fahrer. Er steckt in einem Smoking und trägt noch seine Maske, die schief auf seinem Gesicht sitzt. Weißer Kokainstaub auf seiner Nase und der seines Dates erinnert mich daran, dass sie zu meiner Gruppenführung gehörten.

„Oh, du bist es!", kichert das Model. Sie nimmt meine Hand und ich helfe ihr aus dem Wagen. Anschließend setze ich Paloma sachte auf ihren Platz.

„Was tust du, Mann?", will der Trottel auf dem Fahrersitz wissen.

„Steig aus. Es ist ein Notfall. Sie braucht einen Arzt", blaffe ich.

Es ist keine richtige Lüge. Ihre Reaktionen sind verzögert, vermutlich von der Medizin, die sie ihr gegeben haben. Ansonsten wäre sie bestimmt schwieriger, zu händeln.

„Was? Oh, verdammt." Die Reaktionen des Fahrers sind noch langsamer als Palomas.

Ich habe Paloma bereits angeschnallt und schließe ihre Tür.

Ich jogge um den Wagen herum, reiße die Fahrertür auf

und ziehe den Kerl aus dem Auto. Er hat vergessen, sich anzuschnallen.

Sein Pech.

Ich werfe ihn beiseite und springe hinter das Lenkrad, bevor Paloma ihre Tür öffnen kann. Sie sucht nach dem Griff, ihre Reaktionen sind jedoch zu langsam.

Ich trete mit dem Fuß auf das Gaspedal und wir schnellen vor, da ich in ungefähr drei Sekunden von null auf 140km/h beschleunige.

Verdammt. Das macht Spaß. Ich drücke weiterhin das Gaspedal durch und beobachte, wie die Tachonadel auf 160km/h klettert. 175km/h. 185km/h.

Ich habe definitiv das richtige Auto gestohlen.

Palomas Hand liegt nach wie vor auf dem Türgriff, als würde sie abwägen, ob sie die Tür öffnen und rausspringen kann.

„Vorsicht, Prinzessin. Wir fahren viel zu schnell, als dass du einen Sprung überleben würdest", warne ich.

Sie blickt über ihre Schulter hinter uns zu den schwarzen SUVs, die gerade aus der Einfahrt fahren. „Ja, das sehe ich. Aber sie werden uns finden, weißt du."

„Nicht, wenn ich es verhindern kann."

Ich fische mein Handy aus meiner Tasche und wähle die Nummer eines Wolfgestaltwandlers, den ich kenne. Nicht die von Brick Blackthroat, des Alphas, mit dem ich im Fitnessstudio boxe, sondern die seines Enforcers Sully.

„Sully, hey", sage ich, als er rangeht. „Darius Medvedev. Der, äh …" Ich versuche, mir ein Codewort für *Bär* zu überlegen, doch er unterbricht mich.

„Ja, natürlich. Ich weiß, wer du bist. Was gibt's?"

„Ich brauch ein Safe House außerhalb der Stadt. Kannst du mir eines besorgen?"

„Ja. Wo bist du jetzt?"

„Hamptons."

„Verstanden. Hast du ein Transportmittel? Ist Rhode Island zu weit weg?"

Ich stoße meinen Atem aus. „Das ist perfekt."

„Ich schicke dir einen Standort."

„Klasse. Danke."

„Brauchst du Schutz?"

„Nein, ich habe alles unter Kontrolle."

„Willst du mir verraten, was los ist? Ich weiß, deine Art agiert allein, aber …"

„Ich komme klar." Wölfe. Ihre *Rudel oder stirb* Sache ist einfach viel zu viel. „Ich melde mich, wenn ich Hilfe brauche. Ich weiß das Angebot zu schätzen."

„Jepp." Sully beendet das Telefonat ohne weitere Nettigkeiten. Ich weiß einen Kerl zu schätzen, der Effizienz über Schwachsinn stellt.

Paloma starrt mich mit großen, braunen Augen an. *„Safe House?"*, will sie wissen. „Wer *bist* du?"

Ich grinse sie an. „Darius Medvedev zu deinen Diensten."

„Diensten? Nennst du es etwa so, wenn du mich mitten in der Nacht aus meinem Zimmer entführst?" Sie blickt auf ihren winzigen Satinschlafanzug hinab. „Ohne Kleider?"

Ich will es nicht tun, schaue jedoch auf ihre unglaublichen, prallen Brüste, die sich unter dem dünnen, rosafarbenen Satin ihres Leibchens bewegen. Meine Mundwinkel biegen sich nach oben. „Ich betrachte diesen speziellen Aspekt unseres Abenteuers nicht als Problem."

„Oh, so nennst du das hier also?"

„Ich musste dich dort rausholen."

Sie blickt über ihre Schulter, doch ich rase mit 160km/h über die Straße. Die Scheinwerfer des SUVs hinter uns werden immer kleiner. „Du musst mich zurückbringen."

„Das kommt nicht infrage, Prinzessin."

„Du verstehst nicht. Thom ist kein netter Mann. Er wird

dich töten. Er wird uns beide töten, wenn er denkt, ich hätte hierbei mitgemacht."

„Ja, so viel habe ich verstanden. Er hatte dich wie eine Gefangene *in deinem Zimmer eingesperrt.* Männer haben heute Nacht *auf deine Jungfräulichkeit geboten.*" Ich weiß, dass meine Augen wieder leuchten, denn ich kann spüren, dass mein Bär darum kämpft, freizukommen. Er will jeden Mann zerstückeln, der daran dachte, sie zu entjungfern.

Sie starrt abwechselnd mich und die Verfolgerfahrzeuge an.

„Außerdem wie kann eine Frau, die so hübsch ist wie du, noch Jungfrau sein?" Ich schüttle heftig den Kopf. „Vergiss das … ich weiß es. Weil du dein ganzes Leben in diesem Turm eingesperrt warst."

Ich versuche erneut, sie nicht anzuschauen, und versage. Ihre Nippel haben sich unter dem dünnen Stoff zu steifen Spitzen verhärtet. Sogar in der Dunkelheit kann ich die Röte sehen, die ihren Hals hinaufwandert und sich auf ihrem prächtigen Dekolleté ausbreitet.

„Du wusstest nicht von dem Fortpflanzungsteil, bis ich dir beim Ball davon erzählt habe, oder?"

Da bricht mein Bär beinahe hervor. Ich weiß nicht, ob vor Wut über die Vorstellung, dass sich jemand mit ihr fortpflanzt, oder wegen eines niederen tierischen Bedürfnisses, selbst mit ihr zu schlafen. Bevor ich es aufhalten kann, bricht ein leises Knurren aus meiner Brust hervor.

„Nein", knurrt mein Bär, bevor ich ihn zügeln kann. Ich muss ihn unter Kontrolle bringen, bevor ich etwas noch Waghalsigeres tue, als eine holde Maid aus ihrem Turm zu stehlen. Was an dieser Frau macht mich nur so verrückt?

„Bist du deswegen durch mein Fenster eingestiegen, um mich zu retten?"

„Ich war bereits dahintergekommen, warum Thompson dich ständig bewachen lässt. Aber ja, das war Grund genug, mein Ansehen in Thompsons Welt aufs Spiel zu setzen und dich dort rauszuholen."

Sie betrachtet mich. „Ich dachte, du würdest ebenfalls auf mich bieten."

„Das habe ich mir gedacht."

„Ich dachte, du würdest Thoms Vorstellung eines perfekten Zuchthengsts entsprechen."

„Warum?"

„Oh, ich weiß nicht, weil du doppelt so groß wie die anderen Männer bist und oberkörperfrei in einem kalten Ozean schwimmen kannst?"

Meine Lippen zucken. „Dachtest du, ich hätte in meinem Smoking schwimmen sollen?"

„Halt die Klappe."

„Hat dich das beeindruckt, Rapunzel?"

„Definitiv nicht." Ihre Innenschenkel pressen sich zusammen und das süße Parfüm ihrer Erregung füllt den kleinen Passagierraum.

Jepp, sie war beeindruckt.

Die Bewunderung beruht auf Gegenseitigkeit.

„Ich dachte bloß, Thom hätte dich ausgewählt, weil du ein perfektes", sie deutet mit der Hand auf mich, „*Exemplar* oder so etwas bist."

„Ich schwöre, ich wusste nichts von der Auktion, Paloma."

„Also bist du kein Teil des bösartigen Plans. In diesem Fall …" Sie schaut aus dem Fenster und ich habe das Gefühl, dass sie es tut, um ihr Gesicht zu verbergen. Der Geruch ihrer Erregung wird kräftiger.

Mein Schwanz regt sich in Reaktion darauf. Direkt unter der Oberfläche knurrt mein Bär und rüttelt an seinem Käfig.

Lass mich raus.

Mein Blut läuft in südliche Richtung meiner Taille. Ich hake nach: „In diesem Fall?"

„In diesem Fall …" Sie reckt den Hals, um hinter uns zu

schauen. Wir sind jetzt weit von der Gefahr entfernt und sausen doppelt so schnell wie die anderen Autos durch die Landschaft. In wenigen Kilometern werde ich auf den Highway nach Rhode Island wechseln. Sie dreht sich wieder um und betrachtet mich nachdenklich. „Wäre es die perfekte Möglichkeit, Thoms große Pläne für mich zu sabotieren, wenn ich dir meine Jungfräulichkeit schenke.“

KAPITEL FÜNF

Paloma

Darius stößt einen eigenartigen Knurrlaut aus und tritt auf das Gaspedal. Ich dachte, wir wären zuvor schnell gefahren, doch jetzt rast er wirklich. Ich klammere mich an den Türgriff des Sportwagens, den er ,ausgeliehen' hat, und blicke auf den Tacho. 185km/h.

Rast er, um mich in ein Bett zu bringen?

Mein Herzschlag beschleunigt sich zusammen mit dem Auto.

Das hier passiert wirklich. Der Wikinger wird mit mir schlafen.

Mich deflorieren.

Sich mit mir *fortpflanzen*.

Ich weiß – ich habe definitiv zu viele historische Liebesromane gelesen. Dennoch wird der Schrecken von Thoms Plan viel greifbarer, wenn mein Wikinger der fragliche Deckhengst ist. Vielleicht ist das hier meine Möglichkeit, die Kontrolle auf die begrenzte Art zurückzugewinnen, die mir zur Verfügung steht. Es verschafft mir eine große Befriedigung, sicherzustellen, dass es keine Jungfräulichkeit mehr gibt, die versteigert werden kann, wenn Thom mich erreicht.

Es ist allerdings nicht nur das.

Ich bin vierundzwanzig Jahre alt. Ich war die letzten zehn Jahre meines Lebens ohne Fernseher und mit begrenztem Internetzugang eingesperrt. Starlight zu reiten und Liebesromane zu lesen, war mein einziges Vergnügen. Und ja, diese Romane haben möglicherweise ein gesundes Interesse an Sex inspiriert.

Ich will wissen, wie es wäre, von diesem plündernden Wikinger beansprucht zu werden.

Ich will sein pulsierendes Glied in meine bebende Möse einführen oder wie immer die Worte dafür waren. Ich will es.

Mit ihm.

Und nach der Beule in seiner Smokinghose zu urteilen, will er es ebenfalls.

Wir sausen an einem Schild vorbei und er tritt auf die Bremse, bevor er mit einer Geschwindigkeit abbiegt, bei der die Reifen quietschen.

Mein Körper wird gegen die Tür geschleudert und ich klammere mich an den Griff. Normalerweise wäre ich jetzt panisch, doch er verhält sich so selbstsicher, so effizient, dass ich zuversichtlich bin, dass er weiß, was er tut. Ich fühle mich eigenartig sicher bei ihm, obwohl er mich und Wren in schreckliche Gefahr gebracht hat.

Ich werde einfach für die Nacht mit ihm gehen. Ich werde mich mit seinem riesigen Wikingerschwanz deflorieren und anschließend zu Thom zurückkehren.

Das ist die einzige Möglichkeit, wie ich für Wrens Sicherheit sorgen kann.

Außerdem werde ich meine Medizin innerhalb von achtundvierzig Stunden brauchen, sonst könnte ich sterben.

Die dunklen Bäume sausen an meinem Fenster vorbei.

Ich drehe mich, um über meine Schulter zu blicken, doch Thoms Männer sind weit hinter uns. Womöglich können wir tatsächlich entkommen.

Während wir von Lockepoint wegrasen, fühle ich mich sicherer, als ich es in den zehn Jahren seit dem Tod meiner Eltern getan habe.

Seit sie *getötet* wurden.

Aber nur, weil ich Thom und seine niederträchtigen Pläne vorübergehend los bin, bedeutet das nicht, dass der Albtraum vorbei ist.

Dennoch ist es eine vorübergehende Verschnaufpause.

Mit einem extrem heißen Wikinger, der mich buchstäblich über seiner Schulter baumelnd davongetragen hat. Es ähnelte verblüffend stark meiner Fantasie, bei der er mich zum Strand trug.

Es ist sowohl berauschend als auch furchterregend, Thoms Anwesen zurückzulassen. Ich habe dieses Grundstück nicht mehr verlassen, seit ich vor fünf Jahren zu fliehen versuchte. Damals brach ich in jemandes Sommerhaus am Ende der Straße ein. Ich wusste, dass die Nachbarn ihre Ferienhäuser nie benutzten. Ich verkroch mich dort über Nacht und versuchte, Wren auf ihrem Internat zu erreichen, die Nonnen erlaubten mir jedoch nicht, mit ihr zu sprechen.

Das war, bevor ich wusste, wie abhängig ich von der Medizin bin. Am nächsten Morgen wurde ich bewusstlos. Thoms Wachen fanden mich an jenem Nachmittag und brachten mich zurück nach Lockepoint. Der Arzt sagte, ich wäre beinahe gestorben.

„Ich *liebe* es zwar, dass deine Jungfräulichkeit zur Diskussion steht, das ist allerdings nicht der Grund, aus dem ich dich beansprucht habe. Äh … dich geholt habe. Was auch immer." Seine Augen leuchten in einer seltsamen optischen Täuschung.

Gott, er ist umwerfend. Seine Haare wirken länger als

gestern Nacht, fast so, als wären sie gewachsen, um zu meiner Fantasie zu passen. In diesem kleinen Raum mit ihm zu sein, stellt verrückte Dinge mit meinem Körper an. Zwischen meinen Beinen hat ein langsames Pochen eingesetzt, das mit jedem verstreichenden Moment beharrlicher wird.

„Ich ziehe den Ausdruck *beanspruchen* vor."

Seine Brauen schnellen in die Höhe und er hustet leicht. „Was?"

„Ja, das passt zu deinem Plündernden-Wikinger-Vibe."

Seine Lippen zucken. „Mein was?"

„Hör zu … das ist meine Fantasie. Ich darf die Geschichte meiner Defloration kontrollieren."

„Absolut." Die Worte schießen förmlich aus seinem Mund. „Absolut, das darfst du." Sein Schwanz liegt dick und fett entlang seines Beins. Ich bin versucht, die Hand auszustrecken und ihn durch seine Hose hindurch zu berühren.

„Ich werde", er räuspert sich, „dein plündernder Wikinger sein, wenn du das so möchtest. Aber wie ich bereits sagte, ging es bei dieser Sache nicht darum."

Ich kann bloß an Sex denken – wie es mit Darius sein wird. Wird er oben sein? Mich von hinten nehmen? Oder sollte ich die ganze Szene kontrollieren und mich bei meinem allerersten Mal rittlings auf seine Taille setzen?

Doch schließlich dringen seine Worte zu mir durch. „Worum geht es dann?" Doch sobald ich es ausspreche, wird mir bewusst, dass ich es nicht wissen will.

Ich habe es geschafft, für mindestens eine Nacht aus Lockepoint zu entkommen.

Ich werde zum ersten Mal Sex mit diesem hübschen Fremden haben.

Ich will nicht an die restliche Abscheulichkeit meines abscheulichen Lebens denken. Ich strecke eine Hand aus und lege meine Finger auf seine sinnlichen Lippen. „Nein warte", hindere ich ihn am Sprechen. „Erzähl es mir nicht. Kann ich einfach diese Fantasie haben? Nur für heute Nacht?"

Er teilt seine Lippen und ich spüre die goldenen Stoppeln, die sie umringen, als er meine Fingerspitzen in den Mund nimmt und an ihnen saugt.

Finger sind nicht erotisch. Zumindest hätte ich nicht gedacht, dass sie das sind. Allerdings spüre ich ein antwortendes Ziehen zwischen meinen Beinen, als wären meine Fingerspitzen und meine Scheide miteinander verbunden.

Ein leises Stöhnen kommt über meine Lippen. Meine Mitte wird feucht. Ich wünsche mir, ich hätte ein Höschen an, denn ich befürchte, dass sich meine Erregung auf dem Autositz verteilen wird.

„Du willst, dass ich heute Nacht einen Wikinger für dich spiele?" Darius' Stimme ist rau.

Als ich meine Hand entferne, packt er mein Handgelenk und hält es fest.

„Spricht da die Medizin aus dir?" Er zieht meine Finger wieder zu seinem Mund und knabbert an meinen Fingerknöcheln.

„Nein! Definitiv nicht. Ich kontrolliere lediglich mein eigenes Schicksal. Ich darf wählen, wem ich meine Jungfräulichkeit schenke, und ich wähle dich."

Er nimmt meinen Zeigefinger in den Mund, saugt an ihm und wirbelt mit der Zunge um ihn herum.

Ich schreie auf. Meine Nippel sind harte Spitzen und meine Brüste fühlen sich schwer an. Mein Gott – möglicherweise werde ich allein von dem Finger-Saugen kommen.

„Du wählst *mich* für deine Entjungferung?" Seine Stimme ist eine Oktave tiefer als zuvor, was unmöglich wirkt, da er bereits ein Bariton war. Etwas an dem Licht im Auto lässt seine Augen golden wirken. „Einen Kerl, den du nicht einmal kennst?"

Er scheint mit sich zu ringen, denn noch während er mit

mir diskutiert, schiebt er meine Hand über seinen muskulösen Körper, bis sie den Baumstamm erreicht, der sein Schenkel ist. Ab da weiß ich, wohin er unterwegs ist. Dorthin, wo ich hinwollte. Ich lasse meine Hand über den dicken Umriss seines Schwanzes gleiten und staune, wie hart und lang er ist.

„Ich wähle den Wikinger für heute Nacht." Meine Stimme ist heiser. „Das bist du."

„Ah." Ich spüre, wie sein Bauch erschaudert, als ich mit den Fingern langsam seine Länge hoch und runter streichle. „Ich verstehe." Sein Atem geht schwer.

Ich entferne meine Hand und lehne mich zurück. „Aber wenn du nicht willig bist …" Zum ersten Mal überhaupt fühle ich die Macht, die eine Frau über einen Mann haben kann.

Das ist der Grund, aus dem Männer wie Thom Frauen gefangen halten oder zwingen, sich mit ihnen fortzupflanzen. Sie strengen sich wahnsinnig an, etwas zu beherrschen, was ihnen Angst einjagt. Was sie kontrollieren könnte, wenn sie nicht aufpassen.

Er packt erneut mein Handgelenk und zieht es an seinen Mund. Dieses Mal teilt er seine Lippen und bewegt sie über meinen Puls, ehe er tief einatmet, als würde mein Geruch eine erotische Macht auf ihn ausüben. Was eigenartig ist, denn ich trage kein Parfüm. Warum sollte das Mädchen im Turm gut riechen müssen?

„Ich bin willig, Prinzessin. Ich werde dein Wikinger sein. Ich werde heute Nacht sein, was immer du willst. Wie du bereits gesagt hast, ist es deine Fantasie. Wer bin ich, einer Frau ihre tiefsten Sehnsüchte zu verwehren?"

Ein winziger Orgasmus bebt bei diesen Worten durch mich. Mein Hintern hebt sich vom Sitz und meine Schenkel klatschen zusammen, als sich die Muskeln anspannen und zucken.

Der Wikinger schaut mich an. „Bist du gerade gekommen?"

Ich bin atemlos. Diese Fantasie ist fantastisch. „Ja."

Er schüttelt langsam den Kopf und schnalzt mit der Zunge, während er immer noch doppelt so schnell fährt, wie erlaubt ist, und die wenigen Autos überholt, die heute Nacht auf dem Highway unterwegs sind. „Ungezogene Prinzessin. Du bist der Preis des Wikingers. Weißt du das nicht?" Seine Augen leuchten im Scheinwerferlicht eines herannahenden Autos. „Du darfst nicht ohne meine Erlaubnis kommen."

Das Fleisch zischen meinen Beinen zieht sich zusammen.

„Wenn du das noch einmal tust, werde ich dich über mein Knie legen und dir eine echte Wikinger-Strafe erteilen."

* * *

Darius

Ich werde gleich in meiner Hose kommen.

Lass mich raus.

Mein Bär kratzt von innen an mir, um sich zu befreien.

Mein Schwanz ist härter als Stein. Ich sollte besser auf die Straße achten und nach Gesetzeshütern Ausschau halten, da ich in einem gestohlenen Auto 160km/h schneller fahre als es das Tempolimit erlaubt. Paloma hat jedoch gerade gesagt, dass sie will, dass ich sie *beanspruche*.

Ich weiß, dass sie keine Ahnung hat, was das für mich bedeutet, aber mein Bär hat gehört, was er gehört hat.

Und er ist *mehr* als einverstanden.

Fuck. Ich muss vorsichtig sein. Mein Bär ist wild. Vollkommen unzivilisiert. Brutal.

Wenn er die Kontrolle erhält, während ich Paloma berühre – wenn er versucht, sie dauerhaft zu markieren und als die Unsere zu beanspruchen – könnte sie in echter Gefahr schweben. Es ist nicht so, dass er sie absichtlich verletzen würde, aber sie ist ein zerbrechlicher Mensch. Er ist eine wilde Bestie. Wenn er versuchen würde, sie zu markieren, könnte sie sterben.

Ich kann ihn nicht in ihre Nähe lassen. Niemals.

Paloma stöhnt bei meinen Worten. Ich muss die Kontrolle über diese Situation erringen.

„Ich möchte, dass du Folgendes tust, Prinzessin." Ich nutze meine Stimme, die ich in der Vorstandsetage einsetze und bei der sich meine Angestellten beeilen, mich zufriedenzustellen.

„Neige den Sitz nach hinten."

Sie gehorcht und fummelt an den Knöpfen auf der Seite ihres Sitzes herum, bis sie den richtigen findet.

„Braves Mädchen."

„Jetzt, führe deine Finger zwischen deine Beine und schließe die Augen. Mach diese Pussy schön feucht für mich, während du darüber nachdenkst, was dein Wikinger tun wird, wenn er dich zu seiner Festung gebracht hat. Verstanden?"

Ihre Finger gleiten in ihre Satinshorts und sie legt den Kopf nach hinten auf den zurückgeneigten Sitz. „Sie geht nur unter Protest mit", warnt sie mich, als sie die Augen schließt.

„Dann werde ich sie zwingen müssen, mir zu gehorchen. Wie gefällt es ihr, gezwungen zu werden?"

„Sie wird gerne über seiner großen muskulösen Schulter getragen. Vielleicht muss sie gefesselt werden … locker natürlich. Und …", ihre Stimme zittert leicht, „vielleicht die andere Sache, die du erwähnt hast."

Ich verkneife mir ein Lächeln. „Ein gutes, hartes Spanking über meinem Knie?"

„Vielleicht nicht so hart", wendet sie mit leiser Stimme ein.

Ich gluckse. „Sie wird die Nacht ihrer Träume erleben."

Paloma folgt meinen Anweisungen, hält die Augen

geschlossen und bewegt ihre Finger zwischen ihren Beinen. Doch irgendwann schläft sie ein, wie ich es mir erhofft habe.

Fuck sei Dank. Es liegen noch mindestens drei Stunden bis zum Safe House vor uns und mein Schwanz wäre explodiert, wenn wir mit dem Vorspiel weitergemacht hätten.

Ich rase durch Connecticut und halte nach der Highway-Polizei Ausschau. Beim Fahren kommt der Wahnsinn meiner Taten erst richtig bei mir an.

Ich ließ mich von meinen Büreninstinkten beherrschen, als ich Paloma Thompsons Klauen entriss.

Es tut mir nicht leid – nicht einmal annähernd. Allein, sie neben mir im Auto zu haben, sorgt für einen wilden Rausch. Mir ist jedoch bewusst, dass es drastische Konsequenzen nach sich ziehen wird. Thompson ist ein mächtiger Mann.

Ich habe gerade einen Krieg mit einem exzentrischen bösen Milliardär begonnen, der eindeutig keine moralische Richtschnur hat. Im Gegensatz zu Thompson habe ich keine Verbindungen. Ich habe nicht in jedem Spitzenamt Kumpel, deren Taschen ich gefüllt habe, damit sie für mich lügen, stehlen und betrügen.

Ich bin ein Neuling an der Wall Street. Ich wurde nicht reich geboren – ich habe meine Firma aus dem Nichts aufgebaut. Außerdem schreibt meine Firma erst seit kurzem neunstellige Zahlen. Ich habe nicht einmal die Macht eines Rudels hinter mir, wie es bei Brick Blackthroat und den Werwölfen der Wall Street der Fall ist.

Ich stamme aus einer kleinen, bunt gemischten Adoptivfamilie aus einer ländlichen Gegend in den Bergen New Mexicos. Klar, ich kann meine Brüder zu Hause anrufen, um Schutz oder Waffenunterstützung anzufordern. Es würde unserer Mutter jedoch das Herz brechen, würde einem von ihnen etwas zustoßen. Und ich habe ihr Herz bereits genug gebrochen.

Mein ungezähmter Bär und seine wilden Anfälle in

meiner Jugend erschöpften sie so sehr, dass sie sich in die Winterruhe zurückzog. Mein eigener Zwillingsbruder spricht nicht einmal mit mir darüber.

Ich könnte mich auch nur an diese Gegend halten und Brick Blackthroat und sein Wolfsrudel um Hilfe bitten, es ist allerdings viel verlangt, und er ist nicht verpflichtet, mir seine Unterstützung zu gewähren. Sie hatten gerade erst einen schrecklichen internen Konflikt, weil Brick einen Menschen als seine Luna gewählt hatte, und sie verloren hunderte Mitglieder wegen interner Machtkämpfe.

Wie auch immer, wenn ich mich nicht gegen Thompson durchsetzen kann, könnte das hier nicht nur mit meinem finanziellen und professionellen Ruin enden, sondern auch, wie mich Paloma gewarnt hat, mit unserem Tod.

Ich kann nicht einmal weiterdenken als bis zu dem unmittelbaren Dilemma, Paloma zu beschützen. Mein Bär will sie beanspruchen. Selbst wenn sie dazu bereit wäre, kann ich mich nicht mit einem Menschen paaren. Mein Bär ist viel zu unbeständig. Menschenweibchen sind viel zu zerbrechlich.

Nein.

Ich werde einfach herausfinden müssen, wie ich Paloma von ihrem bösartigen Ziehvater befreien kann, bevor ich sie gehen lasse.

Mein Bär knurrt – es ist nicht nur das Echo eines Knurrens, das unter der Oberfläche vibriert, sondern ein echtes wildes Brüllen, das aus meinem Mund kommt und das Auto erschüttert.

Paloma schrickt aus dem Schlaf, lehnt sich vor und keucht. „Was war *das*?"

KAPITEL SECHS

Paloma

Ich wache im Bett mit meinem Wikinger auf.

Nachdem mich das laute Motorrad auf der Straße aufgeweckt hatte, war ich wieder eingeschlafen. Darius versicherte mir, dass wir fast da wären und er mich aufwecken würde, wenn wir ankamen, aber ich schätze, er ist ein Lügner. Er hat mich anscheinend ins Haus getragen, ohne mich aufzuwecken, was verrückt ist. Entweder hat mich die Medizin besonders müde gemacht oder ich vertraue diesem Kerl komplett. Außerdem bin ich schwer – wie Thom immer angemerkt hat.

Jetzt setze ich mich auf und schaue mich um. Ich bin unter der Decke, Darius liegt jedoch nach wie vor vollständig bekleidet auf ihr, als wäre er beim Wachehalten eingeschlafen. Das ‚Safe House‘ ist nicht der verbarrikadierte Kellerbunker, den ich mir vorgestellt habe. Stattdessen ist es ein luxuriöses Strandhaus. Licht strömt durch die Fenster des Schlafzimmers, in dem wir sind und das eine Aussicht auf den Ozean bietet.

Ich schlüpfe unter der Decke hervor, wobei ich darauf

achte, Darius nicht zu wecken, und gehe auf Erkundungs-tour. Ich entdecke, dass wir uns in einem umwerfenden, luxuriösen Ferienhaus mit drei Schlafzimmern befinden. Ich benutze eines der Badezimmer und wasche mir das Gesicht. In einem Korb unter dem Waschbecken finde ich Notfall-Hygieneartikel – ungeöffnete Reisezahnbürsten und Zahnpasta, kleine Flaschen Mundwasser und einzeln verpackte Kämme. Sogar Sonnencreme und Lippenpflegestifte gibt es. Ich putze mir die Zähne, kämme meine Haare und trage ein wenig Lippenbalsam auf.

Anschließend erkunde ich die Küche. Die Schränke sind mit verschiedenen Dosen gefüllt. Wir werden hier nicht verhungern.

Es gibt eine moderne Nespresso-Maschine, deren Bedienung ein wenig kompliziert ist. Doch als ich endlich verstehe, wie sie funktioniert, produziert sie eine unglaubliche Tasse Kaffee. Ich öffne einen Karton haltbarer Sahne, gieße sie hinein und färbe den Kaffee blond.

„Paloma?", ruft Darius aus dem Schlafzimmer. In seiner Stimme liegt eine scharfe Note von Panik.

„Ich bin hier drüben", erwidere ich. Ich lege eine zweite Kapsel in die Maschine ein und stelle eine Tasse darunter, um ihm einen Kaffee zu machen.

Er erscheint aus dem Schlafzimmer. Er ist barfuß, trägt allerdings noch sein zerknittertes Smokinghemd und die Hose von gestern Nacht. Die Fliege ist verschwunden und das schwarze Hemd ist am Hals geöffnet, sodass ein Fleck goldener Locken aus dem Ausschnitt seines Unterhemds hervorlugt.

Er reibt sich über den Kiefer. Ich schwöre bei Gott, dass seine kurz rasierten Stoppeln über Nacht zu einem richtigen Bart mit Schnurrbart gewachsen sind. Seine Haare wirken ebenfalls länger. Doch das ist unmöglich. Ich muss verwirrt sein.

„Ich kann nicht fassen, dass ich dich nicht aufstehen habe hören."

Ich hatte vergessen, wie tief seine Stimme ist. Wie sehr ich deren raues Grollen genieße.

„Du warst bestimmt müde. Wann sind wir hier angekommen?"

„Gegen fünf Uhr morgens. Normalerweise schlafe ich nicht besonders tief." Sein Blick, der auf mir ruht, wirkt verschlafen und nachdenklich. „Ich vertraue dir anscheinend."

Seine Worte erschrecken mich. „Das ist seltsam", murmle ich.

„Was?"

„Nur … ich hatte den gleichen Gedanken, als ich aufgewacht bin." Ich streiche mir die Haare aus dem Gesicht. „Es ist eigenartig, dass ich nicht aufgewacht bin, als wir hier angekommen sind."

„Mmmh", brummt er.

Die Nespresso-Maschine beendet ihre Arbeit, weshalb ich die gefüllte Tasse nehme und ihm reiche. „Sahne?"

„Danke, Prinzessin." Er streckt die Hand aus und ich ertappe mich dabei, wie ich bewundere, wie sexy die Armbanduhr an seinem Handgelenk aussieht. Nicht, weil sie ein teures Designerstück ist – was sie ist – sondern weil sein Handgelenk und Unterarm fantastisch aussehen. Der breite Knochen seines Handgelenks ist vermutlich doppelt so groß wie meiner und die goldfarbenen Haare auf seinem muskulösen Unterarm bilden den perfekten Hintergrund für die Rolex, oder von welcher Marke die Uhr stammt.

Andererseits ist für mich alles an diesem Riesen wahnsinnig attraktiv.

Seine Finger schließen sich um die Tasse und streifen meine. Bei der Berührung flattert es in meinem Bauch. „Ja, bitte, mit Sahne."

Diese grollende Stimme! Sie wühlt mein Inneres noch mehr auf.

Ich schütte ein wenig Sahne aus dem kleinen Karton in seine Tasse, während er mich dankbar beobachtet.

In seinem Blick sind weder List noch Tücke zu sehen. Er durschneidet mich nicht so, wie es Thoms tut. Dieser Mann hat eine Präsenz, die mich festzuhalten scheint. Mein Körper kann sich in seiner Gegenwart entspannen, als wüsste er, dass ich in Sicherheit bin. Ich muss nicht wachsam bleiben.

Was falsch ist.

Ich bin *nicht* in Sicherheit. Und obgleich ich nicht glaube, dass Darius mich verletzen würde, *sind* wir in schrecklicher Gefahr.

Darius trinkt einen Schluck von seinem Kaffee und mustert mich über den Rand seiner Tasse hinweg.

Mir fallen wieder die Dinge ein, die er gestern Nacht zu mir gesagt hat. *Braves Mädchen. Mach diese Pussy schön feucht für mich, während du darüber nachdenkst, was dein Wikinger mit dir tun wird.*

Oh, Darius.

Ich kann nicht bei ihm bleiben. Genauso wenig kann ich zulassen, dass er wegen mir getötet wird. Mein bester Plan besteht darin, von hier und ihm zu verschwinden und Thom zu kontaktieren. Ich kann versuchen, Darius' Verhalten zu erklären. Er war betrunken. Er hat auf dem Rasen gefeiert. Er dachte, es wäre witzig, den Turm zu erklimmen und mich davonzutragen, und war zu betrunken, um zu verstehen, dass ich nicht mitwollte.

Gah. Thom würde vermutlich nicht darauf hereinfallen. Vielleicht werde ich übers Telefon einen Deal mit meinem Ziehvater aushandeln – ich komme zurück, wenn er Wren und Darius in Ruhe lässt.

Etwas in der Art.

Ich weiß nur, dass ich diese schöne Zuflucht bald verlassen muss.

Doch bevor ich das tue, werde ich heißen Wikingersex haben. Das hier könnte meine einzige Chance in meinem Leben sein, etwas zu erhalten, was ich will.

„Nun, Wikinger?", fordere ich ihn heraus. „Ist dies deine Festung?"

Begehren tritt in seinen warmen, ruhigen Blick. Seine Lippen biegen sich zu einem trägen Lächeln. „Das ist sie. Fürs Erste." Er wendet den Blick nicht von mir ab.

„Und was würdest du tun, wenn deine Prinzessin zu fliehen versucht?"

Er bewegt sich nicht. Er trinkt bloß noch einen Schluck Kaffee und beobachtet mich.

Während ich auf seine Reaktion warte, stehe ich komplett unter Strom.

„Das würde natürlich Konsequenzen nach sich ziehen."

Ein erregendes Beben setzt hinter meinen Knien ein. Das Fleisch zwischen meinen Beinen spannt sich an. Ohne den Blickkontakt zu unterbrechen, schiebe ich meine Kaffeetasse langsam auf die Theke.

Dann renne ich davon. Ich gelange bis zu der Glasschiebetür und verschwende einige kostbare Sekunden damit, herauszufinden, wie ich sie öffnen kann. Das Glas der Tür wirkt besonders dick, als wäre es kugelsicher.

Ich reiße die Tür auf und realisiere, dass sich Darius noch nicht bewegt hat.

Wird er mich verfolgen?

Wehe, wenn er das hier für mich ruiniert.

„Lauf, Prinzessin." Sein Raunen ist ein tiefes Grollen.

Ich sprinte über die Terrasse und die Treppe hinab zum Strand. Ich renne zum Wasser, wo der feuchte Sand fester sein wird, sodass man leichter darauf laufen kann. Als ich dort bin, renne ich so schnell ich kann.

Es spielt keine Rolle, denn als ich über meine Schulter schaue, ist Darius direkt hinter mir. Es ist beinahe so, als würde er sich zurückhalten, obwohl er mir einen Vorsprung gegeben hat.

Ich kreische vor Überraschung.

Er springt vor und packt mich um die Taille. „Böse Prinzessin", raunt er mir ins Ohr und wirbelt mich herum. Ich klammere mich an seine muskulösen Unterarme. Die umwerfenden, gerippten Baumstämme. „Jetzt muss ich dich bestrafen." In seiner Stimme schwingt Gelächter mit.

Meine Füße berühren wieder den Boden und er lässt seine Hand von meiner Taille zwischen meine Beine gleiten. Bei der Berührung keuche ich schockiert auf. Die feste Berührung seiner Finger schmiegt sich an meinen Venushügel. Zugleich umfasst seine andere Hand meinen Busen und drückt zu. Ich lehne meinen Kopf an seine muskulöse Brust, als eine Vielzahl an Empfindungen durch meinen Körper fegt. Sein Daumen reibt über meinen Nippel. Seine Finger bewegen sich kreisförmig zwischen meinen Beinen und Wonne rollt durch mich hindurch.

Dann wirft er mich auf den Rücken. Allerdings bin ich so gut in seinen kräftigen Armen geschützt, dass ich keinen Sturz spüre, sondern bloß überrascht bin, als ich mich im Sand wiederfinde.

Genau wie in meiner Fantasie!

Es gibt keine langsame Verführung. Er spielt die Rolle des wilden Wikingers perfekt. Er reißt den Satinzwickel meiner kurzen Schlafanzughose beiseite und bedeckt meine gesamte Pussy mit seinem geöffneten Mund.

Ich schreie vor Schock und Überraschung auf. Doch ich verspüre hauptsächlich Wonne, denn seine Zunge macht sich bereits ans Werk und taucht zwischen meine Falten. Er dringt mit seiner Zunge wiederholt in mich und saugt an meinen Schamlippen. Seine Barthaare, die über Nacht gewachsen sind, sorgen für eine weitere neue Empfindung.

Ich bin verloren. Ich bin sofort in den Empfindungen gefangen. Meine Hände heben sich zu seinen Haaren – dieser dichten goldenen Mähne – und ich ziehe an ihnen, um ihn anzuspornen.

Dabei ist das gar nicht nötig.

Der Wikinger weiß, was er tut. Seine Hand wandert unter mein Oberteil, um meinen Busen zu massieren und einen Nippel zu zwicken, während mich seine meisterhafte Zunge die versprochene Lektion wegen meines Ungehorsams lehrt.

Es ist eine gute.

Ich bäume mich auf dem Sand auf und stöhne vor Lust.

Er stemmt sich auf eine Hand und blickt auf mein Gesicht hinab, während seine Finger wieder meine Pussy streicheln. Er drückt einen Finger in mich – oder zumindest versucht er es, denn er ist zu dick. Ich bemerkte schon im Auto, dass seine Finger vermutlich die Größe eines normalen Männerpenis' haben. Er trifft auf meinen natürlichen Widerstand und weicht zurück, bevor er zu einem kleineren Finger wechselt – vielleicht zu seinem kleinen Finger.

Ich bin vor Lust außer Atem.

Er dringt mit dem Finger in mich und bewegt ihn langsam, während er mein Gesicht beobachtet. Vielleicht sucht er nach Anzeichen von Unbehagen. Es gibt keine.

Nur Wonne.

Ich werde am Strand von einem Wikinger geschändet. Es ist die reine Perfektion.

Er bewegt den Finger etwas schneller und zwickt meinen Nippel grob. Dann erobert er meinen Mund.

Es ist ein wilder Kuss. Seine Zunge fegt in meinen Mund und ich schmecke meine eigene Essenz.

Meine Beine zappeln auf dem Sand. Ich lege eine Hand hinter seinen Kopf, um weitere Küsse zu ermutigen, doch er unterbricht den Kuss und senkt seinen Mund wieder auf meine Mitte. Während sich sein kleiner Finger rein und raus bewegt, findet er mit der Zunge meinen Kitzler.

Ich kreische, als Lust in mir explodiert. Ich komme, meine Muskeln drücken seinen Finger, mein Rücken wölbt sich auf dem Sand durch und meine Innenschenkel beben um seine breiten Schultern herum.

Es dauert jedoch nicht lange. Ich will immer noch mehr. Ich will das gesamte Paket. Ich will sein Glied zwischen meinen Beinen.

Als der Orgasmus verebbt und ich die Augen öffne, schüttelt Darius gespielt streng den Kopf. „Das ist das zweite Mal, dass du ohne Erlaubnis gekommen bist, Prinzessin."

Ich lege mich wieder in den Sand, knochenlos und von dem Erlebnis auf Wolken schwebend.

Die Augen des Wikingers funkeln im Sonnenlicht bernsteinfarben.

„Jetzt ist die Zeit deiner Bestrafung gekommen."

* * *

DARIUS

Ich stehe auf, ergreife Palomas Hand und ziehe sie geradewegs von ihrem Rücken auf meine Schulter, damit ich sie wie einen Kriegsschatz zurück zur Burg tragen kann.

Mein Bär ist erregt, was es mir erschwerte, mich zurückzuhalten, nachdem ich ihr Aroma auf meiner Zunge hatte, doch ich beanspruchte sie nicht.

Ich hoffe, dass ich nicht zu grob war. Zu unnuanciert. Doch falls ich das war, passt es zu der Wikinger-Fantasie.

Als ich sie mit ihrem Aroma auf meiner Zunge zurück zum Safe House trage, brüllt mein Bär siegessicher. Nichts hat sich jemals so richtig angefühlt wie dieser Moment. Wie

Paloma zu beanspruchen. Doch nein – ich werde sie nicht *beanspruchen*, erinnere ich mich und meinen Bären.

Ich werde bloß ihre Fantasie erfüllen.

Und was für ein Privileg das ist. Es ist eine Ehre, die ich extrem ernst nehme.

Und sie beanspruchen, beharrt mein Bär.

Keine Beanspruchung. Ich ziehe eine unüberwindbare Grenze für ihn, wie ich es schon eine Million Mal getan habe. *Bleib. Drin. Du darfst jetzt nicht rauskommen. Niemals bei Paloma.*

Beanspruche. Sie.

Er wird zu stark von ihrem Duft beruhigt, der meinen Kopf umhüllt, um viel Kraft in seine Forderung zu legen.

Ich ignoriere ihn und denke stattdessen an all die wundervollen versauten Dinge, die ich mit Paloma tun werde.

Im Gehen streiche ich den Sand von der Rückseite ihrer Beine und verpasse ihrem Hintern einen leichten Klaps. Sie tritt mit den Beinen aus, der Geruch ihrer Erregung wird jedoch stärker.

„Prinzessin, du gehörst jetzt mir. Das bedeutet, dein Körper gehört mir. Deine Orgasmen gehören mir. Du wirst dich meinem Willen beugen oder die Konsequenzen tragen."

Ich improvisiere für ihre Wikinger-Geschichte. Ich weiß nicht, was sie genau im Sinn hat, vermute jedoch, dass es mit Dominanz zu tun hat. Vielleicht damit, nicht für ihre sexuellen Dränge verantwortlich gemacht zu werden. Wenn sie gefesselt ist und dazu gezwungen wird, kann es nicht ihre Schuld sein. Sie wird immer noch ein braves Mädchen sein. Vielleicht sind diese Fantasien die Methode ihres Verstandes, mit ihrer echten Gefangenschaft umzugehen. Eine Möglichkeit, die verlorene Kontrolle zurückzufordern, indem sie deren Verlust sexy macht.

Ich muss das hier richtig für sie machen. Ich weiß, dass

sie die Vorstellung einer Bestrafung antörnt – das kann ich daran erkennen, wie sie ihre Schenkel jedes Mal zusammenpresst, wenn ich sie erwähne. Ich werde ihr ein leichtes Spanking verpassen und schauen, wie sie darauf reagiert.

Als ich zum Safe House zurückkehre, tippe ich den Code in dem Tastenfeld ein, den Sully mir geschrieben hat. Das Haus ist mit jedem Luxus aufgemotzt, den sich ein Millionär wünschen könnte. Das ist vermutlich Blackthroats Version eines primitiven Lebens. Paloma und ich werden keinerlei Schwierigkeiten haben, uns hier zu verkriechen, während ich mir überlege, wie ich sie vollkommen von ihrem bösen Ziehvater befreie.

Ich öffne die Glasschiebetür und trete hindurch, bevor ich meine Gefangene vor dem Sofa abstelle.

„Jetzt zu deiner Bestrafung." Ich reiße ihr das winzige Trägertop über den Kopf. Ich habe darüber nachgedacht, ihr zu befehlen, sich auszuziehen, nehme jedoch an, dass sie sich mir nicht freiwillig unterwerfen will. Sie will gezwungen werden. Sie will, dass ich es so darstelle, als hätte sie keine Wahl in der Angelegenheit.

„Du warst heute Morgen ungezogen, Prinzessin." Ich hake meine Daumen in den Bund ihrer seidigen Shorts und reiße sie unter ihre runden Pobacken, bevor ich diesen jeweils einen harten Schlag verpasse.

„Oh." Sie schaut mich kurz an. Ihre Augen sind groß, ihre Pupillen sind allerdings noch immer geweitet. Es ist keine Spur von Angst zu sehen.

Ich setze mich auf das Sofa und ziehe sie über meine Knie. Verdammt, der Geruch ihres Honigs wird noch intensiver. Ich lege meine große Hand auf ihren Hintern und drücke zu, bewege sie allerdings nicht. Ich gebe Paloma bloß Zeit, sich an die Vorstellung ihrer heiklen Lage zu gewöhnen. Und wie immer warte ich auf ihre stillschweigende Zustimmung.

„Ich bin der Herr dieser Festung", informiere ich sie bestimmt. „Und du wirst gehorchen."

„Ich liebe es, dass du das Wort *Festung* kennst", murmelt Paloma mit belustigter Stimme.

Ich kann das Glucksen nicht aufhalten, das in meiner Brust rumpelt, verpasse ihrem Hintern jedoch einen Klaps, um diesen Patzer zu überspielen.

Sie stöhnt leise. Ich ziehe die Shorts zu ihren Füßen, damit sie sie davontreten und ihre Beine spreizen kann. Als ich meinen Mittelfinger zwischen ihre Schenkel schiebe, finde ich dort ihren Honig vor.

Mein Schwanz presst sich schmerzhaft gegen den Reißverschluss meiner Anzughose. „Sieht so aus, als hättest du deine Pussy wirklich gut auf mich vorbereitet", stelle ich fest.

„Mmmh", stimmt sie zu.

„Ich muss deinen Hintern trotzdem aufwärmen. Ich meine *Gesäß*. Wäre es ein Gesäß?", frage ich.

„Definitiv *Gesäß*", stimmt Paloma mit einem atemlosen Lachen zu.

Dieses Mal verpasse ich ihrem Hinterteil einen härteren Hieb. „Du wirst nicht mehr lange lachen, meine Dame."

Ihr Rücken spannt sich an, weshalb ich langsam im Kreis über ihren Hintern fahre, bis sich die Muskeln wieder entspannen. Ich streichle sie langsam zwischen ihren Beinen. „Wenn ich mit dir fertig bin, wirst du vollkommen bereit sein, meinen großen Wikingerschwanz aufzunehmen." Ich dringe mit der Spitze meines dicken Mittelfingers in ihren Eingang und dehne sie.

Sie stöhnt erneut, biegt den Rücken durch und hebt den Hintern in die Luft.

Mein Mittelfinger gleitet bis zum ersten Knöchel in sie. „Braves Mädchen", lobe ich.

„Ich dachte, ich wäre ein böses Mädchen."

„Oh, du *willst* dieses Spanking, nicht wahr?"

Ich ziehe meinen Finger heraus und gebe ihr, was sie braucht. Ich setze einen gleichmäßigen Rhythmus aus festen Schlägen, die ich abwechselnd auf der rechten und linken Pobacke anbringe, wobei ich mich auf die untere Hälfte ihres Pos konzentriere, auf der sie sitzt.

„Oh! Au!" Eine ihrer Hände fliegt nach hinten, um ihren Hintern zu verdecken und ich lasse mich von ihr aufhalten. Ich lege meine Hand auf ihre und drücke zu.

„Mmmh", stöhnt sie schamlos.

„Wirst du wieder weglaufen, Prinzessin?" Ich denke, dass sie genug von dem Spanking hat, doch sie antwortet bockig: „Ja."

Ich lache und meine Finger gleiten erneut zwischen ihre Beine. „Dann muss ich dir zeigen, was ein richtiger Wikinger-Fick ist." Mein Mittelfinger gleitet jetzt müheloser in sie. Ihr Körper bereitet sich darauf vor, mich aufzunehmen. Ich kann bis zum zweiten Fingerknöchel in sie dringen und schließlich mit dem ganzen Finger.

Paloma stöhnt.

Ich bewege den Finger in ihr, bevor ich ihn rausziehe und die Feuchtigkeit auf ihrem Kitzler verteile. Sie windet sich auf meinem Schoß und ihr geröteter Hintern gibt ein unglaubliches Spektakel ab.

Beanspruche. Sie.

Mein Bär ist verrückt. Er war zu lange eingesperrt. Ich lasse ihn nicht nur nie raus, sondern hatte in den letzten Jahren auch nicht genug Sex mit Weibchen. Jetzt, da ich ein hübsches, nacktes Weibchen auf meinem Schoß habe, will er, dass ich es markiere.

Mit den Fingerspitzen sammle ich mehr Feuchtigkeit von ihrem Eingang und verteile sie auf ihrem hinteren Loch. Sie kneift die Pobacken zusammen, um mich auszusperren. „Ein richtiger Wikinger-Fick bedeutet, dass du mich in jedem Loch aufnimmst." Ich versetze ihrer rechten Pobacke einen

Schlag. „In deiner Pussy … sagt ein Wikinger Pussy? … In deiner Lustgrotte?"

Paloma lacht. „Meine Möse."

„Oh ja, die will ich ficken. Diese saftige, rosafarbene Möse." Ich streichle bewundernd über ihre klatschnasse Spalte. Dann verpasse ich ihrer anderen Pobacke einen Hieb. „Und diesen prallen, perfekten Hintern … ich meine Gesäß."

Sie kneift erneut ihre Pobacken zusammen.

Ich habe nicht vor, heute Morgen auch ihre Analjungfräulichkeit zu nehmen, improvisiere jedoch und das ist dabei herausgekommen, also mache ich einfach damit weiter.

„Was ist das dritte Loch?", erkundigt sie sich.

Ich verpasse ihr noch einen Schlag. „So unschuldig, mein reizendes Täubchen. Dein Mund." Ich versohle ihr den Hintern mehrere Male und wärme ihre Haut gründlich auf, bis sie rosig leuchtet. Anschließend belohne ich sie dafür, indem ich sie erneut zwischen den Beinen streichle. „Dein Mund ist das dritte Loch. Möglicherweise fange ich damit an."

Erneut meine ich das nicht ernst. Auf keinen Fall würde ich dem Mund einer Jungfrau meinen Schwanz füttern, die in einem Turm eingesperrt war und höchstwahrscheinlich noch nie einen Mann geküsst hat. Das würde sie vermutlich in Angst und Schrecken versetzen.

Mittlerweile kann ich meinen Mittelfinger mühelos in ihr bewegen und pumpe ihn vor und zurück, was sie wahnsinnig zu machen scheint. Sie stöhnt, schaukelt mit dem Becken auf meinem Schoß und bringt meinen steifen Schwanz dazu, Lusttropfen in meiner Boxershorts zu verteilen.

„Okay, Prinzessin." Ich ziehe meinen Finger raus und verpasse ihrem Hintern einen letzten Hieb. „Es ist Zeit, dass der Wikinger über dich herfällt."

Ich stehe auf, gehe in die Hocke und hebe sie in meine

Arme. Ich trage sie zurück zum Schlafzimmer, wo ich heute Morgen das Vergnügen hatte, sie zu bewachen.

Ich werfe sie auf die Bettmitte und ziehe meine abgelegte Fliege aus der Tasche meiner Smokinghose.

Ihre dunklen Locken fallen über ihre Schultern. Ihr Gesicht ist gerötet und ihre Augen glasig von ihrem Spanking. Die prallen Lippen sehen so verdammt einladend aus.

Sie rutscht auf dem Bett nach hinten, als wolle sie erneut fliehen. Anhand der frech verzogenen Lippen kann ich erkennen, dass sie es als Teil des Spiels tut.

Ich ziehe an beiden Enden der Fliege, sodass sie ein Knallgeräusch macht. Sowie Paloma versucht, über die Bettkante zu springen, strecke ich die Hand aus, packe ihren Knöchel und ziehe sie zurück. „Wohin denkst du, gehst du, mein hübsches Täubchen?"

Ich packe ihre Handgelenke und binde sie mit meiner Fliege zusammen.

Sie mustert mich auf ihre intelligente Art. „Woher weißt du, dass mein Name *Taube* bedeutet? Sprichst du Spanisch?"

Ich nicke. „Nicht gut, aber ich kenne die Grundlagen von einem Dutzend Sprachen."

Ihre Brauen schnellen empor.

„Wikinger ist eine von ihnen." Ich zwinkere.

Sie lacht, wie ich es gehofft habe. Ich weiß natürlich, dass man es Altnordisch nennt.

Ich knöpfe mein Hemd auf. Es war bereits am Hals geöffnet und wurde zur Hälfte aus meiner Hose gezogen. Außerdem ist es von unserer überstürzten Flucht zerknittert und weil ich darin geschlafen habe. Paloma setzt sich auf und schaut zu.

Sie reibt ihre Lippen aufeinander, als ich mein Unterhemd ausziehe, und mustert meine haarige Brust. Ich knöpfe die Smokinghose auf und ziehe sie samt meiner Seidenboxershorts aus. Mein Schwanz federt steif heraus. Bereit, zur

Tat zu schreiten. Er pocht schon, seit sie ihn gestern Nacht durch meine Hose hindurch berührt hat. Jetzt ist er so hart, dass ich befürchte, er könnte abbrechen.

Palomas Blick sinkt und ihre Augen werden erneut groß, sie wirkt allerdings nicht eingeschüchtert. Natürlich weiß sie nicht, was sie nicht weiß.

Ich klettere auf das Bett und packe ihre gefesselten Handgelenke. Ich hebe sie über ihren Kopf, bevor ich sie langsam an den Händen auf ihren Rücken senke. Während ihre Handgelenke über ihrem Kopf fixiert sind, halte ich Paloma fest und gebe ihr einen langen, langsamen Kuss.

„Mmmh." Sie windet sich unter mir.

Ihr Körper ist weich und sinnlich. Ich vergöttere Kurven. An ihren Knochen ist genug Fleisch, um meine Hände zu füllen.

Ich umfasse ihren Busen und drücke zu. Ich senke den Mund auf einen ihrer Nippel und gleite mit der Zunge darüber, bevor ich kräftig sauge. Ich lasse meine Zähne über die Haut schaben, als ich sie freigebe und mich der anderen Brust widme.

Beanspruche sie.

Mein Bär versucht, lärmend meine Aufmerksamkeit zu erregen, aber ich habe keine für seine Forderungen übrig. Palomas hübscher Körper beansprucht meine gesamte Konzentration.

Ich wandere gen Süden, drücke ihre Knie nach oben und spreize sie weit, damit ich ihre weiche Mitte lecken kann. Sie ist noch immer tropfnass von ihrem Spanking und das Aroma ihres Honigs sorgt beinahe dafür, dass ich mich an Ort und Stelle in meinen Bären verwandle.

Nein. Jetzt dränge ich ihn noch entschlossener zurück. Ich blinzle heftig, um die Farbe meiner Augen wieder zu ihrer normalen Farbe zu ändern.

Nicht. Normal, knurrt mein Bär.

Ich knalle die Tür seines Käfigs zu, wie ich es zu tun lernte, als ich nach Manhattan zog. Ich unterdrücke ihn und sperre ihn in eine enge kleine Box weit unterhalb meines Bauchs, wo er nicht rauskommt.

Ich muss mich auf Paloma konzentrieren. Sie hat eine Fantasie, die sie erfüllen will, und ich beabsichtige, es perfekt für sie zu machen.

Ich gleite mit der Zunge zwischen ihre Schamlippen, fahre diese nach und wirble über ihren Kitzler. Es ist schwierig, doch ich schaffe es dieses Mal, mit dem Daumen in sie zu dringen, während ich an ihrem Kitzler sauge.

Sie keucht und kämpft darum, mich aufzunehmen. Ich spüre jedoch keinen Widerstand. Es gibt kein Jungfernhäutchen, das durchbrochen werden muss. Sie ist einfach nur eng.

„Wirst du meinen großen Wikingerschwanz aufnehmen, Täubchen?" Verschwunden ist der Wall Street Hedgefonds-Manager. Er wurde von dem groben, wilden Bärenmann aus New Mexico ersetzt. Aber ich soll ein Wikinger sein, kein Bär.

Nie ein Bär. Ich darf mich nicht zu diesen Tagen zurückentwickeln, als mein Bär mehr Kontrolle hatte als ich.

„Nein." Paloma schüttelt den Kopf und kurz glaube ich, sie meint es ernst, doch dann realisiere ich, dass sie noch immer das Spiel spielt, bei dem ich sie festhalte und zwinge, mich aufzunehmen. Bei dem ich sie zwinge, etwas zu tun, was eine unschuldige Maid niemals aus freien Stücken tun würde.

Das merke ich daran, dass sie übertreibt. Sie schüttelt heftig den Kopf und schubst mich mit ihren gefesselten Händen zurück, während sie versucht, mich mit den Knien von sich zu stoßen.

„Dein Safeword ist *Bad Bear*", informiere ich sie, bevor ich eine Gelegenheit habe, meine Worte zu zensieren. Ich verrate nie persönliche Einzelheiten über mich. Vor allem nicht den Namen des Bergs, von dem ich herkomme, oder das Tier, das mein wahres Wesen ist.

Doch Paloma ist anders.

Gefährtin, beharrt mein Bär.

Sie nickt kurz und bestätigt meinen Glauben, dass es kein echtes Nein war.

Ich drücke ihre Knie weiter auseinander, um mich zwischen sie zu knien, und schnappe mir ein Kissen, um es unter ihre Hüften zu schieben.

„Das hier ist dazu da, dass ich dich tief und hart nehmen kann", warne ich sie.

„Ich werde mich nie unterwerfen!", kreischt sie wie die gefangene Prinzessin, die sie spielt.

Ich ziehe streng eine Augenbraue hoch. „Oh, du wirst dich unterwerfen, meine reizende gestohlene Braut. Du wirst dich jede Nacht unterwerfen, bis ich deinen Schoß mit meinem riesigen Wikingerbaby fülle."

Paloma lacht atemlos. Das Gewicht ihrer Brüste sorgt dafür, dass sie zu den Seiten rutschen. Ich will ihren Körper für den Rest meines Lebens verehren.

Ich verpasse der Seite eines Busens einen leichten Klaps – er ist nicht stark genug, um ihr wehzutun, sondern soll sie nur überraschen. Ihre Augen fliegen zu meinem Gesicht und heften sich auf dieses, als wollte sie mich beobachten, um herauszufinden, was ich als Nächstes tun werde.

Ich überdenke meine Worte und realisiere, dass ich ihr kein großes Wikingerbaby machen will. Oder besser gesagt, ich will es, aber sie will das womöglich nicht.

Ich deute mit einem Finger auf sie. „Beweg dich nicht, Prinzessin." Ich steige vom Bett, um ein Kondom aus meinem Geldbeutel zu holen.

Sie flüchtet und rollt auf der anderen Seite vom Bett.

Ich lächle verschlagen, als ich ans Fußende des Betts trete, um ihre Flucht zu verhindern. „Du sitzt fest, Prinzessin."

Sie wirft sich aufs Bett und rollt über dieses. Ich muss ihr lassen, dass sie klug, mutig und flink ist.

Es ist schwer, sich vorzustellen, wie Thompson sie all diese Jahre gefangen halten konnte. Ich finde es merkwürdig, dass eine so kluge, sture und mutige Frau wie sie keine Möglichkeit gefunden hat, seinen Fängen zu entkommen.

Mir wird sie allerdings nicht entfliehen. Ich bin ein Bär. Die Leute denken, wir seien langsam und schwerfällig, doch wir stecken so viel Kraft in jede Bewegung, dass wir im Nu große Entfernungen überwinden können. Mit einem Schritt komme ich auf der Bettseite an und packe sie, als sie von dieser rollt.

Sie keucht in meinen Armen und starrt mich mit diesen großen braunen Augen an.

Ich muss gegen das Zucken meiner Lippen ankämpfen, während ich so tue, als würde ich sie böse anschauen. „Jetzt hast du dir noch ein Spanking verdient, Prinzessin."

Ich werfe sie wieder auf das Bett und drehe sie auf ihren Bauch. Das Kissen ist perfekt unter ihren Hüften platziert und hebt ihren Hintern für mich an.

Ich verpasse ihm einige Hiebe und sie kreischt. Ich höre auf und reibe das Brennen weg. „Hast du es darauf abgesehen, Hoheit?" Ich drücke ihren Hintern und knete die weichen Pobacken, bevor ich ihr drei weitere Schläge verpasse. „Musstest du meine Hand auf deinem Gesäß spüren?"

„Nein", keucht sie.

„Lügnerin." Ich drehe sie um, gleite mit dem Daumen über ihre Spalte und vergewissere mich, dass sie noch immer feucht und bereit für mich ist. Mein Schwanz schmerzt. Ich will mich in ihrer perfekten Pussy vergraben.

Dies ist allerdings ihr erstes Mal und ich muss langsam vorgehen.

„Jetzt werde ich dich beanspruchen", verkünde ich. Wir wissen beide, dass ich nur so tue. Aber, verdammt, diese Worte klingen genau richtig.

Sie erschaudert bei meiner Berührung.

Ich reiße die Kondomverpackung auf und streife mir das Kondom über. „Ich werde es gut für dich machen, Prinzessin. Lass dich einfach gehen und übergebe mir die Kontrolle."

* * *

PALOMA

Darius ragt über mir auf und seine kräftigen Muskeln spielen, als er eine Hand auf das Bett stützt.

Er berührt mich und ich hätte nie gedacht, dass seine stumpfen Finger so sanft sein können. Er teilt meine Falten, als würde er die Blütenblätter einer Blume öffnen. Er hat mich bereits zweimal zum Kommen gebracht, weshalb ich weiß, was er tut.

Ich hebe meine gefesselten Handgelenke, woraufhin er sie packt und am Bett fixiert. Seine schnelle Bewegung und lässige Dominanz in Kombination mit dem Gefühl, beherrscht zu werden, lässt Hitze zwischen meinen Beinen explodieren.

„Oh, das gefällt dir", murmelt er. Er neckt meinen Eingang mit einem langsamen, kreisenden Finger.

„Woher weißt du das?"

„Du bist gerade feuchter geworden." Er taucht einen Finger in mich, fügt einen zweiten hinzu und beobachtet mein Gesicht. Ich spüre einen unangenehmen Stich, dem eine weitere Hitzewelle folgt, als sich mein Körper an den Eindringling gewöhnt.

Dann krümmt er einen Finger und reibt über meine

innere Wand. Mein Gesicht wird heiß und meine Lippen teilen sich. Meine Hüften heben sich vom Bett, während er mich streichelt.

„Das ist es, Prinzessin." Er lässt mein Handgelenk los, um noch einen Finger hinzuzufügen. Ich spüre, wie ich mich um ihn herum verkrampfe. Etwas baut sich tief in mir auf. Ich habe das Gefühl, als wäre ich auf dem Weg zum Höhepunkt, brauche jedoch mehr Stimulation, um ihn zu erreichen.

„Mehr", informiere ich ihn. „Ich brauche mehr."

„Etwa das hier?" Er fügt noch einen Finger hinzu und ich will nach vorne schaukeln und ihn tiefer in mich schieben.

„Es reicht nicht."

Er zieht seine Finger raus und ich summe missmutig. Er zeigt mir die glänzenden Finger, bevor er sie um seinen Schwanz schlingt. „Dann bist du bereit für mich."

Er kommt näher und bedeckt mich mit seinem Körper. Die Muskelwand füllt mein Sichtfeld. Ich starre sein elegantes Brustbein an und hinab zu seiner dicken Schwanzwurzel. Sein Glied ist riesig, lang und dick und befindet sich zwischen goldenen Haaren. Er packt es und reibt mit der Spitze über mich. Sie ist heiß und feucht und ich weiß, dass es so befriedigend werden wird.

„Komm schon." Ich rucke nach oben und er packt erneut meine Handgelenke.

„Langsam, Täubchen." Mein Puls hämmert in seinem Griff.

Seine breite Schwanzspitze drängt sich gegen mein enges Loch und ich atme wegen der Dehnung scharf ein. Ich habe *noch* keine Probleme, mehr von ihm aufzunehmen.

Dann tut er etwas Unerwartetes. Er senkt den Kopf und packt meinen Nacken mit den Zähnen. Er küsst die Haut dort und sein rauer Bart kitzelt mich. Ich erschaudere und er leckt über meinen Puls. Das in Kombination mit seinem dicken Glied, das in mich dringt, reicht, um den Vulkan in mir zur Explosion zu bringen.

„Oh Gott", keuche ich. Meine Brust wogt, meine Nippel werden hart und jucken. Ich wölbe mich nach oben und reibe meine Brüste an seiner Brust. Seine rauen Haare kratzen über meine empfindlichen Nippel und die Stimulation vergrößert die anschwellende Spannung in mir. Mein ganzer Körper beginnt, zu vibrieren, und bebt unkontrolliert.

Darius gleitet vor und meine seidigen Flüssigkeiten erleichtern ihm den Weg. Es tut so gut weh. Meine Beine zittern, ich schließe sie um seine kräftigen Hüften und dränge ihn vorwärts.

Er stützt sich über mich und jeder Muskel wölbt sich unter seiner Haut. Sein Kiefer ist angespannt, als würde er mit den Zähnen knirschen und sich zwingen, mich langsam zu erobern. Röte kriecht über seine Wangen. Unter seinen mürrisch verzogenen blonden Brauen blitzen seine Augen bernsteinfarben auf. Er ist der atemberaubendste Mann, den ich jemals gesehen habe.

Ich blicke nach unten. Sein Schwanz ist nur zur Hälfte in mir. Ich bohre die Fersen in die Grübchen oberhalb seiner festen Pobacken. Er gleitet mit den Händen unter meinen Po und umfasst die bestrafte Haut. Er ist vorsichtig, die rauen Schwielen auf seinen Fingern erwischen jedoch eine wunde Stelle. Der Schmerz stößt mich über die Klippe.

Mein Orgasmus explodiert in mir. Ich komme, zittere und meine inneren Muskeln beben seinen Schaft entlang. Mein Körper verkrampft sich, als wolle er, dass sein Schwanz ein Teil von mir wird.

Er knurrt, der Laut bebt durch mich und löst Nachbeben aus. Ich keuche und versuche, zu Atem zu kommen, als er vollständig in mich gleitet. Ich schnelle zu neuen Höhen und mein Höhepunkt dauert an und an.

Er senkt den Kopf und küsst mich. Seine festen Lippen bewegen sich auf meinen, erobern und dominieren. Ich stöhne, er gleitet mit der Zunge in meinen Mund und bewegt sie im Takt mit seinem Schwanz. Der Rhythmus sorgt dafür, dass sich erneut köstliche Spannung in meinem Bauch windet.

„Du fühlst dich so gut an, Prinzessin", murmelt er an meinem Mund. Ich seufze und er knabbert an meinen Lippen. „Du wurdest dafür gemacht, meinen Schwanz aufzunehmen."

Oh mein Gott. Komme ich erneut? Ich glaube nicht, dass ich aufgehört habe.

Er ist tief in mir und pumpt langsam in mich. Ich bewege mich mit ihm und lasse meinen Körper dehnen, damit sich Darius an meine Schenkel schmiegen kann. Ich wusste nicht, dass ich jemanden so reinlassen kann. Ich wusste nicht, dass es sich so fantastisch anfühlen würde.

Seine Brusthaare schaben über meine weiche Haut. Ich wölbe mich ihm entgegen, da ich mehr Stimulation brauche.

„Immer mit der Ruhe, Täubchen. Ich werde dir alles geben, was du brauchst."

Er stemmt sich auf einen Ellenbogen und legt seine große Hand an meinen Hals. Er drückt leicht zu im Takt mit seinen Hüftenbewegungen. Es sollte sich bedrohlich anfühlen. Stattdessen fühlt es sich gut an, als würde er mich befreien, anstatt mich am Hals zu packen.

Meine Pussy verkrampft sich, drückt seinen Schwanz und er stöhnt. Sein Kopf kippt nach hinten und seine Haare fallen um sein Gesicht. Irgendwie sind sie jetzt schulterlang. Er sieht wie ein Wikingerkrieger aus.

„Ich bin nah dran", bringt er zähneknirschend hervor. Ich grabe meine Nägel in seinen Rücken, da ich ihn markieren will. Ein helles, unmenschliches Licht tritt in seine Augen. „Komm mit mir." Er packt meine Kehle fester und unterstreicht so den Befehl. Zur gleichen Zeit rammt er sich in mich und lässt mich fliegen. Sein Körper klatscht auf meinen und stimuliert meinen Kitzler. Sterne explodieren hinter meinen Augen.

Er knurrt, als er kommt. Sein Schwanz pulsiert tief in mir und füllt das Kondom mit seinem Sperma.

„Paloma", stöhnt er und ich schließe die Augen, da ich von der Ehrfurcht in seiner Stimme überwältigt bin.

Er zieht sich aus mir zurück und erhebt sich in seiner gebräunten, sexy Pracht über mir. Meine Beine fallen auseinander und zeigen ihm meine frisch gefickte Pussy. Sein riesiger Schwanz ist noch immer hart und glänzt von meinen Säften. Verdammt, ich will, dass er mich an den Haaren packt und seine Härte in meinen Mund führt. Dass er mich zwingt, unsere gemeinsame Essenz zu kosten.

„Jetzt gehörst du mir", grollt er. „Sag es."

„Ich gehöre dir." Ich weiß, dass dies nur ein Teil der Fantasie und nicht real ist, doch ich spüre eine Verbindung zwischen uns knistern, als ich die Worte sage.

Der Wikinger hat mich geplündert. Und ich will mehr.

KAPITEL SIEBEN

Paloma

Darius zieht an der Fliege, die meine Handgelenke gefesselt hat, und entlässt meine Hände aus den Fesseln. Er reibt über die roten Male, die seine Fliege auf meiner Haut hinterlassen hat, und küsst meine Finger. Anschließend verschwindet er für einen Augenblick und kehrt ohne das Kondom zurück. Stattdessen trägt er ein Glas kaltes Wasser in der Hand, das er mir anbietet.

Ich trinke durstig, während er mit seiner großen Hand meinen Körper streichelt. Er hat überall auf mir Male hinterlassen. Meine Brust ist von der Reibung rosafarben geworden und mein Hintern leuchtet rot von meiner Strafe. Er veranstaltet viel Wirbel um diese Spuren und der Anblick meines Wikinger-Riesen, der einen schwachen Bluterguss auf meiner Hüfte finster ansieht, reicht, damit ich in Verzückung gerate.

Er legt eine Hand auf meinen Bauch und umfasst meine Kurven. Ich sollte wegen meines Bauchs befangen sein, bin es allerdings nicht. Darius gibt mir das Gefühl, als sei mein Körper genau so perfekt, wie er ist. „Bist du okay?"

„Besser als okay. Das war … genial." Es gibt keine Worte in keiner Sprache, um zu beschreiben, wie gut es sich anfühlte. „Danke schön."

„Es war mir eine Ehre." Er sieht so ernst aus.

Ich beuge mich vor und küsse sein Kinn. Er nimmt meinen Kopf in seine großen Hände und blickt mir tief in die Augen. Ich starre zurück und mustere das goldgesprenkelte Grau seiner Pupillen. Sie schimmerten beim Sex so hell, doch das muss eine optische Täuschung durch das Licht gewesen sein. Und war sein Bart schon immer so buschig?

Mein Magen knurrt laut und unterbricht den Moment.

Darius gluckst und küsst meine Stirn. Sein kratziger Bart kitzelt mich.

„Ich werde nachschauen, ob ich für meine Prinzessin etwas zu essen finden kann."

Ich beginne, mich nach oben zu stemmen und zu sagen, dass ich ihn begleiten werde, doch er dreht mich auf die Seite und schlägt mir auf den Po. „Bleib."

Ich sinke wieder auf das bequeme Bett und genieße die Trägheit in meinen Gliedern.

Sobald er durch die Tür verschwindet, setzt die Realität ein.

Ich hatte meinen Spaß. Ich entschied und kontrollierte, wer meine Jungfräulichkeit nahm und wie. Es war unglaublich. Besser, als ich es mir jemals hätte vorstellen können.

Aber unser Moment ist vorbei.

Thom wird jeden Rohling, der auf seiner Gehaltsliste steht, auf die Suche nach mir geschickt haben. Ganz zu schweigen davon, dass er noch immer meine Schwester hat. Mein Körper wird kalt bei dem Gedanken daran, was er Wren möglicherweise antut, wenn er nicht bald von mir hört. Momentan ist sie mit der Schule auf einer Chor-Tournee, doch er könnte versuchen, sie sich auf ihrer Reise zu schnappen und seine Drohung wahrzumachen.

Ich will meine Freiheit, bin jedoch nicht gewillt, ihr Leben gegen meines einzutauschen.

Und ich will mein Gewissen auch nicht mit Darius' Tod belasten.

Ich muss handeln. Ich erhebe mich und ziehe Darius' schwarzes Hemd über meinen knappen Schlafanzug. In seiner Hose suche ich nach dem Autoschlüssel, finde ihn allerdings nicht.

Egal. Wir befinden uns zwar in einem Gebiet mit Ferienhäusern, aber es gibt bestimmt Verkehr an der Hauptstraße. Ich muss nur zu einem Telefon gelangen, damit ich Thom anrufen und die Bombe am Ticken hindern kann.

Mir bleibt nicht mehr viel Zeit.

Ich höre Darius draußen auf der Terrasse, die dem Ozean zugewandt ist. Er spricht in sein Handy. „Danke, Mann", sagt er. „Ich weiß es zu schätzen." Er wendet sich ab und dem Meer zu.

Ich nutze die Gelegenheit, um durchs Haus zu huschen. In der Küche gibt es einen Nebeneingang, zu dem ich renne. Ich bleibe nur stehen, als das Licht von etwas Metallischem reflektiert. Ich habe die Autoschlüssel gefunden.

Ich nehme mir die Zeit, eine kurze Nachricht zu hinterlassen.

DANKE, dass du mich gerettet hast, lieber Wikinger, aber ich muss zurückgehen. Ich werde etwas mit Thom aushandeln, damit dir nichts geschieht, oder ihn überzeugen, dass es nur eine betrunkene Eskapade war.

Besos,
Paloma

. . .

ANSCHLIEßEND SCHLÜPFE ich durch die Tür in die Garage und zögere. Ich weiß nicht, wie man Auto fährt, weil Thom mir nie erlaubt hat, es zu lernen. Ein Jammer, dass es keinen Stall in der Nähe gibt – auf einem Pferd fühle ich mich viel wohler.

Doch wie schwer kann es sein, ein Auto zu fahren?

Ich drücke auf den Knopf, um die Garagentür zu öffnen. Argh! Ich wusste nicht, dass es so laut sein würde. Darius wird das definitiv hören. Ich renne zu dem gestohlenen Sportwagen, steige hinter das Lenkrad und ziehe den Sitz viel näher, damit meine Füße die Pedale erreichen.

Aber wie funktioniert dieser elektronische Autoschlüssel? Ich drücke auf Knöpfe, bis das Auto brüllend zum Leben erwacht. Anschließend lege ich den R-Gang ein. Oder ich versuche es. Der Gang bewegt sich nicht. Ich schüttle den Hebel.

Mein Fuß drückt auf eines der Pedale und plötzlich bewegt sich der Hebel.

Mein Herz hämmert wie wild, als ich ihn zum R ziehe und fester auf das Pedal trete.

Nichts.

Okay. Ein anderes Pedal. Ich drücke es durch.

Dieses funktioniert. Das Auto macht einen Satz und die Reifen quietschen über den Garagenboden, als der Wagen viel zu schnell aus der Garage saust.

Ich habe etwas getroffen.

Oh Scheiße.

Oh Scheiße! Ich schlage mir die Hand auf den Mund. Es ist Darius.

Ich reiße die Autotür auf, doch das Auto macht erneut einen Satz.

Darius' Hände sind gegen den Heckspoiler gestemmt und er hat die Hinterräder hochgehoben, damit sie sich nicht bewegen können.

„Schalte auf Parken! Das P", blafft er.

Ich ramme den Hebel zu P und das Auto macht erneut einen Satz, ehe es stoppt.

Darius senkt die Hinterreifen, als ich wieder aussteige. Er wölbt eine sexy Braue. „Willst du irgendwohin, Prinzessin?"

Ich atme scharf ein und überlege, ob ich ihm die Wahrheit oder eine Lüge erzählen soll.

Nein, er verdient die Wahrheit. Ich will nur nicht, dass er den Helden für mich spielt und stirbt.

„Ich muss zurückgehen."

* * *

DARIUS

„Was?"

Mein Bär versucht, sich aus meinem Griff zu befreien. Er dreht durch, weil Paloma versucht hat, zu gehen.

Weil sie *zurückgehen* will.

Er will wüten und seine Krallen in die Wände der Garage schlagen, aus der Paloma zur Hälfte gefahren ist.

„Nein", protestiere ich, bevor sie es erklären kann. „Du gehst auf gar keinen Fall zurück."

„Darius, hinter dieser Sache steckt mehr, als du verstehst. Thom hat ein Druckmittel gegen mich in der Hand."

Alles in mir erstarrt. Ein dunkles, warnendes Kribbeln sickert unter den Zorn meines Bären.

„Was meinst du?"

„Er hat meine Schwester. Er sagte, wenn ich noch einen Fluchtversuch unternehme, würde sie sterben."

Eis schwappt durch meine Adern. Ich knirsche mit den Zähnen. „Wo ist sie?"

„Auf einem Internat in Connecticut."

Ich nicke. „Dann werden wir sie als Erstes kontaktieren."

„*Nein*. Du verstehst nicht." Meine Worte beruhigen sie nicht.

„Erkläre es mir."

„Sie erlauben keine Handys an ihrer Schule und die Schule hat nur ein internes Netzwerk, weshalb ich ihr keine Nachricht schicken kann."

„Dann werden wir dorthin gehen. Connecticut ist nur eine Stunde entfernt."

„Es ist komplizierter als das. Momentan ist sie auf einer Schulchor-Tournee in Irland. Wir müssen herausfinden, wie wir sie vor Thom finden können."

Fuck.

Paloma ist eine echte Kriegerin. Ihr Kiefer ist vor Entschlossenheit angespannt. Wut blitzt in ihren Augen. Sie war zwar eine Prinzessin in einem Turm, ist jedoch kein Mauerblümchen.

„Außerdem werde ich ohne meine Medizin sterben. Wir haben zwei Tage, bis ich einen Herzstillstand erleide."

Mein Bär versucht, vor Wut aus mir hervorzubrechen.

Halte. Dich. Zurück.

Fuck. Die Medizin, die giftig riecht. Ich hätte daran denken sollen.

„Okay. Wir werden deine Medizin besorgen. Wie heißt sie? Mein Bruder ist Arzt ... er kann ein Rezept für dich ausstellen."

Sie schüttelt den Kopf. „Es ist kein gewöhnliches Rezept. Dr. Handel stellt die Medizin selbst zusammen. Es ist irgendeine Mischung, die er erfunden hat."

Meine Brauen senken sich. „Wie lautet deine genaue Diagnose?"

„Es ist eine Form von Hämophilie."

„Okay. Wir werden dir die Medizin besorgen. Und wir werden deine Schwester finden." Ich sehe mich um, da es mir nicht gefällt, dass wir hier draußen im Freien sind, vor allem nicht mit einem gestohlenen Auto, dessen Nummernschild für alle sichtbar ist, die vorbeifahren. „Lass uns nach drinnen gehen und etwas zum Essen auftreiben. Wir werden beide bessere Entscheidungen treffen, wenn wir nicht mehr hungrig sind.“

Paloma sieht sich um, nickt jedoch und mein Bär lockert den Würgegriff, mit dem er mich festgehalten hat.

„Ich bin direkt hinter dir … ich werde bloß das Auto in die Garage zurückfahren.“

Daraufhin rufe ich Kylie Jackson, eine Katzengestaltwandler-Hackerin an, die in Tucson lebt. Sie ist in der Gestaltwandlerwelt als eine Art Problemlöserin bekannt.

Paloma hat bereits eine Schachtel Makkaroni und Käse sowie eine Dose Thunfisch aus dem Vorratsschrank geholt und erhitzt einen Topf mit Wasser.

„Hör zu, ich muss dich um einen Gefallen bitten“, sage ich zu Kylie, nachdem ich sie daran erinnert habe, wer ich bin. „Es geht um Leben und Tod. Ich brauche Hilfe bei der Lokalisierung einer Schülerin eines Internats in Connecticut … eines, das die Kommunikation mit der Außenwelt begrenzt. Daher hat sie kein Handy.“

„Das sollte kein allzu großes Problem sein.“

„Nun, um das Dilemma zu vergrößern, ist sie gerade auf einem Schulausflug in Irland.“

„Kein Problem. Das bedeutet, dass es beim Zoll Dokumente gibt, die ich aufspüren kann.“

„Du kannst dich beim Zoll einhacken?“

„Natürlich. Wie heißt die Schülerin?“

Paloma steht dicht neben mir und hört zu. „Wren Castillo.“

„Wren Castillo“, wiederholt Kylie, deren Gestaltwandlergehör Palomas Stimme durch das Telefon wahrgenommen hat. „Ich werde schauen, was ich finden kann. Und einer meiner Kontakte ist auf dem Weg, um Lebensmittel und Kleider zu bringen."

„Vielen Dank nochmal. Ich schulde dir was."

„Ja, das tust du", stimmt Kylie zu. Allerdings mache ich mir keine Sorgen darum, ihr oder ihrem Wolfgefährten einen Gefallen schuldig zu sein.

Wölfe sind nicht so verrückt im Kopf wie Vampire. Einem Wolf etwas zu schulden, ist kein Grund zur Sorge. Ich bin mit ihrem Gefährten Jackson King und dem anderen Milliardär-Wolfgestaltwandler Brick Blackthroat befreundet. Sein Cousin Aiden Adalwulf ist eine andere Geschichte. Er ist so gruselig wie Thom Thompson.

Das Wasser beginnt, zu kochen, und Paloma schüttet die Schachtel Makkaroni in den Topf, bevor sie den Timer auf acht Minuten stellt.

Ich trete hinter sie und lege meine Hände leicht auf ihre Hüften. „Also was entgeht mir, Rapunzel? Ist Thompson ein Menschenhändler?", frage ich. „Gibt es noch andere Frauen, die er versteigert hat?"

Sie schüttelt den Kopf. „Nein."

„Nur dich? Warum jetzt? Was ist so besonders an deiner Jungfräulichkeit?"

Paloma wendet sich dem Herd zu und verbirgt ihr Gesicht.

Ich wusste, dass es noch etwas gab, was sie mir nicht verraten hat. Es ist etwas, was sie mir nicht erzählen will.

Ich trete direkt hinter sie. „Was heckt Thompson aus?", frage ich mit leiser Stimme.

Sie dreht sich langsam zu mir um. Ihre Hände heben sich zu meiner Brust. Ich bin mir nicht sicher, ob sie mich von sich stoßen oder ihr Gesicht für einen Kuss nach oben neigen wird. Sie zögert.

„Du kannst mir vertrauen, Paloma … was immer es ist. Ich kann dir besser helfen, wenn ich verstehe, was los ist."

Sie holt tief Luft und nickt, als hätte sie einen Entschluss gefasst. „Kennst du diesen Film, in dem das Kind tote Leute sieht?“

„*The Sixth Sense*? Ja.“

„Ich sehe tote Firmen.“

Meine Augenbrauen heben sich. „Was meinst du?“

„Als ich in der achten Klasse war, gab uns unser Wirtschaftslehrer Demokonten, damit wir uns im Börsenhandel üben konnten. Wir entdeckten, dass ich eine Gabe dafür habe. Ich habe eine Intuition in Bezug auf Firmen, die pleitegehen werden, und gelernt, Leerverkäufe zu tätigen.“

„In der *achten Klasse*?“

Paloma lacht. „Ja. Meine Mom war Börsenhändlerin, weshalb ich mit dem Börsenwesen im Blut aufgewachsen bin. Sie war so stolz auf meinen Erfolg, dass sie ihrem Boss mein Demokonto zeigte.“

„Thompson.“

„Ja. Er bot an, mein Mentor zu werden. Er wollte meine Methode herausfinden. Natürlich hatte ich keine ... es geschah alles intuitiv.“

Palomas Augen verdüstern sich und sie verschränkt schützend die Arme vor der Brust.

Ich drücke ihre Schultern. Kein Wunder, dass Thompson den erfolgreichsten Hedge-Fonds der Welt hat. Er hat ein talentiertes Medium gefunden und versklavt.

„Kurz darauf starben unsere Eltern bei einem Autounfall. Thom erzählte mir dieses Wochenende, dass er sie töten ließ.“ Sie erschaudert, woraufhin ich sie in meine Arme ziehe und ihre Wange an meine Brust drücke.

„Fuck, Paloma. Das ist schrecklich.“

„Und dann sperrte er mich ein. Seitdem bin ich für ihn am Aktienmarkt tätig. Er nutzt Wrens Freiheit und jetzt *ihr Leben* als Druckmittel, damit ich nicht wegrenne. Ich darf kaum mit ihr sprechen. Mein einziges Vergnügen sind unsere sonntäglichen Videotelefonate." Sie zuckt mit den Achseln. „Und am Wochenende auf Starlight zu reiten." Sie hebt ihre großen braunen Augen zu meinem Gesicht. „Und historische Liebesromane. Du weißt schon … ich fantasiere gerne davon, dass ein riesiger Wikinger meine Jungfräulichkeit nimmt."

Ich lächle über ihren Flirtversuch, mein Lächeln verschwindet jedoch rasch, als mir bewusst wird, wie schrecklich ihr Leben war. Ich weiß nicht, wie sie so fröhlich bleiben konnte.

„Also ging es bei der Auktion nicht nur um deine Jungfräulichkeit."

„Nein, es sollte der Verleih meiner Aktienhandelsdienste via einer fake Verlobung mit dem Gewinner sein. Die Verlobung wäre nach einem Jahr gelöst worden, wenn mich der Gewinner Thom zurückgegeben hätte.

Ich versuchte, am Donnerstagabend zu fliehen, doch Thom erwischte mich. Das war der Moment, in dem er mir erzählte, dass er Wren töten würde, wenn ich noch einmal weglaufe. Und letzte Nacht hat er enthüllt, dass es bei der Auktion auch um meine Jungfräulichkeit geht. Er will, dass ich mich *fortpflanze*, um genauso talentierte Börsenhändler zu produzieren."

„Das ist … krank. Vollkommen verkorkst."

„Ich dachte, du wärst einer der Männer, die auf mich bieten wollten."

„Ich wusste nichts davon. Ich hoffe, du glaubst das."

„Ja, das tue ich. Ich habe gute Instinkte. Im Stillen habe ich gehofft, dass du der Gewinner sein würdest, weil mir etwas an dir ein Gefühl von Sicherheit vermittelt hat."

Mein Herz galoppiert wie wild. Wie ist dieser Mensch plötzlich meine ganze Welt geworden?

„Du *bist* in Sicherheit. Ich lasse dich auf keinen Fall nach Lockepoint zurückgehen. Wir werden deine Schwester finden und deine Medizin besorgen. Dann werden wir uns überlegen, wie wir Thom Thompson ein für alle Mal ausschalten können." Mein Bär knurrt zustimmend. Ich beruhige ihn und reibe über meinen Bauch in der Hoffnung, das Geräusch auf meinen leeren Magen schieben zu können.

Der Timer piept, woraufhin Paloma den Topf vom Herd nimmt und das Wasser abgießt. Sie rührt den Käse und einen Teil der Sahne aus dem Karton ein, den sie heute Morgen für unseren Kaffee geöffnet hat.

Ich finde einen Dosenöffner und öffne die Dose Thunfisch, die sie aus dem Schrank geholt hat. Wir rühren den Fisch unter die Makkaroni mit Käse, um ein One-Pot-Abendessen zu machen.

„Ich habe das Gefühl, als wäre ich wieder auf dem College", sage ich, als ich einen Happen probiere, wobei ich direkt aus dem Topf esse. Dann fällt mir ein, dass Paloma nicht aufs College gegangen ist, und mein Bär kommt beinahe an die Oberfläche. Ich knirsche mit den Zähnen, beuge den Kopf und kämpfe darum, ihn zurückzudrängen.

„Ja? Auf welchem College warst du?" Paloma füllt sich eine Schüssel mit Essen und bringt sie zum Küchentisch, der in einer Fensternische steht, von wo man den Ozean sehen kann. Sie ist mit Essen beschäftigt und scheint meinen inneren Kampf nicht zu bemerken.

Ich folge ihr mit dem Topf. „Zuerst war ich auf einem kleinen Gemeindecollege in der Nähe des Ortes, an dem ich aufgewachsen bin. Dann besuchte ich die Wirtschaftsschule der Columbia." Mein Bär zieht sich so weit zurück, dass ich den Topf in die Hand nehmen und etwas essen kann.

„Wo bist du aufgewachsen?"

„New Mexico." Ich rede nur ungern über meine Kindheit, mit Paloma darüber zu sprechen, fühlt sich jedoch richtig an. „In den Bergen."

„Ich habe die Berge nie gesehen", sagt sie. „Ich wollte sie

immer mal besuchen." Ich könnte Thom umbringen, weil er ihr das genommen hat. Meine Zähne schmerzen und werden dicker. Mein Bär ist bereit, jemandem den Kopf abzureißen. Wortwörtlich. „Vielleicht kannst du mich eines Tages dorthin bringen."

Mein Herz schlägt doppelt so schnell. Sie plant eine Zukunft für uns. Allerdings … bin ich nicht sicher für sie. Nicht auf lange Sicht. Mein Bär ist in ihrer Gegenwart bereits zu launisch.

„Vielleicht." Ich hasse es, dass ich so zwiespältig klinge, habe mir jedoch geschworen, nicht nach Hause zurückzukehren. Es ist zu gefährlich. Draußen in der Wildnis ist mein Bär stärker. Er könnte die Kontrolle an sich reißen und nicht mehr zurückgeben.

Ihr Gesicht verschließt sich. Sie isst ihr Essen auf und bringt ihre Schüssel zum Spülbecken, um sie abzuwaschen. „Nun, wir sollten uns darauf konzentrieren, Wren von Thom wegzubekommen. Danach … wer weiß? Wir werden untertauchen müssen."

Ich kann die grimmige Entschlossenheit in ihrer Stimme und die darunter liegende Verzweiflung nicht ignorieren. Ich gehe zu ihr, stelle mich hinter sie und greife um sie herum, um den Topf ins Spülbecken zu stellen. Ich helfe ihr mit dem Abwasch, bevor ich meine Hände auf der Theke abstütze und sie zwischen diesen gefangen nehme. „Es wird alles gut werden", raune ich ihr ins Ohr.

„Woher weißt du das?"

„Ich werde dich beschützen." Ich streichle ihre Haare nach hinten und entblöße ihren Hals. Der Geruch von Orchideen steigt von ihrer Haut auf und mir läuft das Wasser im Mund zusammen.

Beanspruche sie.

Der Instinkt schießt dieses Mal mit mehr Überzeugung durch mich hindurch. Ich spanne meinen Griff um die Theke an, damit ich Paloma nicht näher ziehe. Es ist nicht nur mein Bär, der um Kontrolle ringt. Es fühlt sich eher so an, als würde mein gesamtes Wesen das Gleiche wollen.

Als sei Paloma wirklich meine vom Schicksal vorherbestimmte Gefährtin.

Verdammt.

Es muss wahr sein.

Das erklärt, warum ich es für ihre Rettung riskiert habe, meine ganze Firma und alles zu verlieren, wofür ich so hart gekämpft habe, um es an der Wall Street weit zu bringen. Das ändert jedoch nichts.

Ich kann keinen Menschen beanspruchen. Mein Bär ist zu wild. Ich habe mir nie auch nur eine Beziehung erlaubt für den Fall, dass ich die Kontrolle verliere.

Mehr als diesen Moment der Nähe kann ich nicht haben, in dem ich meine Körperwärme und meinen Trost mit dieser unglaublichen Frau teile. Paloma lehnt sich an mich. Ihr Kopf reicht nicht einmal bis zu meinem Kinn. Ich umarme sie und genieße es, sie in meinen Armen zu spüren.

„Ich wünschte …"

„Was wünschst du dir?"

Anstatt zu antworten, packt sie die Theke und stößt ein leises Ächzen aus. Sie sackt gegen mich.

Ich drehe sie zu mir um. Ihre Augen sind glasig. „Paloma?"

„Ich fühle mich nicht so gut …" Ihre Augen rollen nach oben und sie bricht zusammen.

„Paloma!" Ich trage sie zum Sofa und lege sie darauf ab. Sie ist bewusstlos und ihr Arm ist schlaff, als ich ihn hochhebe und fallen lasse. Ich taste nach ihrem Puls und er flattert an meinen Fingern.

Sie hat mir erzählt, dass sie krank ist und Medizin braucht, um ihren Zusammenbruch zu verhindern. Ich dachte, wir hätten mehr Zeit.

Ich muss sie zu einem Arzt bringen, dem ich vertraue.

Und es gibt nur eine einzige Person auf der Erde, auf die diese Beschreibung zutrifft.

Ich zücke mein Handy und wähle Sullys Nummer. „Ich brauche noch einen Gefallen. Es ist ein Notfall." Ich erkläre meinen Plan, während ich Paloma ins Auto verfrachte, und Sully verspricht, die nötigen Vorkehrungen zu treffen.

„Halte durch, Prinzessin." Ich schnalle sie an und küsse ihre Stirn. Ihre Haut fühlt sich klamm an.

Ich werde alle Geschwindigkeitsrekorde brechen, um uns zu dem winzigen Landeplatz zu bringen, zu dem Sully einen Privatjet schicken wird. Von dort werden wir direkt nach New Mexico fliegen.

Ich muss nur noch einen Anruf tätigen.

„Darius? Bist das du, Bruder?"

„Matthias." Ich wappne mich für seine Wut, doch er klingt bloß neugierig. „Ich brauche deine Hilfe. Ich bringe jemanden zu dir. Einen Menschen. Sie braucht ärztliche Hilfe. Sie ist … mir wichtig."

Es entsteht eine Pause. Sie dauert vermutlich nur einige Sekunden, fühlt sich jedoch wie Jahre an. Ich beobachte, wie sich Palomas Brust bei ihren angestrengten Atemzügen hebt und senkt.

Endlich erwidert Matthias: „Heißt das …"

Ich breche mein selbstauferlegtes Exil und kehre dorthin zurück, wohin ich nie wieder gehen wollte.

Zurück zum Bad Bear Mountain.

„Ja, Bruder. Ich komme nach Hause."

KAPITEL ACHT

Paloma

Ein Klopfgeräusch weckt mich. Ich öffne meine Augen einen Spaltbreit und blinzle gegen die Helligkeit an. Die verschwommenen Formen werden schärfer und zu grünen Vorhängen, die ein Fenster rahmen, das mit fröhlichem Sonnenschein gefüllt ist.

Mein Kopf und meine Brust tun ein wenig weh, doch abgesehen davon fühle ich mich gut. Ich bewege meine Glieder und alles scheint zu funktionieren.

Ich setze mich auf. Ich befinde mich in einem großen Bett, das einen winzigen Raum füllt. Die Wände bestehen aus braunen Baumstämmen und der Boden aus rauen Kiefernholzplanken, die honigbraun gebeizt wurden. Ich schiebe die schwere, karierte Decke beiseite, die mich bedeckt. Dabei bemerke ich, dass die grüne Bettwäsche zu den Vorhängen passt und der Stoff mit winzigen braunen Bären bedeckt ist.

Das einzige andere Möbelstück ist ein kleiner Nachttisch und eine Lampe. Daneben steht ein Infusionsständer mit einem Beutel, der mit einer klaren Flüssigkeit gefüllt ist. Ein kleines Pflaster in meiner rechten Armbeuge verrät mir, dass mir jemand zu irgendeinem Zeitpunkt eine Nadel gesetzt hat.

Es ist keine Spur von Darius oder jemand anderem zu sehen. Ich bin in einer Holzhütte, die nach Kiefern und Rauch riecht, und jemand hat Arzt gespielt.

Ich weiß nicht, was los ist, doch ich werde fliehen. Stimmen unterhalten sich hinter der großen geschlossenen Tür, weshalb ich meine Füße über das Bett in Richtung des Fensters schwinge.

Ich muss innehalten und meine Augen schließen, da mich ein Schwindelgefühl überkommt. Wurde ich unter Drogen gesetzt? Oder bin ich einfach nur schwach von der Medizin?

Sobald ich dazu in der Lage bin, stoße ich mich vom Bett ab. Ich trage nichts als ein zerschlissenes Flanellhemd. Es ist halb zugeknöpft und so groß, dass es bis zur Mitte meiner Schenkel fällt, als ich mich aufrichte.

Klopf, klopf, klopf. Etwas ist am Fenster. Barfuß tapse ich dorthin und sehe den glänzenden dunklen Kopf eines Raben erscheinen, der mit seinem schwarzen Schnabel an die dicke Scheibe klopft. Er dreht den Kopf und stößt einen Schrei aus, bevor er mit flatternden Flügeln davonfliegt.

Seltsam.

Das Hüttenfenster bietet eine Sicht auf eine hügelige Wiese, die von Kiefern umgeben ist. Hinter den schneebedeckten Ästen ist eine gewaltige Berglandschaft zu sehen, die vor dem klaren blauen Himmel prachtvoll aussieht.

Es ist atemberaubend. Und furchterregend. Wie bin ich hierhergelangt? Wie lange war ich ohnmächtig?

Zugluft pfeift durch die Spalten rings um das Fenster. Ich erschaudere und trete einen Schritt zurück, allerdings nicht, bevor ein riesiger Schatten auf mich fällt. Ich bin mir nicht sicher, was ich sehe, bis sich ein gewaltiger haariger Kopf herabsenkt und mich das Wesen mit runden schwarzen Augen anstarrt.

Ich kreische und weiche vom Fenster zurück. Ich habe noch nie einen Bären außerhalb eines Zoos gesehen, doch hier ist einer und starrt mich an, als würde er gleich mit einer Tatze das Fenster einschlagen, damit er mich fressen kann.

Die Tür hinter mir wird aufgestoßen. „Paloma?" Es ist Darius.

Ich taumle zu ihm und er hebt mich in seine Arme. „Was ist los? Was stimmt nicht?"

„Oh!" Ich ringe nach Luft und komme mir albern vor, weil ich Zeter und Mordio geschrien habe. „Da war ein Bär." Ich deute. „Und hat durchs Fenster geschaut." Der Bär ist aus dem Fenster verschwunden, ich sehe ihn jedoch über die verschneite Wiese trampeln. Er ist gewaltig. Ich hatte keine Ahnung, dass Bären so groß werden können.

„Es ist okay", beruhigt mich Darius. „Er hat vermutlich mehr Angst vor dir als du vor ihm."

Angst vor mir?

„Du kannst mich absetzen. Ich habe mich nur erschreckt, das ist alles."

Darius scheint mich nur widerwillig auf den rauen Holzboden der kleinen Hütte zu stellen, tut es jedoch. Ich beobachte, wie der Bär das Ende der Wiese erreicht und auf seine Hinterbeine geht. Eine kleine, dunkle Gestalt segelt herab. Der Rabe landet auf seiner Schulter.

Was? Warum fühlt sich das hier an, als befände ich mich in einem Märchen? Ich bin von Rapunzel zu Schneewittchen geworden.

Die zwei Wesen verschwinden zwischen den Bäumen.

„W-wo sind wir?" Ich drehe mich wieder zu Darius um. Er ist jetzt glattrasiert und hat seinen Smoking abgelegt, den ich so toll fand. Nun strahlt er einen komplett gegensätzlichen Vibe aus, ist allerdings immer noch anbetungswürdig attraktiv: Er trägt ein dickes Flanellhemd und eine verwaschene Jeans. Er ist barfuß. Das hellblaue und beige Karomuster passt zu dem Hemd, das ich trage.

„New Mexico. Bad Bear Mountain."

Meine Gedanken wirbeln wild durcheinander und versuchen, das alles zu verstehen. Das Letzte, woran ich mich erinnern kann, ist dass ich mit ihm in der Küche des Safe Houses am Strand in Rhode Island stand. Jetzt sind wir zweitausend Meilen entfernt auf dem ... hatte er ... *Bad Bear* Mountain gesagt?

„*Warum?*", stottere ich im gleichen Moment, in dem mir einfällt, dass *Bad Bear* auch das Safeword war, das er mir gab.

Das hier muss sein Zuhause sein.

„Du wurdest ohnmächtig und ich musste dir ärztliche Hilfe besorgen."

„In *New Mexico?*"

„Ärztliche Hilfe von jemandem, dem ich vertraue."

„Richtig. Dein Bruder." Allmählich erinnere ich mich wieder an alles. Er hatte erzählt, dass mir sein Bruder etwas verschreiben könnte.

„Ja."

„Hat er ... hat er das richtige Rezept gefunden?"

Darius' Miene wirkt aufgewühlt. „Ich werde es ihm überlassen, dir zu erzählen, was er herausgefunden hat."

Ich blinzle. „Nein, erzähl du es mir. Was ist los?"

„Komm her." Darius nimmt meine Hand und führt mich aus dem winzigen Schlafzimmer in das Wohnzimmer der Hütte.

Ein Feuer brennt auf dem Kaminrost und macht den Raum gemütlich. Am Küchentisch sitzt ein Mann, der ein blütenweißes Hemd und eine schwarzumrahmte Brille trägt. Bei unserem Erscheinen steht er auf und ich realisiere, dass er noch größer ist als Darius. Abgesehen von ihrer Größe ähneln sie sich allerdings nicht. Sie sind offensichtlich keine Vollgeschwister, falls sie überhaupt biologisch verwandt sind. Seine Haut ist dunkelbraun und er ist schmaler als Darius.

„Paloma." Der Mann hat eine so tiefe Stimme wie mein Wikinger. „Ich bin froh, dich auf den Beinen zu sehen."

„Das ist mein Bruder Matthias." Darius schiebt mich mit einer beruhigenden Hand in meinem Kreuz vor.

Ich strecke meine Hand aus und schüttle Matthias'. „Danke, dass du dich um mich gekümmert hast."

„Selbstverständlich. Fühlst du dich mehr wie du selbst?"

„Ich fühle mich ein bisschen schwach und mir ist schwindlig", gestehe ich. „Konntest du eine passende Medizin für mich finden?"

„Ja, deswegen." Er macht das gleiche besorgte Gesicht wie Darius.

„Was ist los?" Ich schaue von einem hochgewachsenen Mann zum anderen. Die Härchen auf meinen Armen kribbeln und verraten mir, dass etwas ganz und gar nicht stimmt.

Vielleicht ist meine Krankheit tödlich – schlimmer, als Thom es darstellte. Vielleicht wollte er deswegen, dass ich mich fortpflanze – um sicherzustellen, dass er jemanden hat, der meine Arbeit fortsetzen kann, wenn ich tot bin.

Mein Magen verknotet sich und eine Woge der Übelkeit rollt durch mich hindurch. Als ich schwanke, legt Darius einen Arm um meine Taille und seine große Hand lässt sich auf meiner Hüfte nieder, um mich zu stützen.

„Paloma, ich glaube, dass du gar nicht krank bist." Matthias rückt seine Brille gerade. „Ich habe eine große Menge Blutverdünnungsmittel in deinem Körper gefunden zusammen mit mehreren chemischen Verbindungen, die Schwindel und extreme Müdigkeit verursachen können."

„Blutverdünnungsmittel? Das ergibt bei einer Krankheit wie Hämophilie keinen Sinn."

„Nein, das tut es nicht." Darius klingt grimmig.

Ich starre ihn an, da ich es nicht verstehe.

„Paloma, ich glaube, die Medizin, die dir dein Arzt verabreicht hat, sollte keine Krankheit behandeln", erklärt Matthias. „Ich glaube, es war ein Gift, das dich abhängig machen sollte."

„Aber die Hämophilie?"

Matthias schüttelt den Kopf. „Du hast keine Hämophilie. Ich habe dir eine Dosis einer Medizin gegeben, die ich selbst herstelle und die eine beschleunigte Heilung unterstützt. Sie wird helfen, die Wirkung des Gifts schnell zu reduzieren, und dann wird sich zeigen, was geschieht. Ich vermute, dass du wieder vollkommen gesund sein wirst."

Ich halte mich für stark. Ich musste es für Wren sein. Ich verschwende nie Zeit mit Weinen oder Selbstmitleid. Doch jetzt verschwimmt mein Sichtfeld hinter Zornestränen wegen dieses neuerlichen Verrats.

„Ich … ich bin nicht krank? Ich war nie krank?" Die kleine Hütte ist plötzlich zu heiß und stickig für mich.

Eine heiße Träne rinnt über meine Wange, bevor ich sie wegblinzeln kann.

Darius legt einen dicken Unterarm um meine Taille und hält mich von hinten aufrecht.

Ich stoße ihn jedoch von mir. Ich bin zu wütend, um mich jetzt von jemandem anfassen zu lassen. „Ich brauche …" Ich sehe mich verzweifelt um.

Darius mustert mich besorgt. „Was brauchst du, Prinzessin? Was immer es ist, es gehört dir."

Ich habe es so satt, mich eingesperrt zu fühlen. „Ich muss raus… ich muss einen Spaziergang machen."

„Natürlich. Ich werde dir eine Hose besorgen." Darius greift nach meiner Hand und lässt sie klugerweise wieder fallen, als er zu dem Schlafzimmer zurückgeht. Ich folge ihm.

„Ich würde Ruhe, Essen und Flüssigkeit vorschlagen, aber frische Luft ergibt auch Sinn", spricht Matthias sanft in unserem Rücken.

Im Schlafzimmer zieht Darius Schubladen auf und gibt grummelnde Laute von sich, während er die Kleider durchwühlt.

„Ist das hier Matthias' Haus?"

Darius zieht eine lange Jogginghose heraus. „Nein. Es ist die Gästehütte."

„Es ist deine Hütte, Bruder", ruft Matthias aus dem Wohnzimmer. Anscheinend sind die dicken Baumstammwände nicht so schalldicht, wie ich dachte.

Darius schüttelt verärgert den Kopf. „Das hier ist nicht mein Zuhause", ruft er zurück. Er reicht mir die Jogginghose. „Die wird zu lang sein, aber sie hat eine Kordel, mit der du sie enger schnüren kannst, damit sie nicht runterrutscht. Wir können zu Teddys Hütte gehen, damit du dir etwas von Lana ausleihen kannst."

Ich ziehe die Jogginghose an, da ich immer noch darauf brenne, nach draußen zu gelangen. „Wer ist Lana?", will ich wissen, als wäre Darius der Böse, der Geheimnisse vor mir hat.

Ich weiß, dass er das nicht ist. Ich weiß, dass ich ihm vertrauen kann, doch nachdem ich herausgefunden habe, dass Thom mich jahrelang vergiftet hat, verspüre ich das Bedürfnis, mich mit Handlungsmacht, Informationen und Unabhängigkeit zu bewaffnen. Die Zeit, die gefangene Maid zu spielen, ist vorbei. Ich bin jetzt die plündernde Kriegerin und werde Thom Thompson wegen allem angehen, was er mir angetan hat.

„Meine Schwägerin."

„Also ist Teddy dein Bruder."

„Ja."

„Du hast zwei Brüder?"

„Sieben."

Ich schaue überrascht von der Kordel auf, die ich gerade

verknotet habe. „Wow. Deine armen Eltern. Ich wette, es ging hier wild zu, als ihr noch klein wart."

„Nur eine Mom. Sie hat uns acht adoptiert. Und ja – wild ist eine Untertreibung."

Ich beruhige mich bereits, nur weil ich von Darius' Familie höre. Nur wegen seiner beruhigenden Präsenz im Raum.

Er reicht mir zwei dicke Paare Wollsocken. „Ich bin mir nicht sicher, ob meine Wanderstiefel an deinen Füßen bleiben werden, aber wir können es versuchen."

Ich setze mich aufs Bett und ziehe beide Sockenpaare an, ehe ich meine Füße in die riesigen Stiefel stecke, die er mir hingestellt hat. Die Stiefel fallen von meinen Füßen, sobald ich einen Schritt mache. „Zum Teufel damit", verkünde ich und marschiere in den Wollsocken nach draußen. Sie werden meine Füße warm halten und schützen. Wenn ich nicht rausgehe, werde ich explodieren.

Darius folgt mir aus der Hüttentür und legt eine riesige, dicke Jacke um meine Schultern. Ich zerre daran, während ich von der hölzernen Veranda stapfe. Ich bleibe stehen, als ich im Wald bin, und blicke an den hohen Kiefern empor. Die Luft riecht frisch und sauber. Himmlisch.

Kälte beißt an meinen Wangen, was sich jedoch gut anfühlt. Ich bin nicht eingesperrt. Darius hält mich nicht gefangen. Ich bin im Wald unter einem kühlen blauen Himmel.

„Ich muss zu Wren."

„Ich arbeite daran, Prinzessin. Ich habe Gefallen von allen eingefordert, die ich kenne, genauso wie meine Brüder. Die besten Hacker in der Welt stellen Nachforschungen zu Thom und all seinen Firmen an. Sie werden herausfinden, wo sie in Irland ist, und wir werden vor ihm zu ihr gelangen."

Mein Körper entspannt sich. Ich vertraue darauf, dass

Darius alles in seiner Macht Stehende tut, um sie zu finden. „Danke schön.“

„Selbstverständlich.“ Er betrachtet mich. „Wie fühlst du dich?“

„Besser jetzt, da ich keine Gefangene mehr bin. *Que cabrón.* Ich kann nicht fassen, was mir dieser *Pendejo* angetan hat.“

„Wir werden ihn dafür bezahlen lassen.“ Darius klingt grimmig und entschlossen. Ich bin einer Meinung mit ihm, brauche jedoch einen Moment, um meine Freiheit zu genießen.

Ich drehe mich um und nehme Darius' Hand. „Gibst du mir eine Führung?“

Mein Wikinger schenkt mir ein strahlendes Lächeln. „Das wäre mir ein Vergnügen.“ Er führt mich auf einen Pfad, der sich nach unten schlängelt und mit einem anderen Pfad verbindet. Seine Stiefel knirschen über herabgefallene Blätter. Vögel flattern hin und her, als hätten sie keine Angst vor uns. Es ist so anders als Lockepoint. Als die Ostküste.

„Gibt es viele Bären in diesem Wald?“, frage ich. Ich bin froh, dass wir auf einem viel benutzten Pfad bleiben.

„Äh …“ Darius wirkt überrascht. „Einige.“

„Wirklich?“ Meine Antwort kommt als Quieken heraus. „Sind sie alle so groß wie der, den ich gesehen habe?“

„Dieser ist der Größte“, versichert er mir, was überhaupt nicht beruhigend ist. „Lass uns weitergehen“, schlägt er vor, als versuche er, das Thema zu wechseln.

Ich verenge die Augen zu Schlitzen, lasse mich allerdings von ihm weiterführen.

Geschrei bricht aus. Irgendetwas passiert auf der Wiese hinter einer Kiefernreihe. Ich beschleunige meine Schritte, um herauszufinden, was los ist, aber Darius scheint mir nur widerwillig zu folgen.

„Achtung!“, brüllt jemand.

Ich betrete die Wiese gerade, als eine verschwommene Gestalt an mir vorbeisaust. Ein hochgewachsener, oberkörperfreier Kerl in einem Kilt rennt mit voller Geschwindigkeit in den Wald, dreht sich in der letzten Minute um und fängt einen großen weißen Ball. Er landet in einem Busch, hält jedoch den Ball hoch. „Hab ihn!"

„Pass auf, was du tust", knurrt Darius. Er schiebt sich schneller zwischen mich und den Ballspieler, als ich blinzeln kann.

„Sorry, Darius", ruft der Kerl und wirft mir einen neugierigen Blick zu, während er zurück zum Feld trottet, um sich den anderen Spielern anzuschließen.

Sie sind zu viert. Alle sind hochgewachsen, breitschultrig und unglaublich muskulös. Der Oberkörperfreie, der im Busch gelandet ist, hat eine Brust, die ein umwerfendes Labyrinth aus Muskeln ziert.

Die Spieler stellen sich zwei gegen zwei gegenüber voneinander auf. Drei der vier tragen einen Kilt. Einer hat ein wallendes, weißes Piratenhemd und einen roten Kilt an, ein anderer trägt ein wallendes, schwarzes Piratenhemd, das zu seinem schwarzen Kilt passt. Ein dritter trägt einen roten Kilt und kein Oberteil. Der vierte ist normaler gekleidet und trägt ein schwarzes T-Shirt, das die Tattoos zeigt, die seine Arme vom Handgelenk aufwärts bedecken.

Auf irgendein unsichtbares Signal hin wirft der Oberkörperfreie den Ball hinter sich zu seinem Teamkollegen in Jeans. Die Kilt-tragenden Gegner stürmen vorwärts, werden jedoch von dem oberkörperfreien Kerl geblockt, der sie so hart rammt, dass er sie zu Boden wirft.

Ich zucke zusammen, aber sie springen alle wieder auf.

„Canyon, was zur Hölle?", brüllt der im schwarzen Kilt. „Wir haben es dir eintausend Mal erklärt. Kein Tackling im Rugby."

„Es *gibt* Tackling. Allerdings sollten wir ihn tackeln."

Derjenige in dem weißen Hemd deutet auf den tätowierten Spieler, der zu einem Baum in der Nähe geschlendert ist. Er wirft den Ball durch zwei gegabelte Äste, bevor er einen Blunt aus seiner Tasche zieht und anzündet.

„Awww, Axel. Kein Rauchen bis zum Spielende, du hast es versprochen", rufen die drei Kilt-Spieler im Chor. Die drei haben alle sandbraune Haare und helle, sommersprossige Haut und scheinen im gleichen Alter zu sein. Sie sind auch alle gleich groß und gleich gebaut. Sie sehen nicht identisch aus, ähneln sich jedoch stark.

Der Spieler neben uns bläst eine Wolke Rauch aus, die nach Stinktier riecht. Er ist schlanker als die anderen drei und sieht so gut aus wie ein Filmstar. Seine langen schwarzen Haare hat er zu einem Pferdeschwanz gebunden. Sein T-Shirt verkündet stolz, dass Triumph-Motorräder die besten der Welt sind.

„Hey, Darius", begrüßt er uns. „Hey, Darius' Lady."

„Axel." Darius legt seinen Arm um meine Taille. „Das ist Paloma."

„Freut mich, dich kennenzulernen", sage ich.

Axel bietet mir den Blunt an und ich lehne mit einer Handbewegung ab.

Die drei Kilt-Spieler drängen sich um uns. Sie sind alle so groß, dass ich das Gefühl habe, ich wäre geschrumpft. „Hey, wirst du uns nicht vorstellen?"

„Paloma, das sind die Drillinge. Hutch", Darius deutet auf den im weißen Hemd, „und Bern." Er deutet auf den im schwarzen Hemd.

„Was ist mit ihm?" Der Oberkörperfreie drängt sich zwischen die anderen zwei. Aus der Nähe ist seine Brust noch atemberaubender. Schweiß rinnt über die Vertiefungen seiner Muskeln und verdunkelt die hellen Haare an seinen Schläfen.

„Zieh ein Hemd an und ich werde darüber nachdenken", knurrt Darius.

„Canyon." Der Oberkörperfreie legt eine Hand auf seine Brust. „Meine Dame." Die Drillinge verbeugen sich.

Ich verkneife mir ein Lachen. Sie sind alle so riesig und niedlich.

Darius drückt mich näher an sich. Er ist ganz besitzergreifend, aber ich hasse es nicht. „Das sind meine dummen Brüder."

„Oh." Ich mache mir eine geistige Notiz. Die Drillinge und Axel wirken jünger als Darius und Matthias.

„Wie viele von uns hat sie schon kennengelernt?", will Bern wissen.

„Fünf. Sie ist Matthias in der Hütte begegnet."

„Hat sie Teddy schon kennengelernt?", fragt Canyon.

Darius versteift sich bei der Erwähnung seines Zwillings. „Noch nicht."

Hutch sagt: „Dann bleibt nur noch …"

Zweige knacken hinter uns und ich drehe mich um, woraufhin ich sehe, wie sich der Bär von heute Morgen durchs Unterholz drängt. Darius wirkt nicht besorgt, aber ich klammere mich an ihn. Der Bär geht auf die Hinterbeine und bietet Axel den Rugbyball an. Axel nimmt ihn ruhig entgegen. Der Blunt ragt aus seinem Mundwinkel. Ich habe das Gefühl, dass ihn kaum etwas aus der Fassung bringen kann, es dreht allerdings auch sonst niemand durch, weil ein riesiger Bär direkt vor uns steht und anscheinend weiß, wie man einen Ball aufhebt.

Nur ich drehe durch.

„Heilige Scheiße", hauche ich.

„Es ist okay", beruhigt mich Hutch. „Es ist nur …"

Bern rammt ihm den Ellenbogen in den Magen und er beugt sich vornüber.

„Nur ein beliebiger Bär …", versichert Bern mir.

„Unser Haustierbär", erklärt Canyon zur selben Zeit.

„Äh ja, unser *Haustier*", bekräftigt Hutch und reibt über die Stelle, wo Bern ihn mit dem Ellenbogen erwischt hat. „Er ist dem Zoo entkommen."

Der Bär betrachtet sie mit schiefgelegtem Kopf. Er wirkt leicht missbilligend. Dann sinkt er auf alle viere und schlendert davon. Er bewegt sich leise und bemerkenswert schnell für so ein riesiges Tier.

Ich erschaudere und Darius legt seine riesige Hand auf meine Schulter. Das Gewicht ist tröstlich. Er senkt den Kopf und murmelt: „Willkommen am Bad Bear Mountain."

* * *

DARIUS

„Deine Brüder sind süß", informiert mich Paloma. Wir sind wieder bei der Hütte und ich grille uns Lachs. Ich wollte zu Teddys Hütte laufen, doch ihr Magen begann, zu knurren, und ich war nur allzu froh darüber, unseren Spaziergang zu verkürzen und das Treffen mit meinem Zwilling aufzuschieben.

Jetzt sind wir glückseligerweise allein. Matthias ist zu seiner Schicht im Krankenhaus gegangen und ich habe es geschafft, den Drillingen zu erklären, dass Paloma und ich Zeit für uns brauchen. Axel ist gegangen, vermutlich um an einem seiner ewigen Projekte zu arbeiten – entweder ein Auto oder ein Motorrad. Und ich habe Hutch und Bern aufgetragen, Everest zu beschäftigen. Zwei Bärensichtungen an einem Tag reichen. Wenn er Paloma kennenlernen will, muss er in Menschengestalt erscheinen.

„Das können sie sein", grunze ich. „Meistens sind sie allerdings Arschlöcher. Vor allem mein Zwillingsbruder."

Palomas Kopf schnellt in die Höhe. „Du hast einen Zwillingsbruder?"

„Ja, Teddy."

„Sieht er aus wie du?"

Ich nicke. „Wir sind eineiige Zwillinge."

„Wann darf ich ihn kennenlernen?" Paloma sitzt am Picknicktisch und hat den Kopf in die Hände gestützt. Ihre Wangen haben eine gesunde Farbe und sie sieht lebendiger und entspannter aus, als ich sie bisher gesehen habe.

„Hoffentlich nie."

Sie kichert, als würde ich Witze machen, dabei meine ich es ernst. Teddys Zuhause ist auf dem Berg, aber Matthias meinte, dass er wegen Lanas Schwangerschaft noch mürrischer ist als üblich.

Ich hoffe, er verhält sich unauffällig. Wann immer wir uns begegnen, streiten wir. Seine schlechte Laune in Kombination damit, dass ich nur an Palomas Schutz denke, würde zum 3. Weltkrieg führen.

Ich überprüfe immer wieder mein Handy.

Paloma blickt auf, als es vibriert, weil eine Nachricht reingekommen ist. „Irgendeine Nachricht bezüglich Wrens Standort?"

„Noch nicht, aber meine Bekannte Kylie arbeitet daran. Ihrem Gefährten – Ehemann – gehört die beste Informationssicherheitsfirma und sie ist eine der besten Hackerinnen der Welt. Wenn jemand Wren finden kann, dann sie."

„Was hat sie gesagt?"

„Sie arbeitet daran, sich in die Schulcomputer zu hacken, um sich mit Wrens Laptop zu verbinden, den ihr die Schule gegeben hat."

Die Anspannung kehrt auf Palomas Gesicht zurück und ich würde alles tun, um sie zu vertreiben.

„Die Uhr tickt. Was, wenn er sie bereits von dem Ausflug zurückgeholt hat? Oder …"

„Denk nicht darüber nach", sage ich bestimmt. „Wir *werden* sie finden."

„Ich sollte ihn anrufen. Ihm versprechen, dass ich zurückkommen werde … nur, um uns mehr Zeit zu verschaffen."

„Nein", knurre ich. „Auf keinen Fall. Das würde ihm die Gelegenheit geben, Forderungen zu stellen, die wir nicht erfüllen wollen."

„Wir?" Paloma blickt suchend in mein Gesicht.

In meiner Brust wird es eng. Ich kann kein Teil eines *Wir* sein. Nicht, wenn mein Bär so zerstörerisch ist. Ich würde am Ende Paloma verletzen, so wie ich unsere leibliche Mom verletzt habe – und sie war eine Bärin. Sie heilte. Wenn ich Paloma verletzen würde, könnte ich mir das nie verzeihen. Ich würde lieber sterben.

Ich werde ihr allerdings auch auf keinen Fall das Gefühl geben, als wäre sie mit dieser Sache allein.

„Ja, *wir*. Ich tue das mit dir, Prinzessin. Wir werden das gemeinsam durchstehen."

Und dann muss ich dich gehen lassen.

Bei diesem Gedanken befreit sich mein Bär beinahe. Ich muss mich abwenden, um meine leuchtenden Augen vor ihr zu verbergen. Ich atme tief ein und balle meine Hände zu Fäusten, um ihn zurückzudrängen. Seit wir hierhergekommen sind, kämpft er darum, sich zu befreien.

Paloma hierher zum Berg zu bringen, hat meinen Bären auf den Gedanken gebracht, dass er sie beanspruchen wird. Dass er sie als meine vom Schicksal bestimmte Gefährtin markieren wird. Ich konnte ihn vermutlich nur aufhalten, weil er erkennt, dass Paloma heilen muss. Dennoch wächst das Verlangen, sie zu markieren, minütlich.

Als wäre das, was mit Thompson los ist, und das Finden von Wren nicht schon kompliziert genug.

Ich serviere den Lachs und halte inne, um zu beobachten, wie sie ihre ersten Bissen isst. Ich liebe es, sie zu füttern. Es beruhigt meinen Bären.

Sie rutscht auf ihrem Platz hin und her. „Es ist köstlich. Danke schön."

„Zumindest besser als Makkaroni und Käse mit Thunfisch."

Ihr leises Lachen stellt eigenartige Dinge mit meiner Brust an.

Ich überprüfe die Kartoffeln, die ich in Alufolie gebraten habe. Sie sind fast fertig. Der Wind nimmt zu und peitscht gegen Palomas Wangen.

„Wir können reingehen, falls dir kalt ist", biete ich an und lasse mich gegenüber von ihr auf der Picknickbank nieder.

Sie wischt sich die Lippen an einer Serviette ab. „Ich genieße es, draußen zu sein." Nach Jahren der Gefangenschaft muss es sich fantastisch anfühlen, hinzugehen, wohin sie will.

Kurz fühle ich mich schuldig. Ich habe meinen Bären all diese Zeit gefangen gehalten und eingesperrt. Kein Wunder, dass er erpicht darauf ist, sich zu befreien.

Dann erinnere ich mich daran, was er getan hat, und an das Chaos, das beide meine Mütter verjagt hat. Ihn einzusperren, ist die einzige Option.

Paloma und ich haben unsere Mahlzeit beinahe beendet, als ich einen Geruch auffange, wegen dem ich mich versteife. Ich springe so schnell von meinem Platz auf, dass Paloma ihre Gabel fallen lässt.

„Darius? Was …"

„Bruder!", unterbricht sie ein wütender Schrei. Sechs Meter entfernt im Wald erschaudert eine hohe Kiefer und fällt zu Boden. Im Nu stehe ich zwischen Paloma und der Baumgrenze.

Ein Bärenknurren schießt aus meiner Kehle.

Mein Zwilling stapft aus dem Wald und Blitze leuchten in seinen Augen auf. Sein Bär ist außer Kontrolle.

„Was zum Henker tust du hier?" Er deutet von mir zu Paloma.

„Theodore." Ich dränge meinen Bären zurück. Ich bin der Zivilisierte. Ich halte meinen Bären in einer Stadt voller Menschen im Zaum. Ich werde nicht zulassen, dass Teddy mich dazu verleitet, mein Tierwesen anzunehmen.

Ich hebe beide Hände und spreche in einer vernünftigen Lautstärke. „Beruhige dich."

„Meine Gefährtin ist schwanger und du hast Gefahr zum Berg gebracht", spuckt er aus. „Jetzt wirst du dich vor mir verantworten."

„Ich hatte keine andere Wahl, Teddy. Das weißt du."

„Du besitzt nicht einmal den Anstand, zu sagen, dass du für Thanksgiving nach Hause kommst, aber sobald du vor irgendeiner *reichen Tussi* aus Manhattan angeben willst …"

Ich greife an, bevor ich weiß, was ich tue. Ich bin noch in Menschengestalt, doch jegliche Zivilisiertheit ist gerade explodiert. Mein Bär will Blut, weil Teddy über Paloma gesprochen hat, als sei sie ein Niemand. Ich ringe Teddy zu Boden und schlage nach seinem Gesicht.

„Darius!", kreischt Paloma, als ich ihm den Kiefer breche.

Teddy rollt sich auf mich und boxt mir in die Rippen. „Du wirst erst glücklich sein, wenn du unseren Berg zerstört hast", brüllt er.

Ich wehre seinen Schlag auf mein Gesicht ab.

„Das hier ist unser Zuhause und du bist nicht willkommen, wenn du es nicht respektieren kannst. Ich habe jetzt ein Junges zu beschützen." Er boxt mich erneut in die Rippen, rechts und links.

Momentan ist mir der Berg scheißegal. „Denkst du, deine Gefährtin ist wichtiger als meine?" Ich stoße meine Füße in die Luft, um Teddy davonzuschleudern, bevor ich mich wieder aufrapple. *„Denkst du das?"*, knurre ich.

„Darius, stopp!", schreit Paloma. Sie ist direkt neben mir,

was meinen Bären noch mehr erzürnt. Er will nicht, dass Teddys Fäuste in ihrer Nähe sind.

„*Ist* sie deine Gefährtin?" Teddy kommt mit erhobenen Fäusten auf mich zu. Ich weiche aus und schlage ihm in die Niere. „Du hast sie nicht markiert. Sie weiß nicht einmal, was du bist."

Mein Bär brüllt bei der Vorstellung, sie zu markieren. Er ist bereits so nah an der Oberfläche, dass ich noch mehr Kontrolle verliere.

„Ich kann nicht." Ich weiß nicht, ob ich das meinem Bären oder Teddy mitteile. Ich weiß nur, dass ich den Bären in Zaum halten muss, sonst wird Paloma verletzt werden.

„Was meint er damit, *was du bist*?"

Mein Bär befreit sich. Ich spüre die Veränderung.

„Geh", bringe ich zähneknirschend hervor. „Renn."

Paloma keucht und erbleicht, als sie einen Blick auf mein Gesicht erhascht. Ich weiß, was sie sieht – meinen wilden Bären, meine leuchtenden Augen.

„Zeig ihn ihr." Teddy wischt sich das Blut mit dem Handrücken vom Mund und tänzelt wie ein Boxer auf den Fußballen.

„Nein!", brülle ich. Ich muss weg von ihr. Ich darf meine hübsche Gefährtin nicht verletzen.

„Was sollst du mir zeigen, Darius?", kreischt Paloma. Sie ist wütend, aber ich weiß nicht warum. Vielleicht hat sie Angst.

Ich habe auch Angst. Angst um sie. Angst vor dem, was sie von mir halten wird, wenn sie herausfindet, was ich bin.

„Geh jetzt!", brülle ich und falle auf alle viere. Mein Rückgrat biegt sich durch, während ich gegen meinen Bären ankämpfe.

„Er wird dir nicht wehtun", erklärt Teddy Paloma, die sich nicht bewegt hat, und hebt eine Hand hoch. Er hält den Blick auf mich gerichtet und ist bereit für meinen Angriff.

Dieses verdammte Arschloch. Er hat mich gezwungen, mich zu verwandeln und Paloma zu verängstigen. Ich muss die Kontrolle zurückgewinnen, doch zuerst … werde ich ihn dafür bezahlen lassen.

Mein Bär gewinnt die Oberhand und ich verliere den Kampf. Die Luft knistert, als ich mich verwandle.

„Endlich", knurrt Teddy.

Ich erhebe mich zu meinen ganzen zweieinhalb Metern und brülle Teddy an. Eine Warnung, bevor ich ihn in Fetzen reiße.

KAPITEL NEUN

Mir klappt die Kinnlade runter. Darius *ist ein Bär!* Ein gewaltiger, furchterregender Grizzly mit einer Reihe glänzender scharfer Zähne und zwölf Zentimeter langen Krallen.

Er stürzt sich auf seinen Bruder – *der ebenfalls ein Bär ist!* Die zwei kämpfen miteinander und rollen mit bösartigem Gebrüll zu Boden.

Mein Herz hämmert wie wild. Meine Füße kleben trotz Darius' Befehlen, wegzurennen, am Waldboden. Ich weiß nicht, ob ich vor Angst oder Faszination erstarrt bin. Oder ob ich mich einfach weigere, mir jemals wieder sagen zu lassen, was ich tun soll.

Vor allen Dingen will ich, dass Teddy Darius in Ruhe lässt.

„Stopp!", schreie ich, hebe einen Stein auf und ziele. Ich überlege es mir anders und lasse ihn fallen – ich will Darius nicht treffen. Stattdessen suche ich einen großen Stock. Ich kann mit dieser Situation umgehen – ich habe ständig mit großen Tieren zu tun.

„Hört auf! Weg!" Ich weiß aufgrund der Farbe der Hemdfetzen, die um seinen Hals hängen, welcher Bär Teddy ist. Ich schlage ihm auf den Kopf. „Geh weg."

Sobald das Holz auf dem massiven Schädel zerbricht, realisiere ich, was für einen riesigen Fehler ich gemacht habe. Das hier ist ein Grizzly, kein Pferd. Nicht, dass ich ein Pferd schlagen würde. Aber dieser Bär könnte mich mit einem Schwung dieser gewaltigen Tatze töten.

Schockierenderweise gibt Teddy einen ächzenden Laut von sich, sinkt auf alle viere und wendet den Kopf von mir ab.

„Das ist richtig", brülle ich ermutigt. „Geh! Geh nach Hause!" Ich pike ihn mit dem Ende des Stocks. „Böser Bär!"

Er packt den Ast und zerbricht ihn auf eine sehr menschliche Art. Kurz glaube ich, dass ich zu weit gegangen bin, doch dann dreht er sich um und rennt in die Richtung davon, aus der er gekommen ist.

Ich starre ihm schockiert hinterher und dann kommt ein hysterisches Kichern aus meinem Mund. „Ein böser Bär, ein Bad Bear", ich halte mir den Mund zu, um das Kichern zurückzuhalten, „am Bad Bear Mountain."

Als ich mich jedoch zu Darius umdrehe, finde ich einen nackten Mann an der Stelle des Bären vor. Ein prächtiger, muskulöser Wikinger-Mann.

Er keucht, sein Gesicht ist verzogen und seine Fäuste sowie Zähne sind angespannt, als würde er sich konzentrieren. Er marschiert zu mir, wobei seine Augen noch golden leuchten, hebt mich in seine Arme und gibt mir das Gefühl, so leicht wie eine Feder zu sein.

Jetzt weiß ich, warum ich nicht zu schwer für Darius bin. Er ist kein Mensch. Seinem Bären gefällt es wahrscheinlich, wenn seine Frau etwas mehr Fleisch auf den Rippen hat. Er würde eines dieser stockdürren Models zerbrechen, die ich mir laut Thom zum Vorbild nehmen soll.

„Kann nicht …" Er scheint nicht sprechen zu können. Er trägt mich die Treppe der Hütte hinauf.

Meine Gedanken purzeln wild durcheinander und krachen gegen eine Backsteinmauer, als mir erneut klar wird, dass *mein Liebhaber ein Bär ist.* Ich habe von Werwölfen gehört. Ich wusste nicht von Bären.

„Nicht …", versucht Darius es erneut. „… nicht sicher", brummt er. „Du bist nicht sicher bei mir."

Vielleicht sollte ich Angst haben. Vielleicht hat Teddy versucht, Darius dazu zu bringen, mich zu beißen und zu einem Werwolf wie sie zu machen. Ich meine Bären. Werbären.

Oh mein Gott – was passiert hier gerade?

Das kann nicht echt sein!

Allerdings bin ich mir sicher, dass ich in Sicherheit *bin.* Ja, mein Puls rast wegen das Adrenalins, das durch meine Adern pumpt, doch kein Teil von mir glaubt, dass Darius mich verletzen würde. Ich glaubte es nicht einmal, als er ein riesiger Grizzly war.

Außerdem sagte Teddy, er würde mir nicht wehtun.

Darius scheint jedoch zu denken, dass er das tun wird.

„Das hier ist nicht richtig. Ich wollte nicht, dass du das siehst." Darius trägt mich zum Schlafzimmer. „Schließ die Tür ab. Sperr mich aus. Du bist nicht sicher bei ihm." Er versucht, mich abzusetzen, doch ich klammere mich an seinen Hals und schlinge meine Beine um seine Taille.

„Bei wem bin ich nicht sicher? Teddy?"

„Bei mir." Er geht zum Bett und versucht, mich auf dieses zu setzen, doch ich weigere mich. Wenn er denkt, ich werde mich jemals wieder in einem Schlafzimmer einsperren lassen – selbst wenn es zu meiner eigenen Sicherheit ist – hat er Wahnvorstellungen.

„Ich bin hier sicher."

„Nicht bei mir. Nicht bei meinem Bären."

Ich lehne meine Stirn an seine gerunzelte. „Ich bin okay", raune ich an seiner Haut. Als wäre er mein Pferd Starlight, das auf einem Ritt von etwas erschreckt wurde, bin ich ganz ruhig für ihn. „Ich bin okay. Nichts Schlimmes ist passiert. Wir sind jetzt gemeinsam okay."

Er klettert mit mir in seinen Armen auf das Bett und senkt uns gemeinsam, sodass sein nackter Körper meinen bedeckt. Unsere Blicke treffen sich. Seiner hat noch immer das wilde bernsteinfarbene Leuchten – ich verstehe jetzt, was ich gesehen habe. Darius ist kein Mensch – er ist etwas ganz anderes. Vielleicht habe ich mich deswegen von Anfang an so zu ihm hingezogen gefühlt.

Ich spürte, dass er nicht so wie die verfluchten Männer war, die mich in den letzten zehn Jahren umgeben haben. Ich nahm fälschlicherweise an, dass er einer von ihnen wäre und mich kaufen wollte, doch mein Körper wusste, dass er anders war. Mein Körper war in seiner Gegenwart wie elektrisiert.

Er ist mein elektrisierendes Ja.

Ich greife nach oben und berühre sein Gesicht. „Darius." Seine Augen brennen hell und seine tierische Seite flammt in ihnen auf.

Er senkt den Mund zu einem wilden Kuss. Er öffnet meine Lippen mit seiner Zunge, während sich seine Hüften zwischen meinen Beinen niederlassen.

Ich greife nach der Kordel der Jogginghose, um sie aufzuknoten. Ich schaffe es, den Knoten zu lösen und den Hosenbund über die Kurve meiner Hüften zu schieben.

„Paloma", krächzt Darius. „Ich weiß nicht, ob ich …"

„Du solltest. Wir sind okay", murmle ich. „Wir sind okay."

„Es ist nicht sicher", beharrt Darius zwischen verzweifelten Küssen. „Ich bin nicht sicher. Hier bei dir auf diesem Berg zu sein …" Er reißt das Flanellhemd auf, das ich trage, woraufhin alle Knöpfe durch die Luft fliegen. Er ist besser als ein Wikinger. Er ist prächtig.

„Siehst du? Ich bin außer Kontrolle." Er zerreißt den Stoff meines rosafarbenen Satinoberteils.

Meine Brüste purzeln heraus und meine Nippel sind hart.

Er senkt den Mund, als wolle er meinen Nippel unbedingt mit den Lippen umschließen. Er saugt kräftig und ich schreie auf. Das antwortende Ziehen zwischen meinen Beinen sorgt dafür, dass sich das Fleisch dort anspannt.

„Sorry." Er hebt atemlos den Kopf. „War das zu viel?"

Ich packe seine Ohren und führe seinen Kopf zu meinem anderen Nippel. „Nein. Mach weiter."

Er wirbelt mit der Zunge um den Nippel und schabt mit den Zähnen darüber.

Der zuvorkommende, kontrollierende Liebhaber aus dem Strandhaus ist verschwunden. Ich dachte, nichts könnte ihn toppen, doch wie sich herausstellt, gab es etwas noch Besseres.

Denn ich *liebe* Darius, wenn er wild ist.

Diese raue Leidenschaft ist die Magie, die Legenden erschafft.

„Es tut mir leid." Darius entschuldigt sich noch immer für seine tierische Seite. Seine rauen Hände ziehen mich aufs Bett, damit er an meinem Hals knabbern kann. Ich spüre seinen inneren Kampf und vermute, dass er sich nur ungern so verhält. Dass er nur ungern, diese Seite von sich zeigt.

Endlich, sagte sein Bruder, als er die Gestalt änderte.

Vielleicht hat er diese Seite von sich zurückgewiesen und gegen den gepflegten Wall Street Hedgefonds-Manager eingetauscht. Er steht mit den zwei Seiten von sich auf Kriegsfuß.

„Nein ... nein!" Er brüllt und schüttelt den Kopf so heftig, dass sein Hals knackt. Ich habe das Gefühl, dass er nicht mit mir spricht – er redet mit seiner anderen Hälfte.

Er spricht mit dem Bären.

„Es tut mir leid, Paloma. Ich sollte nicht hier bei dir sein. Nicht so."

„Du *solltest*", widerspreche ich bestimmt. Ich weiß von meiner Arbeit mit Pferden, dass sein Tier reagieren wird, wenn ich seinem Beispiel aus Angst folge. Ich muss eine vertrauensvolle Energie wahren und ihm zeigen, dass ich keine Angst habe. Dass wir Freunde sind.

„Es ist nur so, dass ich hier nicht ich selbst bin. Der Berg bringt meinen Bären hervor. Und meine Brüder bringen ihn hervor. Und *du*. Vor allem du, Prinzessin. In dem Moment, in dem ich dich in Lockepoint sah, drehte mein Bär durch. Er ist verrückt nach dir."

„Ich liebe deinen Bären", versichere ich ihm.

Ich weiß nicht, warum ich das sage – ich habe seinen Bären kaum kennengelernt – doch ich kann erkennen, dass momentan ein schrecklicher Kampf in Darius tobt. Ich will, dass er sich mit seinem wahren Selbst bei mir sicher fühlt.

Was immer das sein mag.

„Ich will nicht, dass er dir wehtut."

Ich weiß nicht, wie gefährlich sein Bär ist, weiß jedoch, dass sein Zwillingsbruder, der einen ebenso wild aussehenden Bären hatte, den Kopf einzog, als ich ihn mit einem Stock schlug, und wegrannte, als ich es ihm befahl. Und ich weiß, dass mir sein Zwillingsbruder versichert hat, dass mich Darius nicht verletzen würde.

Es machte den Anschein, als wäre Darius' Bär nur herausgekommen, weil Teddy ihn wütend gemacht hatte. Und Darius war nur wütend, weil mich Teddy beleidigt hatte.

„Du wirst mir nicht wehtun." Ich streiche mit den Händen über seine nackten Schultern. Meine Handflächen lieben die wohlgeformte Landschaft seiner angespannten Muskeln. Sein harter Schwanz findet die Stelle zwischen meinen Beinen. Er stöhnt und senkt seine Stirn auf meine, während er über meine Feuchtigkeit gleitet.

„Paloma …" Er klingt gebrochen. „Ich kann nicht. Ich habe Angst, dass ich dich markieren werde."

„Mich markieren? Was heißt das?"

„Ein Bär …" Er stöhnt, als hätte er Schmerzen. Als wäre es eine Qual für ihn, so nah bei mir zu sein.

Ich schaukle unter ihm mit den Hüften, um mehr Kontakt zu seinem Schaft herzustellen.

„Oh fuck", stöhnt er.

„Was bedeutet das?", hake ich nach.

„Richtig. Es ist … ein Bär markiert seine Gefährtin mit seinem Geruch." Er schabt mit den Zähnen über die Seite meines Halses. „Dann wissen andere Gestaltwandler, dass sie beansprucht wurde. Mein Bär will dich mit seinen Zähnen beanspruchen."

Bei seinen Worten halte ich inne und wäre womöglich zurückgewichen oder hätte langsamer gemacht, doch in diesem Moment findet Darius' Schwanzspitze meinen Eingang. Ich stöhne, als sich meine klatschnasse Mitte für ihn teilt, als wüsste und verstünde mein Körper, dass Darius mich beanspruchen sollte.

Ich neige mein Becken und wölbe mich dem steten Druck seiner Schwanzspitze entgegen. Ich nehme die Spitze auf. Es fühlt sich köstlich an.

Er stöhnt. „Ich kann nicht …" Sein Körper gehorcht ihm allerdings nicht. Er dringt mit einer Bewegung seiner Hüften in mich.

Ich schreie vor Lustschmerz auf, weil ich von seiner Härte geöffnet und seiner Länge gefüllt werde.

„Es tut mir leid. Es tut mir leid, Paloma. Ich wollte das nicht tun."

Ich weiß, dass er kein Kondom trägt, aber das ist mir egal. Ich habe jetzt auch die Kontrolle über meine Fortpflanzung.

Zum Teufel mit Thom Thompson und all seinen kranken Plänen für mich.

„Ich wollte es." Ich halte seinen Blick.

Er wird ruhiger, während er in mich dringt.

„Kein Beißen", verkünde ich bestimmt, denn das klingt gefährlich. „Aber ich will deinen Wikinger-Bären-Schwanz."

Mehr von Darius kehrt zurück. Der Kummer und das Delirium verschwinden aus seinem Gesicht und weichen dem sexy Mann, der mich in meinem Schlafzimmer verführt hat. Seine Mundwinkel biegen sich nach oben.

Er reitet mich und sein hübscher Körper wiegt sich über meinem. „Du willst das hier, Prinzessin? Du willst diesen großen Schwanz?"

„Ja. Das ist genau das, was ich will."

„Gefällt es dir, wenn ich dich fülle? Wenn ich dein süßes jungfräuliches Fleisch dehne, damit es mich aufnimmt?"

Ich lächle wie eine zufriedene Katze, als er das Bett mit seinen Stößen zum Wackeln bringt. „Ich bin keine Jungfrau mehr", prahle ich.

Denn ich bin verdammt stolz darauf, dass ich die Kontrolle über mein Sexleben übernommen habe. Dass ich darum bitte und erhalte, was ich brauche. Dass ich Thoms Pläne für mich ruiniere.

„Nein, das bist du nicht, stimmt's?" Darius stützt eine Hand neben meinem Kopf ab und hindert ihn mit der anderen daran, gegen das Kopfbrett zu knallen. „Du bist jetzt die Meine", verkündet er.

Die Rebellin in mir will das leugnen. Ich tue zwar gerne so, als wäre ich die holde Maid, die von dem Wikinger gefangen wurde, doch im wahren Leben gehöre ich niemandem. Nie wieder wird mich ein Mann gegen meinen Willen festhalten.

Allerdings hält mich Darius nicht gegen meinen Willen fest. Ich will hier unter ihm sein. Ich will diejenige sein, die ihn und seinen Bären in den Wahnsinn treibt. Ich will, dass er mich als die Seine beansprucht. Ich will sogar, dass er mich mit seinem Geruch markiert, damit es alle anderen Gestaltwandler wissen.

Ich will Darius Medvedev ebenfalls beanspruchen.

„Du bist jetzt der Meine", erwidere ich.

Ein träges Lächeln breitet sich auf seinem Gesicht aus und er rammt sich leidenschaftlich in mich. Es ist, als würde er seinen Anspruch auf meine Pussy stellen. Auf meinen Schoß. „Das stimmt, Täubchen. Ich bin der Deine. Du willst diesen Schwanz, dann verlange nach ihm. Am Morgen, Mittag oder in der Nacht … er gehört dir."

Es fühlt sich so gut an, dass meine Augen in meinen Hinterkopf rollen. Ich will nichts lieber, als von diesem hübschen Mann-Bären gefüllt zu werden. Allerdings ist es nicht genug. Ich brauche mehr. Ich brauche es schneller.

„Bitte", beginne ich, zu skandieren. „Bitte … jetzt. Ich brauche es."

„Musst du kommen, Schatz?" Darius' Stimme ist rau.

„Ja. Gemeinsam."

„Du willst, dass wir gemeinsam kommen?"

Ich will es. Ich habe zwar keine Erfahrung in Sachen Sex, aber Liebesromane waren in den letzten zehn Jahren meine einzige Form der Unterhaltung. Ich bin darauf programmiert, an den heiligen Grahl der Vollendung zu glauben – an simultane Orgasmen, bei denen Feuerwerke losgehen und Vulkane ausbrechen.

Ich will den Höhepunkt mit Darius erreichen. Ich will, dass wir das hier gemeinsam tun. Denn plötzlich habe ich das Gefühl, dass es die einzige Möglichkeit ist, wie wir uns erfolgreich gegen Thom wehren können. Liebe ist die älteste Magie.

Thom trennte mich von Wren, damit wir unsere Liebe nicht gegen ihn einsetzen konnten, er rechnete jedoch nicht mit Darius. Mit dem Mann, dessen Bär wusste, dass wir zusammengehören.

Und ich habe das Gefühl, dass wir gemeinsam unaufhaltsam sein werden.

„Fuck", flucht Darius. „Ich verliere die Kontrolle."

„Kein Beißen", erinnere ich ihn und keuche wegen der Kraft, mit der er in mich dringt. „Jetzt, Darius! Bitte!"

Darius' Gesicht verzieht sich. Sein Bart scheint vor meinen Augen zu wachsen. Er stößt einen Schrei aus und bockt in mich, wodurch das Bett so laut gegen die Wand knallt, dass es vermutlich seine sieben Brüder hören werden.

„Ja!", kreische ich. „Ja!" Ich fliege über die Klippe, taumle und wirble ins Vergessen.

Es gibt keine Feuerwerke. Es ist eine Lawine. Eine Kaskade der Lust, die mein Inneres nach außen kehrt. Und auch ein Vulkan – das ist Darius, der explodiert und seinen heißen Samen in mich spritzt. So heiß und reichlich, dass ich schwöre, dass er gegen die hintere Wand meines Kanals trifft.

Danach befinden wir uns im Auge eines Hurrikans. Die peitschenden Winde eines Sturms wehen um uns herum, doch wir befinden uns in der Mitte und schweben.

Wir sind eingehüllt in die Ruhe des Zusammenseins.

* * *

Darius

„Paloma", krächze ich, als die Realität zu mir durchdringt und ich realisiere, was ich getan habe.

Ich habe sie nicht gebissen. Zumindest glaube ich das nicht.

Doch ich habe die Kontrolle verloren.

Beim Schicksal, ich *hätte* sie beißen können. Wenn ich in ihrer Gegenwart jemals die Kontrolle über meinen Bären verliere, könnte ich ihr ernsten Schaden zufügen. Zur Hölle, ich könnte sogar ihr Leben beenden.

Das ist Grund genug, um diese Sache komplett zu beenden, wenn wir Thompson besiegt haben.

Nie. Mein Bär kommt brüllend an die Oberfläche.

Ich rolle mich von Paloma, bevor ich etwas tue, was ich bereue.

Sie keucht, als ich mich so plötzlich zurückziehe.

Ich stehe neben dem Bett, wo meine Füße gelandet sind, und mein Blick wandert zu meinem Sperma, das zwischen ihren Beinen verschmiert ist. „Fuck, Paloma. Ich habe die Kontrolle verloren. Ich habe kein Kondom benutzt."

„Ich weiß", erwidert sie vollkommen ruhig.

Kummer über meinen Fehler schwappt über mich. „Ich werde dir einen Waschlappen holen." Ich gehe ins Bad und hole einen warmen Lappen, während sie ruft: „Es ist okay."

Als ich zurückkehre, ertappe ich Paloma dabei, wie sie mit den Fingerspitzen durch meine Essenz gleitet, sich damit streichelt und sie auf ihren Schamlippen und ihrem Kitzler verschmiert, als würde sie es genießen mit meinem Duft bedeckt zu sein. Als würde sie sich auf Menschenart markieren.

Ich drehe beinahe erneut durch. Mein Bär reißt an der Leine und brennt darauf, seine scharfen Zähne in ihrem zarten Menschenfleisch zu versenken. Ich erstarre auf halbem Weg durch den Raum und atme tief durch meine Nase ein, um meinen Bären zurückzudrängen.

Paloma beobachtet mich mit schweren Liedern und streichelt sich nach wie vor, als würde es sie antörnen, mich so zu quälen.

„Fuck, ich will dich", fluche ich, als es wieder sicher ist, weiterzulaufen.

„Du hast mich", schnurrt sie.

„Das reicht nicht." Plötzlich bin ich auf ihr, spreize ihre Knie weit und helfe ihr mit meiner Zunge, meine Essenz auf jedem Millimeter ihrer Mitte zu verteilen.

Sie kommt an meinem Mund zum Orgasmus, als hätte sie nur darauf gewartet, dass ihr meine Zunge zum zweiten Mal über die Ziellinie hilft.

Mit dem Waschlappen putze ich sie, küsse ihren Kitzler und lasse meine Zunge noch einmal in ihre Spalte gleiten.

Sie erschaudert und verkrampft sich, als ein weiteres Nachbeben durch sie rast.

„Du bist ein Bär", summt sie leise, als ich den Kopf hebe. Sie greift nach mir und zieht meinen Kopf für einen Kuss zu ihrem Gesicht. „Und was ist mit deinen Haaren los? Wachsen sie super schnell, weil du ein Bär bist?"

„Oh." Ich fahre mit der Hand durch meine Haare und stelle fest, dass ich Fabio-lange Locken habe. „Vielleicht denkt mein Bär, dass ich dich beanspruchen kann, wenn ich wie ein Wikinger aussehe."

Palomas Lachen ist warm und heiser. Sie küsst mich. „Ich habe eine Million Fragen."

„Ja?" Ich lasse mich neben ihr nieder und ziehe sie zu mir, sodass ich sie eng an mich drücken kann.

„Mh hmm." Sie fährt mit den Fingernägeln leicht durch die Haare auf meiner Brust. „Wie oft wirst du zu einem Bären? Ist es eine Vollmondsache? Oder eine Wutsache?"

Ich schüttle den Kopf. „Keine Vollmondsache. Ja, Wut." Meine Hand findet ihren Hintern und drückt zu. „Und Lust. Aber nur bei dir."

Sie blickt unter ihren Wimpern zu mir empor. „Bei keiner anderen?"

„Nie. Mein Bär wollte nie eine andere."

Ich beobachte, wie sich der Puls an ihrem Hals beschleunigt. Sie wirkt nicht verängstigt – das ist eine Erleichterung.

„Und um deine Frage zu beantworten … fast nie. Mein Bär ist nicht sicher."

„Was meinst du?"

Ich schüttle den Kopf. „Ich kann ihn nicht rauslassen,

weil … er durchdreht. Ich kann ihn nicht kontrollieren, wenn er rauskommt. Es ist nicht normal … der Rest meiner Brüder hat die Kontrolle. Es ist … es stimmt etwas nicht mit mir."

Paloma scheint darüber nachzudenken. „Ich bin mir nicht sicher, ob das stimmt. Ich glaube, du vertraust deinem Bären nicht. Seine Energie liest sich allerdings nicht so, als würde etwas mit ihm nicht stimmen. Übrigens … war der Bär vor dem Fenster vorhin Teddy?"

„Nein, das war Everest. Noch ein Bruder. Du hast ihn auf dem Rugbyfeld kennengelernt."

„Richtig das ‚Haustier'." Sie macht Gänsefüßchen mit den Fingern. „Also sind all deine Brüder Bären?"

„Ja."

„Ist deine Mutter eine Bärin?"

„Winnie? Ja. Sie hält … Winterruhe."

„Wirklich?" Paloma setzt sich im Bett auf.

„Ja."

„Hältst du Winterruhe?"

„Nein. Es ist nicht wirklich … normal. Ich meine, es ist auch nicht unnormal. Aber wir wissen nicht, warum sie seit Jahren schläft."

„Jahre? Ist es so was wie ein Koma? Erhält sie lebenserhaltende Maßnahmen? Wie bleibt sie am Leben?"

„Ne, sie schläft einfach ununterbrochen. Gelegentlich steht sie auf, badet, isst ein wenig und dann schläft sie weiter."

Paloma greift nach meiner Hand und drückt sie. „Es tut mir leid. Das muss schwer für euch alle sein."

„Ja."

„Was hat es mit Teddy auf sich? Es machte den Anschein, als würdet ihr euch nicht verstehen. Worum geht es dabei?"

„Er ist bloß sauer, dass ich nach New York gezogen bin, um unter Menschen zu leben."

Paloma wartet auf mehr und zwingt mich, über meine Worte nachzudenken. „Das stimmt nicht wirklich", gebe ich zu. „Er ist sauer, weil ich einen Teil des Bad Bear Mountains bebauen lassen wollte, um den Berg vor anderen Bauunternehmern zu retten."

Palomas Augen werden groß. „Oh. Ich schätze, jedes Bauprojekt ist ärgerlich, wenn man ein Bär ist."

Ich falle bei ihrer Einschätzung in mich zusammen. „Ja. Ich dachte nur, wenn ich kontrollieren könnte, wie es passiert, könnten wir wenigstens unsere Seite des Bergs retten."

„Also was ist passiert?"

„Teddy hat Lana, seine Gefährtin, kennengelernt, als sie hier draußen wandern war und ihr Stiefbruder versuchte, sie zu ermorden. Teddy hat sie gerettet. Und dann hat sie ihn gerettet. Wie sich herausstellte, ist sie Milliardärin. Sie ist eine Kleiderdesignerin. Ihr gehört eine Firma für Athleisure-Kleider in Übergröße."

„GoddessWear?"

„Ja, genau die. Also hat sie den Berg vor allen Bauprojekten bewahrt." Dieser Geschichte haftet für mich der bittere Beigeschmack von Versagen an, obwohl letztendlich alles geklappt hat. Ich hasse es, dass ich der Böse bin, obwohl ich bloß versuchte, alles für unsere Mom und meine Familie in Ordnung zu bringen.

Als könnte Paloma meine Gedanken lesen, drückt sie erneut meine Hand. „Du hast versucht, zu helfen, und sie gaben dir trotzdem die Schuld. Das muss wehtun."

Ich nicke. Fuck. „Ja. Das … danke. Ich habe nie mit jemandem über meine Familie gesprochen. Es ist ein … äh, Thema, bei dem ich mich verletzlich fühle, um ehrlich zu sein."

Palomas Blick ist warm und offen. Ein Fluss des Verstehens fließt von ihr zu mir trotz der Schuldgefühle und

Dunkelheit, die ich wegen alldem empfunden habe. „Hey, du weißt, dass ich aus der am meisten verkorksten ‚Familie‘ aller Zeiten komme." Sie macht erneut Gänsefüßchen in der Luft, als sie das Wort *Familie* ausspricht. „Ich kann sehen, dass ihr Jungs euch liebt. Wenigstens habt ihr euch nicht gegenseitig vergiftet oder Leute in Türme eingesperrt."

Ich ziehe ihr Gesicht an meine Brust und küsse ihren Scheitel.

„Sie halten mich für gierig. Und es stimmt ... ich bin nach New York gegangen, um einen Weg zu finden, reich zu werden. Mein Ziel war von Anfang an, den Berg zu retten. Es hat allerdings viel länger gedauert, als mein jüngeres Ich erwartet hat."

„Aber du hast es getan. Ich habe von Thom gehört, dass du letztes Jahr den am schnellsten wachsenden Hedgefonds hattest. Er wirkte stolz, als hätte er irgendwie etwas mit deinem Erfolg zu tun gehabt."

„Er tut gerne so, als wäre er mein Mentor gewesen", schnaube ich.

„Ja, er treibt dieses väterliche Ding auf eine ekelerregende Spitze."

„Die Wahrheit ist ... Ich glaubte, ich würde den Berg retten. Ich glaubte es bis letztes Jahr, als er nicht mehr gerettet werden musste. Und dann ..."

„Es muss schwer sein, wenn die Motivation für Erfolg einfach so wegbricht."

Meine Augen brennen unerklärlicherweise. „Tatsächlich ... hat es mir vor Augen geführt, dass alles eine Lüge war."

Palomas Stirn runzelt sich vor Verwirrung.

Plötzlich muss ich alles rauslassen – die Quelle all meines Schmerzes. Den Grund, aus dem ich nach New York geflohen bin. Den *wahren* Grund, nicht den, den ich zusammengesponnen habe, um mein Fernbleiben zu rechtfertigen.

„Teddy hasst mich nicht nur, weil ich den Berg bebauen lassen wollte. Er hat tiefere Gründe."

Paloma wartet erneut, doch es fällt mir schwer, zu sprechen. Sie berührt meine Schulter. „Du kannst es mir verraten. Was immer es ist … es liegt in der Vergangenheit. Ich werde nicht urteilen."

Ich hole tief Luft und versuche, es zu erklären. „Ich kam früh in die Pubertät … wirklich früh. Wir waren erst sieben Jahre alt, als ich mich zum ersten Mal verwandelte, und es geschah völlig unkontrolliert. Ich hatte schreckliche Angst. Ich wusste, dass wir Bären waren, aber unsere Mom – unsere leibliche Mom – verwandelte sich nie. Sie mochte das nicht. Sie sagte, sie konnte es nicht tun, weil wir in einer menschlichen Wohnwagensiedlung lebten.

Ich wusste nicht, was es bedeutete, ein Bär zu sein. Oder wie es sich anfühlte, sich zu verwandeln. In der einen Minute war ich sieben Jahre alt und in der nächsten war ich ein verängstigtes Bärenjunges, das in einem winzigen Wohnwagen eingesperrt war. Ich hatte keine menschlichen Gedanken mehr. Ich wusste nicht, wo ich war. Ich erkannte den Wohnwagen nicht. Ich wusste nicht einmal, dass die Menschenfrau und das Kind im Wohnwagen meine Mom und mein Bruder waren.

Ich hatte nur das Gefühl, dass ich am falschen Ort war und raus in den Wald musste. Natürlich wusste ich nicht, wie man die Tür öffnete oder was eine Tür war. Also polterte ich durch den kleinen Wohnwagen, in dem wir lebten, und zerstörte alles in dem Versuch, rauszukommen.

Dabei verletzte ich meine Mom. Ich schnitt mit den Krallen über ihre Brust und Gesicht. Ich stach Teddy mit einer Kralle. Schließlich öffnete Teddy die Tür und ich rannte raus."

„Gott, Darius. Ich kann mir nicht vorstellen, wie traumatisch das für dich gewesen sein muss."

„Ich erinnere mich nur an nackte Angst. Ich wusste nicht, was passiert war oder wie ich wieder meine Menschengestalt annehmen konnte. Meine Mom folgte mir nicht. Sie hätte sich verwandeln können, um mir eine Bärenmama zu sein, die mir helfen konnte, doch das tat sie nicht. Winnie, unsere Adoptivmom, hätte es getan. Sie wusste, wie man junge Bären aufzieht."

„Warum hat sie es nicht getan?"

„Ich weiß es nicht. Es war, als hätte unsere echte Mom Angst vor Bären gehabt, obwohl sie einer war."

„Was ist mit dir passiert?"

„Ich rannte. Ich fand einen Weg in den Wald und rannte drei Tage und Nächte lang, bis ich vor Erschöpfung zusammenbrach und wieder meine Menschengestalt annahm.

Winnie fand mich hier oben am Bad Bear Mountain. Sie fand mich, spürte irgendwann meine Mom auf und brachte mich zum Wohnwagen zurück. Drei Tage später setzte unsere Mom uns bei Winnies Haus ab und verschwand für immer."

„*Was?*" Palomas Augen sind groß vor Schock. „Sie hat ihre Kinder im Stich gelassen?"

Ich versuche und versage darin, den Kloß in meiner Kehle zu schlucken. „Ja. Im Grunde genommen. Sie hat eine Nachricht für Winnie hinterlassen, in der sie sagte, dass sie nicht wüsste, wie man Bären erzieht."

„Gott, das muss verwirrend und herzzerreißend für ein kleines Kind gewesen sein."

Es hilft, dass sie das Trauma für mich benennt. Ich habe das ganze Ereignis so verinnerlicht, dass mein Bär außer Kontrolle geraten war. Dass er mich und meine Familie terrorisiert hatte. Dass er Wunden verursacht hatte, die nicht geheilt werden konnten.

Ich habe Angst, dass er Paloma das Gleiche antun wird.

Manchmal vergesse ich, dass ich nur ein kleines Kind

war. Es ist kein Wunder, dass ich meinen Bären nicht im Griff hatte.

„Also hasst mich Teddy vielleicht deswegen … ich weiß es nicht. Winnie war geduldig, aber mein Bär war jahrelang außer Kontrolle. Nach der Highschool verpflichtete er sich bei der Armee und ich ging nach New York. Seitdem beschreiten wir völlig verschiedene Pfade."

Ich schaue aus dem Fenster, weshalb mich der salzige Geruch von Palomas Tränen überrascht. Mein Kopf schnellt zu ihr herum. Ihre hübschen braunen Augen schwimmen in Tränen und sie wischt weitere weg.

„Oh fuck." Ich setze mich auf, ziehe sie auf meinen Schoß und lehne sie an mich. „Sei nicht um meinetwillen traurig."

„Ich bin traurig für uns beide", entgegnet Paloma. „Wir waren beide viel zu lange auf tragische Weise von unseren Geschwistern getrennt."

„Ich weiß nicht, ob es wirklich *tragisch* ist", brumme ich.

„Ja, die Tragödie ist, dass ihr das Ganze schon vor langer Zeit hättet klären können, aber du vor dir selbst weggerannt bist. Und du hast dieses Selbst zu Teddy gemacht."

Ich starre Paloma an und mein Herz donnert unnatürlich in meiner Brust. Hätte das jemand anderes gesagt, hätte ich ihn ignoriert. Ich wäre gegangen, so wie ich es immer tue. Ich hätte all die Gefühle unterdrückt, die mir Schmerzen bereiten, genauso wie ich meinen Bären unterdrücke.

Aber es ist Paloma. Meine *Gefährtin*. Das Weibchen, dem bereits mein Herz gehört. Das Weibchen, dem ich alles geben will.

„Ich weiß nicht, ob ich vor mir selbst weggerannt bin. Aber definitiv vor meiner Vergangenheit. Ich wollte irgendwo hingehen, wo mein Bär niemanden verletzen konnte. Weg von diesem Berg, wo ich ihn kaum kontrollieren konnte."

„Es klingt, als hättest du Angst vor deinem Bären. Vielleicht hast du das von deiner Mutter geerbt.“

„Es ist kein Wunder, dass meine Mom Angst hatte … mein Bär *hat* sie verletzt. Und sie ist eine Gestaltwandlerin, weshalb sie geheilt ist, doch wenn er dir so etwas antun würde …“

„Ich meine, sie hatte Angst vor ihrer eigenen Bärin.“

Ich schlucke die Flut aus verdammenden Worten, die über meinen Bären und den Schaden, den er angerichtet hat, aus meinem Mund sprudeln wollten.

Ich blinzle.

Mir ist nie der Gedanke gekommen, dass meine Mom Angst vor *ihrer eigenen* Bärin hatte.

Und ich will auf keinen Fall wie meine Mom sein.

Aber … fuck. Ich habe genau das Gleiche getan wie sie! Ich habe meine Familie im Stich gelassen, weil sie zu bärenähnlich für mich war und ich nicht damit klarkam.

Ich wünsche mir, Teddy wäre jetzt hier und würde mich verprügeln. Es würde sich so viel besser anfühlen als die tiefe Scham, die mich bei lebendigem Leib auffrisst.

„Fuck, du hast recht“, fluche ich und reibe mir über die Stirn.

„Komm.“ Paloma klettert vom Bett und zieht an meiner Hand. „Wir sollten dich waschen … An dir haftet noch immer der Wald und ich könnte ebenfalls eine Dusche vertragen.“

Ich folge ihr ins Badezimmer und schalte die Dusche an. Anschließend schenke ich Paloma eine langsame, seifige zweite Runde.

KAPITEL ZEHN

Paloma

Die Dusche ist auf mehr als eine Art fantastisch, noch besser ist jedoch das Gefühl, dass Darius und ich uns auf einer neuen, tieferen Ebene verbunden haben.

Er ist mehr als der wahnsinnig heiße Wikinger-Krieger. Sogar mehr als der Mann, der sich beliebig in einen Bären verwandeln kann.

Er ist ein Mensch, zumindest nach meiner Definition eines Menschen – ein Mann mit einem Herz, das wehtut.

Als ich ein anderes Flanellhemd von Darius anziehe, klopft es an der Tür. „Ju huu! Darius? Paloma?", ruft eine Frauenstimme beim Eingangsbereich der Hütte.

„Das ist Lana." Darius zieht sich eine Jeans an und geht oberkörperfrei zur Tür. Ich folge ihm in nichts als seinem Hemd.

Eine kurvige Frau mit glatter, dunkler Haut und langen Zöpfen mit pinkfarbenen Spitzen schlingt die Arme um Darius' Hals. Hinter ihr steht Teddy verlegen mit zwei großen Einkaufstüten in den Händen.

„Darius! Wie kannst du es wagen, zum Berg zu kommen

und uns keinen Besuch abzustatten!" Lana boxt ihn spielerisch, wobei ihre Zöpfe schwingen. Ihre Haare haben dieselbe hellrosa Farbe wie ihr Jumpsuit.

„Wir wollten zu euch kommen", grummelt Darius und nimmt ihre Umarmung liebevoll entgegen, „aber dein Gefährte beschloss, einen Baum umzuwerfen und mich vor Paloma zu einem Kampf herauszufordern."

„Ja, davon habe ich gehört." Lana weicht zurück und blickt liebevoll über ihre Schulter zu Teddy. „Er hat einen starken Beschützerinstinkt, wenn es um das Junge geht." Sie wendet sich mir zu und greift nach meinen beiden Händen, anstatt nur eine zu schütteln. „Und du musst Paloma sein. Es ist so schön, dich kennenzulernen. Ich bin so begeistert, eine Schwägerin zu haben. Wie fühlst du dich? Ich habe von dem Gift gehört … wie entsetzlich!"

„Ähm, besser, danke."

Lana ist ganz schön viel auf einmal, doch ich liebe sie sofort. Ich war viel zu lange verdammt einsam, vor allem, da ich meine Schwester vermisst habe. Deshalb stört es mich nicht, dass sie mich bereits als ihre neue Verwandte adoptiert hat.

„Gut. Matthias kann jeden heilen … sogar von einer Vergiftung. Hier, ich habe dir Kleider mitgebracht." Sie dreht sich um und nimmt Teddy die Einkaufstüten aus den Händen. „Ich wusste nicht, welche Größe du trägst. Falls dir also etwas von diesen Klamotten gefällt und dir nicht passt, können wir zu meinem Kleider-Outlet in der Stadt gehen."

Teddy hat noch immer kein Wort zu Darius gesagt – die zwei schauen sich hinter unseren Rücken nur böse an.

Ich nehme die Einkaufstüten, die sie mir entgegenhält, und spähe hinein.

„Komm, ich zeige dir, was ich mitgebracht habe." Lana führt mich zum Schlafzimmer. „Wir werden sehen, ob die zwei Griesgrame den Kriegsbären begraben und sich vertragen können."

Ich grinse sie an. „Kriegsbären … das ist gut."

Ihr antwortendes Lächeln ist strahlend. „Bärenwitze müssen zu deinem Repertoire gehören, wenn der Name deines Gefährten Teddy ist."

„Teddy!" Ich lache, als wir das Schlafzimmer betreten und die Tür schließen. *Teddybär.* Ich weiß nicht, warum ich das noch nicht zusammengesetzt habe!"

„Es ist niedlich, oder? Und alle Hütten haben diesen *Goldlöckchen und die drei Bären* Vibe. Ich liebe es, aber wir haben uns etwas Größeres gebaut, damit wir eine Familie gründen können." Sie legt eine Hand auf ihren runden Bauch.

„Ja, das habe ich gehört. Herzlichen Glückwunsch." Ich schütte den Inhalt der Einkaufstüten aufs Bett. „In der wievielten Woche bist du?"

„In der vierzehnten Woche." Lana geht die Kleider durch, entfaltet sie und hält sie mit schmalen Augen hoch, als würde sie meine Größe abschätzen. „Danke. Teddy hatte bereits einen super starken Beschützerinstinkt, doch jetzt ist er verrückt geworden. Es tut mir leid, falls er dir das Gefühl gegeben hat, nicht willkommen zu sein." Sie wirft mir einen Dreierpacken Unterhosen zu. Ich reiße die Packung auf und ziehe eine Unterhose unter dem langen Hemd an.

„Das ist definitiv nicht der Fall. Ich glaube, er hat Darius nur angestachelt, um herauszufinden, ob du seine vom Schicksal bestimmte Gefährtin bist. Doch jetzt, da er weiß, dass du es bist, wird er dich wie seine Familie beschützen. Du *gehörst* zur Familie."

Ein Teil von mir will all dieses Insta-Familien-Zeug zurückweisen. Ich habe eine Familie – Wren. Und ich muss zu ihr gelangen, bevor Thom etwas Schreckliches tut. Doch es fühlt sich auch einfach an. Angenehm.

Es unterscheidet sich so stark davon, in dem grauen Steinturm von Lockepoint eingesperrt zu sein.

Draußen in der Hütte höre ich Darius' Stimme, es klingt allerdings so, als würde er telefonieren, anstatt die Dinge mit seinem Bruder zu klären.

Lana drückt mir eine schwarze, dehnbare Yogahose mit weiten Beinen in die Hände. „Die könnte passen. Mit einem Paar High-Heels kann sie sogar als Abendhose getragen werden. Tiefe Taschen. Sehr vielfältig. Gut für Reisen."

„Das hört sich super an." Ich ziehe die Hose an. Sie reicht bis zur Taille und hat einen breiten Bund, der meinen Bauch in Zaum hält und ihm schmeichelt.

„Die Hose sieht mit einem Crop-Top am besten aus. Hier, ich glaube, das hier wird dir passen." Sie reicht mir einen melonenfarbenen Sport-BH mit Trägern, die in der Rückenmitte in einem Ring zusammenlaufen und sich wie Radspeichen von dort ausdehnen. „Das ist meine bequemste Sport-BH-Kollektion. Du kannst ihn mit einem dieser bauchfreien Sweatpullis kombinieren." Sie gibt mir ein langärmliges, petrolfarbenes Crop-Top mit einem weiten Ausschnitt und Daumenlöchern an den Ärmeln.

Alles passt perfekt und fühlt sich an, als wäre es aus qualitativ hochwertigem Stoff gemacht worden.

„Ich liebe das hier, danke."

„Oh gut. Wenigstens hast du etwas zum Anziehen, bis du selbst einkaufen gehen kannst. Wir können zu meinem Outlet-Laden in der Stadt gehen, wenn du nach anderen Dingen schauen möchtest."

Das Geräusch der Eingangstür, die sich öffnet, und schwerer Stiefel, die in die Hütte trampeln, unterbricht unser Gespräch.

„Das werden ... alle anderen sein." Lana wackelt mit den Augenbrauen und grinst. „Jetzt, da du fest zur Kategorie der vom Schicksal bestimmten Gefährtin gehörst, wird dich die ganze Familie kennenlernen wollen."

„Ich kann wirklich nicht bleiben." Die große Sorge, zu Wren zu gelangen, wird immer lauter. Mein Bauchgefühl sagt mir, dass mir die Zeit davonläuft. „Ich muss zurück zur Ostküste und meine Schwester holen."

Lanas Gesicht nimmt besorgte Züge an. „Ich verstehe. Lass uns nachschauen, ob sie herausgefunden haben, wo sie ist."

Als wir aus dem Schlafzimmer kommen, sind alle Brüder von Darius anwesend. Sie sind so riesig, dass nicht alle ins Wohnzimmer passen. Axel und Bern strecken ihre Köpfe durch das Fenster. Ein Bär – der Gleiche, den sie ihr ‚Haustier' nannten – lungert vor der geöffneten Eingangstür herum.

Darius streckt einen Arm nach mir aus und ich trete an seine Seite. Wir sind bereits ein Paar. Ein Teil von mir will sich dem widersetzen, weil es so phantastisch und unmöglich wirkt, doch es fühlt sich auch richtig an.

Er zieht mich an sich und küsst mich auf den Kopf. Mein Widerstand schmilzt noch mehr.

„Paloma, du hast Matthias, Axel, Canyon, Bern und Hutch kennengelernt. Dieses Arschloch ist mein Bruder Theodore." Er deutet mit dem Kinn auf Teddy. „Ihr wurdet einander nicht förmlich vorgestellt, weil Teddy zu sehr damit beschäftigt war, dir das Gefühl zu geben, du wärst unerwünscht."

„Ich entschuldige mich dafür, Paloma", spricht Teddy mit dem gleichen tiefen Grollen wie Darius. „Du bist mehr als willkommen. Du gehörst zur Familie … markiert oder unmarkiert."

„Das dort drüben ist Everest." Darius deutet zu dem Bären.

Ich winke dem riesigen Tier nervös und versuche, mir vorzustellen, wie er in seiner Manngestalt aussieht.

„Paloma will unbedingt zurück zur Ostküste und ihre Schwester suchen", erklärt Lana.

Ich schenke ihr einen dankbaren Blick. Sie hält mir definitiv den Rücken frei und ich weiß das zu schätzen.

„Ja, hast du irgendetwas gehört?"

„Deswegen habe ich alle hergerufen", antwortet Darius. „Wir haben sie gefunden. Die Chor-Tournee ist bei ihrem letzten Stopp in New York. Wir haben das Hotel gefunden, in dem sie übernachten. Freunde von uns sind auf dem Weg dorthin, um sie rauszuholen. Sie sollten in einer Stunde bei ihr sein. Obwohl sie den Internetzugang blockieren, konnte sich Kylie in Wrens Schullaptop hacken und ihn mit einem Satelliten verbinden. Sobald Wren ihren Laptop öffnet, können wir dich durch mein Handy mit ihr verbinden, damit du ihr erklären kannst, was los ist."

Ich atme hörbar aus. „Gott sei Dank! Gott sei Dank." Tränen brennen in meinen Augen. „Ich bin so froh, dass ihr sie gefunden habt."

„Wir werden sofort aufbrechen, um uns mit ihr zu treffen. Brüder ..." Darius verstummt, als fiele es ihm schwer, um Hilfe zu bitten.

„Wir kommen mit, falls du uns brauchst", sagt Matthias.

Jetzt atmet Darius hörbar aus. „Danke. Ich vertraue den Wölfen, hätte jedoch lieber meine Brüder dort."

„Bärenpower." Bern stößt seine Fäuste in die Luft.

Darius' Handy piept und er zieht es aus der Tasche, um einen Blick auf das Display zu werfen. „Das ist es." Die Anspannung in seiner Stimme verrät mir, worum es geht.

Ich packe sein Handgelenk, um das Handy näher zu mir zu ziehen.

Auf dem Display erscheint eine junge Frau Anfang dreißig. Sie nimmt sich nicht die Zeit, sich vorzustellen, sondern spricht bloß, während sie auf die Tasten ihrer Tastatur haut. „Wren ist online. Ich stelle dich jetzt durch."

Das Display wird schwarz und ich halte eine Sekunde lang die Luft an. Zwei. Vier und fünf. Dann öffnet sich plötzlich ein Video.

Wren starrt den Bildschirm an. Sie sieht überrascht aus. „Was ist das? Oh … *Paloma!*" Sie grinst von einem Ohr zum anderen. „Oh mein Gott! Wie hast du uns verbunden? Ich habe dich am Sonntag vermisst. Was ist passiert? Wo warst du?"

„Hör zu, Wren. Es ist keine Zeit zum Reden. Thom will dich töten."

Ich hasse es, dass ich ihr solche Angst machen muss. Ich habe Jahre damit verbracht, sie vor Thoms Bösartigkeit zu schützen, muss sie jetzt jedoch mit dem Wissen bewaffnen. „Er hat unsere Eltern ermordet und mich jahrelang vergiftet, damit ich dachte, ich wäre krank."

„*Was?*" Jegliche Farbe weicht aus Wrens Gesicht.

„Er hat deine Sicherheit als Druckmittel benutzt, damit ich für ihn arbeite, doch ich bin entkommen. Freunde sind auf dem Weg, um dich innerhalb der nächsten Stunde dort rauszuholen. Pack sofort deinen Koffer, damit du bereit bist, wenn sie kommen."

In dem Moment fliegt die Tür hinter Wren auf. Wren kreischt. Genauso wie ich.

Männer, die von Kopf bis Fuß in Schwarz gekleidet sind und Sturmgewehre tragen, stürmen das Hotelzimmer.

„Bitte sag mir, dass das deine Freunde sind?", fragt Wren mit großen Augen.

Ich schaue unsicher zu Darius, die Antwort wird allerdings deutlich, als Thom lässig hinter der Gruppe hereinschlendert, auf einer Zigarre kaut und eine Art Schlagstock in der Hand hält.

„Hallo, Wren."

Ich will ihm das arrogante Lächeln aus dem Gesicht schlagen. „Ah, perfekt … da ist deine reizende Schwester.

Und Darius, mein unerzogener Gast. Genau die Leute, die ich zu finden hoffte."

Seine Männer packen Wren und zerren sie vom Bildschirm weg.

„Hör auf!", schreie ich. „Sie sollen sie loslassen."

„Na, na, na", beruhigt mich Thom spöttisch. Er deutet mit dem Schlagstock auf Wren und eine Art Elektroschock schießt daraus hervor.

„Nein!", kreische ich, als meine Schwester auf dem Boden zusammenbricht.

„Ruhe, Paloma. Du brauchst dich nicht so aufregen, nachdem ich dich eindeutig gewarnt habe, was geschehen würde, wenn du erneut versuchst, zu fliehen."

Ich brülle in Darius' Handy: „Lass sie gehen!"

Natürlich wird er sie nicht gehen lassen. Ich benehme mich unvernünftig. Ich muss wieder zur Vernunft kommen, damit ich diesen Irren überlisten kann.

Ich hole einmal tief Luft und noch einmal, es ist jedoch kein Platz, um mehr Luft reinzulassen. Oh ja, ich habe vergessen, auszuatmen. Ich stoße den Atem langsam aus.

Thom lässt sich auf Wrens Stuhl nieder und mustert mich mit einem zufriedenen Feixen.

Ich werde ihn umbringen.

„Folgendes wird geschehen. Du wirst mit deinem neuen Freund Darius nach Lockepoint zurückkehren, andernfalls wird Wren die Nacht nicht überleben."

„Ich werde kommen", versichere ich ihm rasch. „Ich werde kommen … aber halte Darius aus dieser Sache raus."

Thoms Lächeln wird breiter. „Nein, nein, meine Liebe. Darius ist jetzt ein Teil des Ganzen. Wrens Leben kann nur gerettet werden, wenn ihr beide gemeinsam kommt. Ich will, dass ihr bis Mitternacht hier seid."

Darius nimmt mir das Handy ab und hält es sich vors Gesicht. Seine Augen glühen vor Zorn bernsteinfarben. „Wir können es nicht bis Mitternacht zu dir schaffen“, knurrt er. „Wir sind auf der anderen Seite des Landes. Aber ich kann uns bis zum Morgen dorthin bringen … sechs Uhr.“

„Das wird zu spät sein.“ Thom lacht, als würde es ihm Spaß machen, ein junges Mädchen zu ermorden. Vermutlich tut es das sogar.

„Vier Uhr“, verhandelt Darius. „Früher schaffen wir es nicht. Selbst wenn wir einen Privatjet nehmen, dauert der Flug fast fünf Stunden.“

„Schick mir zum Beweis einen Pin deines Standorts.“

„Nein!“, brüllt Teddy.

Thom – der kranke Mistkerl – lächelt so breit, dass seine Zähne sichtbar sind. Es ist widerlich. „Wer ist bei dir, Darius? Familienmitglieder?“

Darius knurrt: „Wenn du Paloma willst, musst du bis vier Uhr warten.“ Er beendet den Anruf, bevor Thom antworten kann.

„Was, wenn er es nicht tut?“ Furcht kriecht meine Kehle hinauf.

„Er wird warten. Wenn er Wren schadet, wird er sein Druckmittel verlieren, und du bist viel zu wertvoll für ihn, als dass er dich so einfach aufgeben würde.“

Teddy knurrt. Seine Augen haben die gleiche Bernsteinfarbe wie die seines Bruders.

Ich sehe mich um und erkenne, dass die Augen aller acht Brüder leuchten. Der ganze Raum vibriert vor leisem Bärenknurren.

„Gehen wir.“ Matthias steht auf.

„Was?“, frage ich. Ich zittere und stehe noch immer unter Schock, weil ich gesehen habe, wie Thom Wren getasert hat. „Wohin geht ihr?“

„Wir werden dir helfen“, verkündet Teddy. Seine Stimme ist tief und grollend, eher Bär als Mensch.

Ich reibe mir übers Gesicht. Ich muss nachdenken und

mir überlegen, was ich wegen Wren unternehmen soll, aber meine Gedanken wirbeln wild durcheinander. Darius legt seine Hand auf meinen Rücken und das Gewicht beruhigt mich. „Ihr könnt nicht … ich kann das nicht von euch verlangen." Ich weiß, dass sie gesagt haben, sie würden helfen, Wren zu holen, doch jetzt werden sie sich Thom und all seinen Wachen stellen müssen. „Es wird gefährlich werden."

„Wir lieben Gefahr", entgegnen die Drillinge im Chor.

„Du gehörst zu Darius", sagt Matthias. „Das macht dich zu einem Familienmitglied."

Ich weiß nicht, was ich sagen soll. Ich kann sie alle nur anschauen, während mir Emotionen die Kehle zuschnüren.

Der große Bär steckt seinen Kopf durch die Tür und grunzt. Es wäre furchterregend, wenn ich nicht wüsste, dass er Darius' Bruder ist, und der Ausdruck auf dem haarigen Gesicht nicht so aufrichtig wäre.

„Er sagt ‚mach dir keine Sorgen'", übersetzt Axel.

Ich verspüre den starken Wunsch, dem Bären den Kopf zu streicheln, bin mir aber nicht sicher, ob das höflich ist. Also nicke ich und wische meine Zornestränen weg.

„Wir werden Wren zurückholen", verkündet Darius. Er zieht mich in seine kräftigen Arme und ich erlaube mir, in seine Umarmung zu sinken.

„Das stimmt", bekräftigt Hutch, als sich Darius' Brüder um mich scharen und mich trösten. „Sie werden lernen, dass man sich mit Bären nicht anlegt."

KAPITEL ELF

Paloma

Mein Magen war auf dem gesamten Flug zur Ostküste verknotet. Darius ließ mich auf dem Flug einen Laptop benutzen, mit dem ich mein eigenes Druckmittel gegen Thom erstellte.

Jetzt, während wir die kurze Entfernung von New York City nach Lockepoint fliegen, bin ich ein absolutes Desaster. Es ist schrecklich, zurückzukehren, nachdem ich so viele Jahre lang versucht habe, zu fliehen. Noch entsetzlicher ist jedoch, mir all die niederträchtigen Dinge vorzustellen, die Thom Wren möglicherweise antut, wenn wir nicht rechtzeitig ankommen.

Ich blinzle Tränen zurück. *Nein, darüber darf ich nicht nachdenken.*

Darius drückt meine Hand. Wir befinden uns auf dem Rücksitz eines umfunktionierten Militärflugzeugs. Matthias sitzt auf meiner anderen Seite und geht seinen Erste-Hilfe-Koffer durch.

Das Funkgerät knistert, als der Pilot eine Ankündigung macht. Das Geräusch ist laut, aber unverständlich.

„Wir nähern uns jetzt Lockepoint", übersetzt Teddy. Er sitzt einige Schritte entfernt von Darius neben seinen Militärfreunden aus Taos. Sie sind ebenfalls Gestaltwandler und waren früher alle gemeinsam in einer Spezialeinheit für Gestaltwandler, haben jetzt jedoch eine private Sicherheitsfirma.

„Ist es seltsam, wieder hier hinten bei uns zu sitzen, anstatt das Ding zu fliegen?", fragt einer der Taos-Kerle Teddy.

Teddy zuckt mit den Achseln. „Buddy fliegt die Maschine prima. Ich habe ihn selbst ausgebildet."

Ich schaue von Teddy zu Darius. Ich glaube nicht, dass sie Zeit hatten, über ihre Meinungsverschiedenheit zu sprechen. Sie haben sich einfach darauf geeinigt, das Ganze zu vertagen, um mir bei Wrens Rettung zu helfen.

Alle Bad Bear Brüder sind mit auf die Mission gekommen. Fünf von ihnen fliegen in Helikoptern ein, während Darius, Teddy und Matthias bei mir sind. Teddys Kumpel aus der Spezialeinheit sind ebenfalls hier, diejenigen, die in Taos als Black Wolf Security arbeiten. Sie haben das Flugzeug mitgebracht.

„Wie seid ihr überhaupt an all diese Ausrüstung gekommen?" Ich deute mit der Hand auf die Dinge im Flugzeug. Ein schnittiges Boot aus grauem Metall nimmt den meisten Platz ein.

„Freunde mit viel Macht", sagt Darius.

„Treffender wäre Freunde mit zwielichtiger Macht." Der Taos-Kerl beugt sich vor und grinst mich an. Ich habe bemerkt, dass er gerne flirtet. Ich glaube, sein Name ist Lance. Seine weißen Zähne glänzen in seinem zur Tarnung bemalten Gesicht.

Teddy, Matthias, Darius und ich haben keine Kriegsbemalung aufgetragen und stecken nur in einer militärischen Kampfausrüstung. Ich trage eine kugelsichere Weste, die ein schweres, bleiernes Gewicht auf meinen Schultern ist. Eine Notwendigkeit, da ich hier der einzige Nicht-Gestaltwandler bin. Die vier Black Wolf Security Kerle tragen Hightech-Ausrüstung und Bodysuits, die ihnen erlauben werden, ein Ziel in der Dunkelheit hart und schnell anzugreifen.

Vor einigen Tagen wusste ich nicht, dass Gestaltwandler existierten. Jetzt riskieren sie alles, um mir bei Wrens Rettung zu helfen. Es ist überwältigend. Ich war so lange allein in einem Turm eingesperrt und wurde wegen meiner Gabe missbraucht, und plötzlich bin ich von neuen Freunden umringt, die nicht wissen oder denen es egal ist, dass ich eine eigenartige Intuition habe, die in profitablen Aktiendeals resultiert.

Der Anführer der Black Wolf Security, ein hochgewachsener, dunkelhaariger Mann namens Rafe marschiert um das Boot herum, um sich vor uns zu stellen. Er hat eine ruhige, konzentrierte Präsenz, die Zuversicht weckt, worin er Matthias sehr ähnelt.

„Wir sind bereit. Wir werden das Boot fallen lassen. Dann werdet ihr vier", er deutet auf mich, Darius, Matthias und Teddy, „mit dem Fallschirm nach unten zu dem Boot fliegen. Buddy wird den Rest von uns näher beim Strand absetzen. Wir werden ein Loch graben und euch Rückendeckung geben, sodass ihr geradewegs zur Villa gehen könnt."

Ich versuche, mir jeden dieser Schritte vorzustellen, kann mir jedoch nur einen Mischmasch aus jedem Actionfilm ausmalen, den ich jemals gesehen habe.

„Verstanden?", beendet Rafe seine Anweisungen. Ich habe das Gefühl, dass er den Plan für die Zivilisten wiederholt. Mein Mund ist trocken, doch ich nicke.

Teddy erhebt sich, schnappt sich drei Fallschirme und hilft Matthias und Darius, sich in ihre zu schnallen. „Paloma, du fliegst mit Darius."

Mein Herz versucht, aus meiner Brust zu hämmern, aber

ich stelle mich so hin, dass Darius mich an sich schnallen kann. Mein wilder Herzschlag beruhigt sich, als ich mich an ihn lehne und seine Wärme aufsauge.

„Habt Spaß ihr zwei Turteltäubchen", sagt Lance.

Darius knurrt, doch ich hebe eine Hand und zeige Lance den Mittelfinger.

Matthias gluckst. Einer der Black Wolf Kerle lacht schallend. Lance schlägt sich eine Hand aufs Herz und tut so, als sei er verwundet.

Rafe schüttelt den Kopf. „Geschieht dir recht, Bruder." Zu mir sagt er: „Willkommen im Team."

Ein Signalton erklingt und ich fahre beinahe aus der Haut. Ich packe die Seitentaschen von Darius' Flakweste. Unsere Gesichter sind einander zugewandt und ich war noch nie dankbarer für seine riesige Wikingerstatur. „Ich hab dich, kleine Prinzessin", grollt er. „Ich meine, Kriegerprinzessin." Er beugt den Kopf, damit er mit den Lippen über meine gleiten kann.

„Awww", rufen Lance und ein anderer Black Wolf Security Kerl im Chor. „Kiss-Cam!"

Darius und ich zeigen ihnen den Mittelfinger, ohne den Kuss zu unterbrechen. Er lächelt an meinem Mund und ich finde genug Atem, um zu kichern. Ich hatte keine Ahnung, dass Mitglieder einer Spezialeinheit so albern sein können.

Dann gibt Rafe ein Signal und die Rückseite des Flugzeugs öffnet sich. Der Wind heult einige Schritte entfernt von mir und Darius. Adrenalin durchströmt mich. Ich ziehe eine Nachtsichtbrille an und befestige sie sicher.

Darius spannt seinen Griff um mich an.

Rafe reckt einen Daumen nach oben. Ein Mechanismus wird ausgelöst und ein gräulich-weißer Fallschirm öffnet sich. Er fliegt als Erster raus, ein heller Kreis in einer dunklen Nacht. Das Boot folgt.

Rafe und der Rest seines Teams gehen zur Flugzeugmitte.

Sie haben sich an Riemen befestigt, damit sie sich der Öffnung nähern können, ohne nach draußen geblasen zu werden.

Teddy schlendert an ihnen vorbei und springt, ohne zu zögern, in die Nacht. Zuerst scheinen seine Beine nach oben zu fliegen, dann stürzt er dem Boot hinterher.

Matthias steckt seine Brille in eine Tasche, schließt deren Reißverschluss und schlendert zum Ende des Flugzeugs. Er lässt sich fallen und spreizt seine Glieder im heulenden Wind von sich.

Als Nächstes sind Darius und ich dran. Mein Magen macht einen Salto, als wir uns dem dunklen Maul eiskalter Luft nähern.

„Tun wir es", brülle ich. Und dann raubt mir der Wind den Atem.

Darius und ich fallen und sausen auf den schäumenden Ozean zu. Ich kann in der rauschenden, eiskalten Luft kaum die Augen öffnen.

Es gibt einen Ruck, als Darius den Fallschirm öffnet. Ich drücke mich an ihn und blinzle schnell, um meine wässrigen Augen zu klären, während wir sanfter nach unten schweben. Das Flugzeug dröhnt über uns und fliegt zu dem fernen Sandstreifen.

Hinter dem Strand leuchtet die Lockepoint-Villa. Jedes Fenster in jedem Stockwerk ist beleuchtet. Es sieht wunderschön und erbärmlich unbewacht aus.

Thoms Überheblichkeit wird sein Untergang sein.

Das Flugzeug fliegt tiefer. Vor den hellen Lichtern von Lockepoint kann ich vier dunkle Gestalten aus dessen Bauch springen sehen. Sie landen alle mit einem kleinen Platsch im Wasser.

„Sie haben keine Fallschirme." Ich atme scharf ein.

„Die brauchen sie nicht. Sie sind Gestaltwandler. Sie können auf dem Wasser aufschlagen und überleben", raunt

Darius. „Sie werden den Strand einnehmen und einen Weg für uns freiräumen, damit wir das Boot an Land fahren können."

Der Wind peitscht mir die Haare ins Gesicht. Wir schweben näher zum Wasser. Ich wappne mich für den Aufprall. Manche von uns schwimmen im November nur ungern.

Ich blicke nach unten. „Schau." Ich zerre an Darius' Weste, um seine Aufmerksamkeit zu erregen.

Unter uns sind Teddy und Matthias in das Boot geklettert. Teddy steht am Bedienpult und fährt das Boot zu uns.

„Perfektes Timing." Darius spielt an irgendeinem Mechanismus seines Fallschirms herum und lässt uns leicht nach rechts treiben. Teddy lenkt das Boot unter uns. Matthias steht auf, bereit, uns zu packen. Er und Teddy sind beide tropfnass.

„Halt dich fest." Darius löst den Fallschirm und wir fallen ein kurzes Stück. Ich knirsche mit den Zähnen, damit ich nicht schreie.

Darius' Füße schlagen mit einem Knall auf dem Metallrumpf auf, doch er bewahrt das Gleichgewicht, obwohl das Boot auf dem unruhigen Wasser schaukelt. Das muss noch ein Vorteil des Gestaltwandler-Daseins sein.

Darius löst die Gurte von mir und untersucht mich, während Teddy das Boot zum Ufer lenkt. Meine Beine zittern wie Wackelpudding, aber ich packe Darius und halte mich an ihm fest, um aufrecht zu bleiben.

Ehe ich mich versehe, drückt Darius mich an sich und zieht mich auf den Boden, wo er sich über mich beugen und mit seinem Körper bedecken kann. Meine Ohren klingeln – in der Ferne ist ein Knall, Knall, Knall und ein Rat-a-tat-tat eines antwortenden Maschinengewehrs zu hören.

„Sie stürmen den Strand." Teddy verlangsamt das Boot und der Wind erstirbt.

„Sollten wir ihnen nicht helfen?", frage ich von meiner eingeengten Position unter Darius.

„Ne, sie kommen klar. Warte auf das Signal."

Ich schlage Darius auf den Arm. „Du kannst mich hochlassen."

„Sie trägt eine Weste", erinnert Matthias ihn. „Schon vergessen?"

„Sorry." Darius hilft mir auf. Seine Augen leuchten hell. „Dein Schutz ist meine höchste Priorität."

„Hier." Matthias reicht ihm einen schwarzen, matten Helm. Darius hilft mir, ihn anzuziehen. Ich habe zugestimmt, diese Kopfbedeckung zu tragen, weil sie kugelsicher ist, allerdings ist sie anscheinend auch hochmodern. Die Glasscheibe vor meinem Gesicht verleiht mir Nachtsicht. Die Welt leuchtet grün und ich kann die gelb-weißen Formen der Wärmesignaturen des Teams in der Ferne sehen. Ich beobachtet fasziniert, wie sie die Dünen hinaufhuschen und jeweils ein Wachhaus stürmen. Entlang des Sandstreifens sind gedämpfte Explosionen zu hören, als sie ihre Sprengkörper zünden und sich anschließend mit peitschenähnlicher Geschwindigkeit bewegen, um die Wachen auszuschalten, die die Explosion des Wachhauses überlebt haben.

„Wir müssen näher gehen, damit wir bereit sind", sagt Matthias. In dem Helm werden ihre Stimmen verstärkt, wohingegen das Krachen der Kugeln gedämpft wirkt.

„Bin schon dabei." Teddy fährt uns näher. „Wartet einfach ab."

„Worauf sollen wir warten?" Meine eigene Stimme hallt durch den Helm, aber die Zwillinge hören mich prima. Auf ihrem Berg erzählte Hutch mir, dass Gestaltwandler ein besseres Gehör haben und im Dunkeln sehen können. Ich verstehe allmählich, warum die Spezialeinheit eine natürliche Karrierewahl für Gestaltwandler ist.

„Wartet auf die Ablenkung", antwortet Teddy.

Ein lautes Pfeifen erklingt und Feuerkracher explodieren am Himmel hinter Lockepoint.

„Da ist sie." Matthias grinst. „Eine Gefälligkeit einiger weiterer Freunde aus Arizona. Sie haben sich von der Straße aus angeschlichen."

Weitere Feuerkracher explodieren und überschütten den Himmel mit Regenbogenfarben.

Zwei Helikopter erscheinen aus dem Osten und Westen. Sie fliegen aus entgegengesetzten Richtungen zum Haus und schweben über den Giebeln. Ein Seil senkt sich aus jedem Hubschrauber und zwei dunkle Gestalten rutschen aufs Dach hinab.

Ich bin mir nicht sicher, glaube jedoch, dass einer von ihnen einen Kilt trägt.

„Axel und Canyon", murmelt Darius.

Einer der Helikopter neigt sich zur Seite und eine riesige Gestalt springt auf das steile Dach meines alten Schlafzimmerturms. Sie geht auf die Hinterbeine und winkt den Helikopterpiloten mit einer Tatze, als sie davonsausen.

„Ist das …?"

„Ja, das ist Everest", informiert mich Matthias. „Er ist die letzte Stufe des Luftangriffs."

Der Bär fällt auf alle viere und stößt ein hallendes Brüllen aus.

Teddy ist damit beschäftigt, den Motor aufheulen zu lassen. „Haltet euch fest", knurrt er. Das Boot fliegt förmlich übers Wasser und geradewegs auf den Strand zu.

Jeder Muskel in mir spannt sich an, da ich einen Zusammenstoß erwarte, wenn das Boot das Ufer rammt. Stattdessen packt Darius mich, geht in die Hocke und springt, als das Boot in den Strand pflügt.

Er und Matthias landen nebeneinander. Sofort flankieren uns zwei schwarzgekleidete Gestalten – ihre Körperwärme lässt sie in meinem Helm golden leuchten. Es sind Lance und Rafe.

„Gehen wir", verkündet Rafe. Er und Lance tragen Gewehre und ducken sich, um uns Rückendeckung zu geben, während wir den Strand entlangrennen. Ich lasse mich von Darius in seine Arme schwingen. Er kann schneller rennen als ich und wir müssen zu Wren gelangen.

Innerhalb von Sekunden befinden wir uns bei einem Nebeneingang. Matthias tritt die Tür auf. Rafe und Lance treten als Erste hindurch und schwingen ihre Gewehre, um die Gegend dahinter zu überprüfen.

„Sauber", brüllen sie und rennen weiter. Wir bewegen uns durch das Haus, wobei Rafe und Lance jeden Raum kontrollieren, bevor Darius, Matthias und ich hindurchlaufen.

Das Gebäude ist gruselig ruhig. Die Lichter an den Gewehren gleiten über den Marmorboden. Die kostbaren Gemälde an den Wänden sind stille Zeugen unseres Eindringens.

„Westflügel", sage ich. „Thom wird Wren dort im Panikraum festhalten. Und es wird eine Menge Security anwesend sein."

„Nicht mehr", ruft jemand. Canyon marschiert um die Ecke und bleibt wie angewurzelt stehen, als er sieht, dass die Zielfernrohre auf seine nackte Brust gerichtet sind. „Wir haben das Dach zerstört und ein paar Dutzend Männer gleichzeitig ausgeschaltet. Everest hat einen Haufen von ihnen aus den Fenstern geworfen. Wie heißt das Wort dafür?"

„Defenestrieren." Axel erscheint hinter Canyon. Er isst etwas, was wie ein Apfel aussieht. „Der Weg zum Westflügel ist frei."

„Gehen wir." Ich trete vor. „Hier entlang."

Darius und seine Brüder folgen mir. „Der Schutzraum

befindet sich in den unteren Etagen. Dort unten werden weitere Wachen sein."

„Wir werden uns um sie kümmern", knurrt Matthias, dessen Augen in einem gruseligen blauen Licht schimmern. „Es ist Zeit, ihnen zu zeigen, wie böse unsere Bären sein können."

KAPITEL ZWÖLF

Darius

Wir marschieren durch den Flur. Ich versuche, immer einen Schritt vor Paloma zu gehen, damit ich eine Kugel für sie abfangen kann, doch sie führt uns an.

Hinter mir ist das Geräusch von knisterndem Plastik zu hören. Axel hat seinen Apfel aufgegessen und isst etwas anderes. Mais-Chips, dem Geruch nach zu urteilen.

„Wie kannst du in so einer Zeit essen?", fragt Lance ihn.

Axel zuckt mit den Schultern.

„Er isst ständig Snacks", erklärt Canyon. „Hast du mir welche mitgebracht?"

„Nö." Axel kippt die Tüte um und schüttet die letzten Krümel in seinen Mund.

„Konzentriert euch", befiehlt Matthias. Ich bin froh, dass er bei uns ist. Er ist einer der wenigen Leute, abgesehen von unserer Mutter, die Axel und die Drillinge kontrollieren können.

Ich habe momentan größere Sorgen.

Ich kann ihn spüren. Meinen Bären. Er versucht, aus meiner Haut zu explodieren.

Nicht jetzt, informiere ich ihn.

Gefährtin. Der Bär zeigt mir ein Bild von mir in Bärengestalt, wie ich Paloma in den Armen halte. *Beschütze sie.*

Das tue ich. Ich knirsche mit den Zähnen und zwinge meinen Bären, sich zu unterwerfen. Die Kontrolle über meinen Bären zu verlieren, ist das Letzte, was ich jetzt brauche. Ich muss bei Verstand bleiben.

Wir haben den Korridor erreicht, wo Axel und Canyon einen Haufen Wachen erledigt haben. Leichen liegen überall herum. Blut ist an den Wänden verschmiert, wo sie gegen diese geschleudert wurden. Blutige Tatzenabdrücke führen die Treppe hinauf. Everest war hier.

„Hier runter", erklärt Paloma. Sie tritt zurück und erlaubt Rafe und Lance, uns die erste Treppe nach unten zu führen. „Der größte Schutzraum befindet sich auf der unterirdischen Ebene."

Mit jedem Schritt vergrößert sich die Spannung.

Wir erreichen eine verschlossene Tür mit einem schwarzen Tastenfeld und einem Sensor, der für einen Fingerabdruck-Scanner benutzt wird.

„Lasst es mich versuchen." Paloma tritt vor und legt ihre Hand auf den Scanner, doch er blitzt rot auf.

„Plan B", verkündet Rafe. Er schlägt ein Loch in die Wand und reißt das Tastenfeld raus. Metallgitter senken sich herab, doch wir beeilen uns, sie zu packen. Alle außer Paloma helfen mit. Es braucht all unsere Kraft, doch wir verbiegen das Metall und machen ein Loch, sodass wir den gesamten Stahlrahmen der Tür rauskratzen können.

Der Gang dahinter ist dunkel mit Ausnahme blitzender orangefarbener Lichter.

„Es hat keinen Sinn, heimlich sein zu wollen. Sie wissen, dass wir hier sind", ruft Rafe. Er und Lance hasten durch die Lücke. Matthias und ich sind als Nächste dran, wobei wir

Paloma in unsere Mitte nehmen. Axel und Canyon bilden die Nachhut.

Wir haben Paloma zwischen uns, um sie zu beschützen. Eine Gestaltwandlerwand, die den Angriff abkriegen wird.

Es ist gut, dass wir das tun, den drei Sekunden später begegnen wir weiteren Wachen.

* * *

PALOMA

Schüsse erklingen und jemand brüllt vor Schmerz auf. Im Nu werde ich an die Wand gepresst und von Darius bedeckt. Ich spähe an seinem Arm vorbei.

Der Helm taucht den Gang in ein unheimliches Grün. Goldfarbene Formen huschen hin und her. Lance und Rafe gehen in die Hocke, um das Feuer zu erwidern. Die Werbären-Brüder rennen vor, um die Schützen auszuschalten.

Ich schaue zufällig in die Richtung, aus der wir gekommen sind. „Passt auf", schreie ich. Eine weitere Welle Wachen strömt die Treppe herab.

Axel und Canyon drehen sich um und Netze fliegen vor. Sie landen auf den jüngeren Werbären. Die Netze funkeln in den blitzenden Lichtern. Canyon schreit und zappelt.

Darius flucht.

„Geh", dränge ich ihn. Ich wünschte, ich hätte eine Waffe, damit ich helfen kann. Stattdessen kauere ich mich auf den Boden, um ein kleineres Ziel darzustellen, und Darius stürmt ins Getümmel.

Kurz sind nichts als Schüsse, Schreie und Brüllen zu hören. Ich krabble auf Händen und Knien zu dem Werbären, der mir am nächsten ist – Axel. Das Netz ist ungewöhnlich schwer wie ein Fischernetz aus Metall, doch ich schaffe es, eine Ecke hochzuheben. Er keucht und windet sich darunter hervor. Wir krabbeln beide los, um Canyon zu befreien. Er schreit auf, als wir das Netz von ihm ziehen, und bleibt zitternd liegen. Das Licht im Gang flackert und offenbart seinen nackten Oberkörper. Er ist mit roten Linien überzogen, als wäre er verbrannt worden.

„Was ist passiert?", frage ich Axel.

„Silber", antwortet er. Sein Gesicht ist ebenfalls mit roten Malen überzogen, wo das Netz auf seiner nackten Haut gelandet ist. „Das Netz ist Gift für Gestaltwandler."

Mein Blut wird eiskalt. Die neuen Wachen haben Waffen, die Gestaltwandlern schaden. „Aber … das bedeutet …"

Das Licht geht an. Ich bin kurz geblendet, bis sich mein Helm an die Situation anpasst.

Darius, Matthias, Rafe und Lance stehen über den Leichen, die sich zu beiden Seiten von uns türmen. „Sie wissen, was wir sind", krächzt Rafe. „Und sie wissen, wie man uns ausschalten kann."

„Nein", hauche ich. Das ist ein Albtraum. Diese Gestaltwandler riskieren alles, um mir zu helfen, und jetzt sind auch ihre Leben in Gefahr.

Ein Funkgerät knistert. Rafe und Lance drücken gleichzeitig die Finger auf ihre Ohrhörer.

„Bericht von draußen. Weitere Truppen von Thompson sind angekommen", verkündet Lance. „Deke und Channing stecken fest."

„Warne sie, dass die Wachen Silbernetze haben", sagt Matthias. Er hockt neben Canyon und Axel und untersucht ihre Wunden.

„Ich komme schon klar", krächzt Canyon. Sein Körper ist mit roten Linien überzogen. Ihn hat es am schlimmsten erwischt, weil er kein Oberteil anhatte. Axel hat nur auf seinen Armen und seinem Gesicht Male. Matthias und Axel ziehen Canyon zwischen sich hoch.

„Du hast keine Zeit dafür." Canyon stößt Matthias von

sich. Er lehnt sich an Axel und sie taumeln beide, bleiben jedoch aufrecht.

„Wir müssen weitergehen, um Wren zu holen", sagt Axel. Seine Augen leuchten grün.

„Nein, ihr seid verletzt. Bärengestalt, jetzt", befiehlt Matthias. „Ihr werdet schneller heilen."

„Aber …", protestiert Canyon.

„Jetzt", knurrt Matthias. Seine Stimme dröhnt und hallt, als befände er sich in einem Amphitheater. Gänsehaut überzieht meine Arme.

Canyon und Axel reagieren auf Matthias' Befehl. Sie fallen mit gekrümmten Rücken auf alle viere. Eine Sekunde später haben sie ihre Bärengestalt angenommen.

„Geht", befiehlt Matthias. „Holt Everest und verschwindet auf dem Weg von hier, der euch offensteht." Er wartet, bis sie davontrotten, um sich an Rafe und Lance zu wenden. „Ihr müsst ebenfalls gehen. Gebt meinen Brüdern Rückendeckung dann helft eurem Team."

„Seid ihr euch sicher?", fragt Rafe.

„Wir haben das hier unter Kontrolle", knurrt Darius. Er dreht sich um und ich folge ihm, wobei ich über das Netz falle. Er stützt mich. Matthias bildet die Nachhut. Rafe und Lance sind verschwunden.

Wir gelangen zu der runden, tresorähnlichen Tür am Ende des Gangs. Der Schutzraum. Es sind keine weiteren Wachen mehr da, doch es gibt keinen Weg hinein.

Diesen letzten Teil muss ich erledigen.

Ich ziehe meinen Helm aus. Die kühle Luft trifft meine verschwitzten Schläfen. „Thom", brülle ich. „Du wolltest, dass ich zurückkomme. Hier bin ich."

KAPITEL DREIZEHN

Nichts geschieht. Thom reagiert nicht auf meine Herausforderung. Mein Herz sinkt.

Darius und Matthias treten vor. „Wir können versuchen, einzubrechen."

„Nein", entgegne ich. „Die ganze Kammer besteht aus Stahl."

Matthias hält eine Hand hoch. Seine Nägel sind zu Bärenkrallen geworden. „Wir können es versuchen." Seine Stimme klingt belegt, als hätten seine Stimmbänder angefangen, sich zu ändern.

„Er hat Wren." Ich schüttle den Kopf. „Wenn wir irgendetwas versuchen, wird er ihr wehtun. Ich bin diejenige, die er wirklich will."

Es erklingt ein zischendes Geräusch und ich trete automatisch zurück. Die Tresortür öffnet sich langsam und offenbart Thom. Meine Schwester lehnt an ihm und hat die Augen geschlossen.

Er hält eine Spritze mit einer klaren Flüssigkeit an ihren Hals. „Du bist zu spät", informiert er mich.

Ich hebe meine Hände, um ihm zu zeigen, dass ich nicht bewaffnet bin. „Du willst sie nicht. Du willst mich." Ich trete einen Schritt vor.

„Paloma." Darius stellt sich vor mich.

Ein riesiger Mann tritt aus den Schatten hinter Thom. Er hält ein eigenartig geformtes Gewehr mit einem riesigen Lauf in der Hand. Er feuert nacheinander zwei Schüsse ab.

Ich zucke zusammen, doch Darius fängt den Treffer ab. Er stürzt und landet halb auf mir. Ich taumle unter seinem Gewicht und wir sinken beide zu Boden.

Einige Schritte entfernt knallt Matthias gegen die Wand. Er reißt an seiner Schulter, die blutig ist. Er wurde getroffen. Er stöhnt, gleitet an der Wand hinab und hinterlässt eine blutige Schmierspur. Sein Kopf kippt nach hinten und seine Augen schließen sich.

Darius ächzt und schiebt mich von sich. Seine Seite ist blutig, aber er kann sich noch bewegen. Die Kugel hat ihn anscheinend nur gestreift.

Ich krabble unter ihm hervor. Er stützt seine Hände auf den Boden und die Adern auf seinem Gesicht treten hervor.

„Flieh ...", befiehlt er mir. Seine Augen sind Teiche aus Feuer. Seine Zähne werden länger und wachsen, bis sie nicht mehr in seinen Kiefer passen. Sein Bär wird gleich hervorbrechen.

Ich krabble gerade rechtzeitig rückwärts, um den Platz für Thoms Handlanger freizumachen, sodass er ein Silbernetz abfeuern kann.

Darius brüllt ohrenbetäubend. Er ist unter dem Netz fixiert und sein Körper windet sich. Seine Knochen knacken und knirschen, während er mit seinem Bären kämpft.

Thoms Handlanger hebt das Gewehr.

„Nein!" Ich springe vor und trete vor den Lauf. „Tu ihnen nicht weh." Ich vergewissere mich, dass mein Körper zwischen Darius und dem Gewehr ist, bevor ich mich an Thom wende. „Du willst mich. Nimm mich. Nur tu ihnen nicht weh."

„Sie hat recht. Sie ist das Geld. Nimm sie", befiehlt Thom dem riesigen Mann.

Der Mann schlendert vor, wobei er sich mit dieser raubtierhaften Eleganz bewegt, die ich bei den anderen Gestaltwandlern bemerkt habe. Seine Augen sind pechschwarz wie bei einem Dämon aus einem Albtraum.

Thom verlässt Wrens Seite. Sie sackt zu Boden und ihr Kopf rollt zur Seite.

„Wren", schreie ich. Der große Kerl packt mich. Ich drehe mich und versuche, mich aus seinem Griff zu befreien, doch seine Hand könnte genauso gut ein Eisenband sein. Sie ist so groß, dass sie sich komplett um meinen Arm legt.

Thom befindet sich an der Rückseite des Schutzraums und tippt etwas auf das Tastenfeld.

„Was stimmt mit meiner Schwester nicht?", knurre ich ihn an. „Was hast du getan?"

„Ich habe dir gesagt, dass du zu spät warst", erwidert er. Das Tastenfeld piept, eine Tür schwingt auf und führt zu einem muffig riechenden Tunnel. „Ich habe ihr bereits eine Injektion verpasst. Leider werden wir nicht warten können, um ihr beim Sterben zuzuschauen."

„Nein", kreische ich. Unter dem Netz brüllt Darius. Thom duckt sich in den Fluchttunnel und bedeutet seinem Handlanger, ihm zu folgen. Ich stemme meine Füße in den Boden, bin jedoch hilflos, als mich der Rohling einfach weiterzerrt.

* * *

DARIUS

Ich bin fixiert. All meine Kraft ist für den Kampf mit

meinem Bären nötig. Mein Rückgrat knackt, als er versucht, die Kontrolle zu übernehmen. Die Wunde an meiner Seite hilft nicht. Die Kugel hat mich nur gestreift, war jedoch aus Silber. Ich blute und das silberne Gift macht meinen Bären wild. Ich verliere die Kontrolle.

Ich kann nur zuschauen, wie Thom und seine Wache – irgendein Gestaltwandler – Paloma durch eine zweite Tresortür schleifen. Sie schließt sich und zischt, als sie sich verriegelt. Ich bleibe allein mit meinem gefallenen Bruder und Palomas Schwester zurück.

Nein. Hol sie jetzt, tobt mein Bär. Wenn ich mich jetzt verwandle, wird das Silber jeden Teil meines Bärenkörpers verbrennen. Ich muss ihn zurückdrängen.

Matthias stöhnt neben mir. Er wurde von einer Silberkugel getroffen. Ich kann an seiner extremen Schwäche erkennen, dass die Kugel noch in ihm ist. Ich muss mich von dem Netz befreien, damit ich ihm helfen kann.

„Matthias? Darius?", brüllt Teddy vom anderen Ende des Gangs. Er rennt mit einem Maschinengewehr in der Hand zu uns. Er trägt einen schwarzen Bodysuit aus einem speziellen Material, das sein Gestaltwandlerteam auf Missionen trägt. Es passt sich ihren Körpern an, sogar wenn sie sich verwandeln. Sein Gesicht und Bart sind blutverschmiert. Der Kampf am Strand muss schlimm gewesen sein.

„Hier", rufe ich.

Er bleibt stehen, um die Flakweste von einer gefallenen Wache zu reißen. Er wickelt sie sich zum Schutz um die Hände, bevor er das Silbernetzt packt und von mir zieht. Ich erhebe mich, ersticke beinahe an Adrenalin und er wirbelt herum, um sich neben Matthias zu hocken.

„Was ist passiert?", fragt Teddy.

„Thoms Bodyguard hat auf Matthias geschossen und Paloma mitgenommen."

Ich balle die Hände zu Fäusten und kämpfe gegen den

Bären an. Meine Nägel sind zu Krallen geworden, die sich in meine Handflächen bohren.

Lass mich RAUS, faucht der Bär.

Nie, erwidere ich.

Teddy schaut mich stirnrunzelnd an, dreht sich jedoch wieder um und lehnt Matthias an die Wand. Er ist am Leben und seine Fangzähne sind ausgefahren, während sein Bär gegen das Gift ankämpft.

„Schulter", keucht Matthias. „Silberkugel."

Teddy hebt die Hand und seine Nägel werden zu langen Krallen. Er kratzt an Matthias' Schulter. Matthias brüllt laut genug, um die Wände zum Zittern zu bringen, als Teddy die Kugel ausgräbt.

Ich gewinne den Kampf gegen meinen Bären und erhebe mich, um zu Wren zu gehen. Sie liegt schlaff auf dem Boden, ihre Augen sind geschlossen und ihr Gesicht ist blass. Ich lege eine Hand an ihren Hals und taste nach ihrem Puls.

Er ist da, aber schwach.

„Nein", keuche ich. „Nein …" Ich habe Paloma im Stich gelassen.

Ich habe Wren im Stich gelassen. Ich habe bei allem versagt.

Teddy hilft Matthias auf die Beine. Matthias humpelt zu mir.

„Es ist zu spät", sage ich. „Er hat ihr etwas gespritzt … genau so, wie er es angedroht hat."

„Heb sie hoch." Matthias kniet sich neben mich. Seine Schulter ist ein blutiges Desaster, aber er sieht entschlossen aus. Er öffnet seine Weste und zieht ein sorgfältig aufgerolltes Stoffetui hervor, in dem sich einige Phiolen befinden. Er hält eine hoch und bereitet eine Spritze vor. „Bring sie in eine aufrechte Position."

Teddy reagiert zuerst, kniet sich hin und schiebt

vorsichtig eine Hand unter Wren, damit er sie aufsetzen kann.

Ich lege eine Hand an ihren Kopf. „Es ist okay, Wren. Wir sind Palomas Freunde."

Sie murmelt etwas, öffnet allerdings nicht die Augen. Sie sieht Paloma so ähnlich, da sie das gleiche herzförmige Gesicht und dunkle Haare hat. Sie ist dünner und feinknochiger so wie der Zaunkönig, nach dem sie benannt ist. Ihr Körper ist leichter als eine Handvoll Federn.

„Streck ihren Arm aus", befiehlt Matthias. Er ist tief im Arztmodus. Oder vielleicht ist es der Alphamodus. Er hat jedenfalls einen Alphabefehl benutzt, als er mit Axel und Canyon gesprochen hat.

Er tupft Wrens Arm mit einem Desinfektionsmittel ab. Ihr Arm sieht im Vergleich zu seiner großen Hand so winzig und zerbrechlich aus.

„Wren, hör mir zu." Seine Stimme ist tief und beruhigend. „Du wirst wieder gesund werden. Ich habe das Gegengift." Er bereitet die Spritze vor und überprüft sie auf Luftbläschen.

„Was ist das?", frage ich. Die Flüssigkeit ist durchsichtig, meine Gestaltwandleraugen nehmen jedoch eine ganz leichte Rosafärbung wahr.

„Ein spezieller Cocktail, den ich selbst erfunden habe. Er enthält ein Allheilmittel, das von einem Vampirfreund gespendet wurde."

Vampirblut kann Menschen heilen.

Ich beobachte, wie Matthias ihr das Blut spritzt, und senke den Kopf über Wren. Sogar mein Bär ist still und hofft, dass es funktioniert.

Die Totenstille wird von ihrem hohen Keuchen unterbrochen.

„Ihr Herz schlägt kräftiger." Matthias erhebt sich und rollt seine Medizintasche auf. „Aber wir müssen sie hier rausbringen."

Ich erhebe mich mit Wren in den Armen. „Ich muss Paloma folgen."

Teddy dreht sich um. „Dann muss diese Tür weichen." Seine Augen blitzen auf und er zerstört die Wand neben der Tresortür. Er reißt Stücke des Gipses raus und trifft auf eine Steinmauer. Er hört nicht auf, den Stein zu bearbeiten, und kratzt an der runden Stahltür entlang, um sie auszugraben.

„Ich nehme sie." Matthias streckt seine Arme aus. Ich lege Wren vorsichtig hinein, woraufhin er sie an seine unversehrte Schulter drückt.

Ich drehe mich um und helfe Teddy, die Wand zu zerstören. Sein Körper wächst und seine Muskeln schwellen zu der fellbedeckten Muskelmasse des Bären an. Mit seiner Bärenkraft reißt er die Tür aus der Wand.

Mein Zwilling wendet sich mir als Bär zu. *Geh*, scheint er zu sagen. *Hol deine Gefährtin.*

„Beschütze Wren." Ich klopfe ihm auf die Schulter, bevor ich in den feuchten Tunnel renne.

Ich kann hören, dass sich Teddy umdreht und Matthias folgt. Sie werden Wren rausbringen. Ich vertraue ihnen.

Ich habe die Hälfte des Tunnels hinter mir gelassen, als ich Palomas Geruch auffange.

Und dann muss ich mich gegen die verschimmelte Wand pressen, um meinen Bären daran zu hindern, hervorzubrechen.

Lass mich raus. Jetzt bin ich dran, verlangt mein Bär.

„Nein." Ich knirsche mit den Fangzähnen und falle fast auf die Knie. „Nein." *Wir verschwenden Zeit!*

Frische Luft weht mir entgegen. Ich bin fast am Ende des Tunnels. Ich kämpfe auf jedem Schritt des Weges gegen den Bären an, mein Rückgrat krümmt sich und meine Muskeln spannen sich an. Ich erscheine vornübergebeugt.

Thompsons Truppen warten auf mich. Ein Hagel aus Pfeilen trifft meinen Körper. Ich ziehe einen raus, knurre und die Silberspitze verbrennt meine Finger. Ich werfe den Pfeil weg und schlage nach den restlichen, doch mein Blutkreislauf steht in Flammen. Ich mache einen Schritt und eine Woge der Schwäche überkommt mich. Meine Glieder werden bleischwer und ich stolpere.

Ein Silbernetz wirft mich zu Boden und das Gift in meinen Adern zerrt mich in die Dunkelheit.

KAPITEL VIERZEHN

Darius

Ich schwimme in einem Meer aus Schmerzen. Schreie und Gebrüll erklingen in der Ferne, dann höre ich das Klirren von Gitterstangen, die herabgesenkt werden.

Ich komme wieder zu mir, als sich eine weiche Hand um meine schließt. Ich zucke zusammen und Paloma beruhigt mich. „Schhh, Darius. Ich bin hier."

„Prinzessin?" Ich öffne meine Augen, die Welt ist jedoch verschwommen. Mein Kopf tut weh, als hätte jemand mit einem Vorschlaghammer darauf eingeschlagen.

„Oh, Gott sei Dank, du bist wach." Palomas weiche Haare fallen auf meine Wange und ich drehe den Kopf, um ihren süßen Duft aufzusaugen.

Meine Haut brennt dort, wo das Netz sie berührt hat, der Schmerz ist allerdings nichts im Vergleich zu dem Feuer, das in mir tobt. Was immer in diesen Pfeilen war, ist Gift. Ich fühle mich unglaublich schwach.

„Wo …"

„Sie haben uns irgendwo hingebracht. Ich habe eine der

Wachen darüber sprechen hören, dass wir uns auf einem Privatanwesen befinden, aber ich weiß nicht wo. Sie haben mich unter Drogen gesetzt. Sie haben uns beide unter Drogen gesetzt." Ihr stockt der Atem. Sie hat geweint.

Ich will eine Hand heben, um sie zu trösten, kann sie allerdings nicht höher als einige Zentimeter heben. Sie packt sie und hält sie mit beiden Händen fest.

Es gibt etwas Wichtiges, was ich ihr erzählen muss. Ich taste durch den Nebel, um es zu finden.

„Wren", murmle ich.

„Ich weiß." Palomas Stimme bricht und sie schluchzt. „Thom hat sie vergiftet. Ich kann sie noch immer spüren, aber sie muss tot sein ..."

„Nein. Matthias. Medizin." Meine Lippen fühlen sich schwer an, doch ich zwinge sie, Worte zu formen. „Sie ... lebt."

„*Ay, Dios mio*", keucht Paloma. „Oh, danke schön." Sie drückt meine Hand an ihr Gesicht. Ich fühle den Regen ihrer Tränen.

„Es ist okay."

„Wir werden hier rauskommen. Ich verspreche es."

„Da wäre ich mir nicht so sicher", krächzt jemand. Ein scharfer Nelkenduft weht mir entgegen. Schwere Stiefelschritte bringen den Duft näher. „Gebt ihm noch eine Dosis des Beruhigungsmittels. Er ist wach."

„Stopp", faucht Paloma. „Was machst du da?" Sie lässt meine Hand los und ich spüre, dass sie aufsteht und mich verteidigt. „Lasst ihn in Ruhe!"

Meine Brust grollt, als mein Bär seinen Zorn ausdrückt. Es erklingt ein Wusch und ein weiterer Pfeil bohrt sich in meine Brust.

„Es ist nur eine K.O.-Droge", erklärt der Kerl krächzend. „Spezialmischung für Gestaltwandler. Sie wird brennen, es ist allerdings nicht genug Silber in dem Mittel, um ihn zu töten."

Ich höre Paloma kämpfen. Mein Bär drängt sich an die Oberfläche und zwingt mich, hochzuschnellen. Der Pfeil hat jedoch seine Arbeit getan und pumpt das Beruhigungsmittel in mich. Meine Kräfte schwinden.

Eine schwere Hand landet auf meiner Brust und drückt mich mit lachhafter Leichtigkeit nach unten. Ich ersticke an dem betäubenden Nelkenduft. „Ruh dich aus, Bärenmann. Wir werden später Verwendung für dich haben."

* * *

PALOMA

Ich beobachte, wie Darius' Körper erschlafft. Der Kerl, der über ihm steht, muss ein Gestaltwandler sein. Er ist riesig und hat ein vernarbtes Gesicht. Eine große, schwarze Sonnenbrille verbirgt seine Dämonenaugen.

Er legt die Armbrust beiseite, mit der er auf Darius geschossen hat, und wendet sich mir zu. „Mr. Thompson möchte dich sehen."

Ich verschränke die Arme vor der Brust. „Wenn du denkst, dass ich irgendetwas tun werde, was er sagt, hast du falsch gedacht." Jetzt, da ich mit Sicherheit weiß, dass Wren am Leben ist, haben sich all meine Emotionen in Zorn verwandelt.

„Wie du willst." Er zuckt mit den Achseln. „Ich bin nicht derjenige mit einem Bären-Bub, dessen Leben auf dem Spiel steht."

„Was werdet ihr mit ihm machen?", frage ich für den Fall, dass er prahlen und mir mehr Informationen verraten wird. Ich weiß nicht viel über unsere Situation. Thoms Männer spritzten mir ein Beruhigungsmittel, um mich bewusstlos zu machen. Ich wachte hier, in dieser kalten Halle mit einem Betonboden auf, wo ich neben Darius auf einem Untersuchungstisch liege. Er ist mit Silberketten gefesselt, mich lassen sie jedoch frei herumlaufen. Fürs Erste.

Die große Wache antwortet nicht. Die Tür am Ende des großen Raums fliegt auf und Thom kommt gefolgt von einer Gruppe Wachen herein.

„Paloma", ruft er mit seiner grellen Stimme. „Was hast du getan?"

Ich bewege mich, sodass ich zwischen ihm und Darius stehe. Thom stapft zu mir. Er sollte mit seinem wütenden Gesicht und den bewaffneten Wachen einschüchternd sein. Aber ich verspüre keine Angst, sondern nur Hass. Dieser Mann hat mich und meine Schwester gefangen gehalten. Er versuchte, meine Schwester zu ermorden, und war beinahe erfolgreich. Er befahl seinen Truppen, meine Freunde zu töten.

Er verdient, was ihm zustoßen wird, und mehr.

„Du böses Kind", schimpft er. Seine normalerweise blasse Haut nimmt eine ungesunde Rotfarbe an. „Wie kannst du es wagen, meinen Fonds ins Visier zu nehmen!"

Ich weiß, warum er so aufgebracht ist. Er hat die Aktiendeals entdeckt, die ich auf dem Flug hierher getätigt habe. Ich habe die gesamte Zeit damit verbracht, Aktien so zu kaufen und zu verkaufen, dass der Untergang von *Thompson Capital* garantiert ist. Ich weiß genau, was Thompsons Aktien sind und wie ich sie angreifen kann.

„Was ist los, Thom?", spotte ich. „Hat jemand die Profite der Firmen erhöht, bei denen du Leerverkäufe getätigt hast? Nachdem viele dieser Deals zustande gekommen sind, wirst du … sagen wir … mit *leeren* Händen dastehen."

„Du Miststück."

„Vorsicht." Ich betrachte meine Nägel. „Wenn du so

weitermachst, hast du noch einen Herzinfarkt. Es sind nur einige hundert Milliarden."

„Du wirst einen Weg finden, das Geld zurückzuverdienen. Jeden Penny. Ansonsten …"

„Ansonsten was? Wirst du ein unschuldiges Kind töten? Ich habe die Nase voll von deinen Drohungen. Du kannst mich töten. Aber dann wird alles vorbei sein. Du wirst nichts haben. Du wirst nichts sein. Denn das ist es, was du wirklich wert bist, oder? Du hast ein Vermögen geerbt und in einem einzigen Jahrzehnt hast du die Firmen deiner Familie zu Grunde gewirtschaftet."

„Halt die Klappe …" Er tritt vor, um mir eine Ohrfeige zu verpassen, und ich schlage seine Hand weg. Er ist es nicht gewohnt, dass ich zurückkämpfe.

„Du weißt, dass es die Wahrheit ist. Meine Eltern zu töten und mich und Wren gefangen zu nehmen, damit ich dein Vermögen aufbaue, war das Einzige, was du getan hast. Und mit einigen Mausklicks habe ich dir all das weggenommen. Du bist ein Versager. Und die Welt wird es wissen."

„Du wirst alles wieder aufbauen, was du mir genommen hast. Ich werde dich hier festketten und du wirst nie wieder das Sonnenlicht sehen …"

„Ich werde *nie* wieder für dich arbeiten." Ich nutze meinen Zorn als Waffe. Ich habe bei Thom noch nie so viel Macht verspürt – zuvor war ich zu stark in seinem Netz gefangen. Jetzt, da mich Darius befreit hat, bin ich eine neue Person.

Er stottert, unfähig, zu sprechen.

Ein Telefon klingelt und unterbricht ihn. Er zieht es heraus und versteift sich, als er den Namen auf dem Display sieht.

„Ist das einer deiner Investoren-Freunde?", frage ich. Er wird knallrot, weshalb ich weiß, dass ich recht habe. „Sie sind bestimmt nicht glücklich, nachdem du so viel von ihrem Geld verloren hast."

„Oh, sie werden glücklich sein." Er steckt das Handy ein. Er atmet schwer, in seine Stimme schleicht sich jedoch ein triumphierender Unterton. „Denn du wirst nicht nur meine Investitionen wieder aufbauen, sondern auch ihre. Und ich kann ihnen noch etwas anderes anbieten." Er deutet auf Darius. „Einen Gestaltwandler zum Jagen."

Ich atme scharf ein und habe das Gefühl, als hätte er mir in den Magen geschlagen. Gänsehaut entsteht bei seinem Lächeln auf meiner Haut. Entsetzen breitet sich in meinem Körper aus und entzieht mir den Zorn und die Macht, die ich noch vor einem Augenblick spürte.

„Das würdest du nicht tun."

Er gluckst, da er das Gefühl hat, er hätte die Oberhand. „Das ist etwas, was du nie über mich erfahren hast, Tochter. Ich gehöre zu einem exklusiven Club. Wir nennen uns die Venatores. Es ist ein altes lateinisches Wort, das bedeutet *Jäger*. Und rate mal, was für Wesen wir gerne jagen?"

„*Nein*", krächze ich. Ich will das hier nicht glauben, doch es ergibt Sinn. Die Silberketten, die Netze, das Betäubungsmittel. Thoms Männer waren darauf vorbereitet, Gestaltwandler zu erledigen. Es gab einen Grund, aus dem er mir befahl, Darius mitzubringen, und dieser war nicht Rache.

Er ist so krank.

„Oh ja. Gewöhnliches Wild ist keine Herausforderung mehr. Das ist der Grund, aus dem ich Darius überhaupt nach Lockepoint eingeladen habe. Um zu bestätigen, was Hannibal bereits erschnüffelt hatte." Er deutet zu der großen, vernarbten Wache.

Hannibal ist riesig. Er muss ein anderer Gestaltwandler sein, einer, der sich gegen seine eigene Art gewandt hat. Denn wer könnte jemandem besser beibringen, wie man einen Gestaltwandler jagt, als ein anderer Gestaltwandler? Er kennt alle Stärken und Schwächen eines Gestaltwandlers.

Thom legt den Kopf auf die Seite. „Denkst du, Darius' Brüder werden kommen, um ihn zu retten, wenn wir das Notsignal geben?"

Eiswasser flutet meine Adern bei dem Gedanken, dass die Werbären-Brüder hereinstürmen, um Darius und mich zu retten, nur um einer nach dem anderen gefangen genommen zu werden. „Nein", krächze ich. „Das kannst du nicht tun."

„Oh, ich werde es tun. Darius wird der Erste sein, der gejagt werden wird, sobald er seine Freunde gerufen hat."

„Das wird er nicht tun."

„Ich denke, er wird es tun." Thom gibt ein Zeichen, woraufhin eine Wache vortritt, einen Medizinkoffer öffnet und mir die Phiolen darin zeigt. „Vor allem, wenn ich drohe, dich zu vergiften. Das ist eine Sache, die ich über Gestaltwandler gelernt habe. Sie werden alles tun, wenn man ihre vom Schicksal bestimmte Gefährtin bedroht."

* * *

Wren

„Bist du dir sicher, dass du das tun willst?", fragt der Arzt namens Matthias. Er sitzt neben dem Bett in dem Gästezimmer, in dem ich mich momentan aufhalte. Hinter ihm stehen der riesige blonde Kerl Teddy und seine umwerfende Frau Lana in der Tür. Matthias und Teddy sind die Freunde meiner Schwester und haben mich gerettet. Anscheinend stand ich auf der Schwelle zum Tod, nachdem Thom mich vergiftet hatte. Zum Glück war Matthias dort und konnte mich heilen.

Im Moment fühle ich mich fantastisch. Ich reite auf einer Energiewelle und anstatt mich hinzulegen, will ich alles in meiner Macht Stehende tun, um Paloma zu finden und zu retten.

„Ich bin mir sicher." Ich lege mich hin und schließe die Augen, bevor jemand protestieren kann. Mich auf psychischer Ebene mit meiner Schwester zu verbinden, fällt mir so leicht wie das Atmen. Aktuell tun meine Retter alles in ihrer Macht Stehende, um sie und ihren Freund Darius zu finden. Thom hat sie mitgenommen und keiner weiß wohin. Ich kann meine übersinnlichen Gaben nutzen, um zu schauen, wo sie sind und vielleicht um einige Hinweise auf ihren Standort herauszukriegen.

Ich atme ruhig, so wie es mir Paloma beigebracht hat, und schlüpfe in einen Trancezustand. Ehe ich mich versehe, blicke ich auf die Version meiner Selbst hinab, die auf dem Bett liegt. Matthias wartet neben mir, den Kopf nachdenklich gesenkt. Teddy tigert durch das Wohnzimmer seines und Lanas hübschen Berghauses. Lana beobachtet ihn besorgt.

Ich lasse mich tiefer sinken und die Vision verblasst. Ich dehne mein Energiefeld aus und stelle mir einen Lichtball vor, der pulsiert und immer größer wird, bis er sich von einem Horizont zum anderen erstreckt. Meine Schwester ist dort draußen und ich kann ihre Energie spüren – sie ähnelt meiner so sehr.

Urplötzlich ist sie direkt neben mir. Ich berühre ihre Energie mit meiner, doch sie ist zu geistesabwesend. Ihr Feld ist voller Sorgen und einer schweren Traurigkeit. Ich stelle mir vor, wie Licht und Liebe von meinem Herzen in ihres fließen.

Das Bild davon, wo sie ist, wird deutlicher. Ich füttere Paloma weiterhin meine Wärme und festige die Vision.

Sie sitzt in einem großen Lagerhaus mit Schachteln und einer Menge Wachen. Neben ihr ist Darius. Ich erfasse jede Einzelheit ihrer Umgebung und versuche, einen Hinweis darauf zu finden, wo sie sein könnte.

„Sie sind in einem Lagerhaus in einem Waldgebiet. Irgendwo in großer Höhe", murmle ich.

„Gut, das ist gut. Sind beide am Leben? Was noch?", fragt Teddy.

„Thom ist dort. Ich … sehe ihn nicht, kann ihn jedoch spüren. Igitt."

Wren? Paloma spürt mich in der Nähe, kann mich aber nicht sehen. Ich sende ihr eine Woge der Liebe. Sie macht sich noch immer Sorgen und ist verwirrt, akzeptiert allerdings meine Präsenz.

Zufrieden wende ich mich Darius zu. Seine Energie ist roh, pulsiert verwundet und ich kann sie nicht länger ignorieren. Er leidet so starke Schmerzen.

Ich sinke neben ihm auf die Knie und versuche, ihm heilende Energie zu schicken. Ich spüre nur noch mehr Zorn.

Dann verändert sich das Licht und ich erhalte eine Vision von Darius als riesiger brauner Bär, nicht als Mann.

„Da ist ein Bär in Darius. Ich weiß nicht … so erscheint es mir."

„Das stimmt, Wren. Darius hat eine Bärenseite und wenn er ihn rauslassen würde, könnte er die beiden retten. Kannst du ihm sagen, dass er ihn rauslassen soll?", fragt Teddy.

Ich studiere Darius. Es liegt etwas über ihm, das ihn von mir und allen anderen isoliert, sogar von Paloma.

Der Schatten über ihm verstärkt sich zu dunklen Stäben. Darius' Bär sitzt in einem Käfig.

Ich gehe näher, woraufhin eine wütende Tatze hervorschnellt und mich nur knapp verfehlt. Ich springe zurück. Der Bär brüllt. Es ist ein verwundeter, hallender Laut.

„Ich weiß", sage ich. „Du bist nicht frei." Ich gehe um das Gebilde herum, doch es ist stabil. Ich finde keinen Weg, um es aufzubrechen. Der Bär lässt mich nicht nah genug heran, um ihn zu beruhigen.

Ich brauche jemanden, der mit dem Bären spricht und ihn beruhigt. Er vertraut mir nicht. Wem würde er vertrauen?

Urplötzlich bin ich wieder in meinem Körper im Gästezimmer.

Ich öffne die Augen und setze mich auf, womit ich die anderen im Raum erschrecke. Matthias, Lana und Teddy betrachten mich alle.

„Bist du okay?" Matthias beugt sich vor, um meine Vitalwerte zu überprüfen, und ich halte eine Hand hoch. Ich will nicht, dass er mich anfasst. Ich werde gleich etwas versuchen, was ich noch nie getan habe.

Falls es funktioniert, könnte es alles verändern. Falls ich versage, könnte ich meine Schwester verlieren.

Es muss funktionieren.

Ich wende mich an Teddy. „Ich brauche deine Hilfe."

* * *

DARIUS

Ich bin von Gemurmel umringt. Ich strenge mich an, etwas zu verstehen, doch meine Ohren sind mit dem Gebrüll des Bären gefüllt.

Und dann verblasst alles und ich höre Teddy meinen Namen rufen. „Darius."

Ich sehe ihn deutlich, wie er aus der Dunkelheit auf mich zukommt.

„Bruder? Was ist los?" Die Dunkelheit löst sich auf. Wir stehen beide auf einer Waldlichtung. Ich erkenne jeden Stein und Baum. „Hier sind wir aufgewachsen."

Sterbe ich? Meinen die Leute das damit, wenn sie sagen, dass ihr Leben vor ihren Augen vorbeigezogen ist?

„Wir müssen reden", verkündet Teddy. „Es gibt etwas, was ich dir erzählen muss."

„Ich habe keine Zeit dafür. Ich muss zurück zu Paloma. Sie braucht mich." Ich kann den Schmerz in der Ferne spüren. Schreckliche Dinge geschehen, während ich schlafe.

„Sie braucht dich." Er tritt einen Schritt vor. „Aber du brauchst deinen Bären."

„Was?"

„Bruder, hör zu." Er starrt mir in die Augen. Es ist, als würde ich in einen Spiegel schauen, oder das wäre es, wenn er seinen buschigen Bart rasieren würde. „Nimm deinen Bären an."

„Ich kann nicht." Ich schüttle den Kopf und gehe rückwärts. „Ich kann ihn nicht rauslassen."

„Du kannst. Du musst."

„Nein. Er ist zu wild." Ich drehe mich um und da ist er, der Wohnwagen, in dem wir lebten. Der, den ich zerstörte. Seine Seite ist verbeult. „Er wird alles ruinieren."

„Er kann helfen. Er kann dich retten."

„Nein. Er kann nur Zerstörung verursachen." Ich spüre, wie die Haare auf meinem Kinn wachsen und zu einem Bart wie Teddys wuchern. Vielleicht rasiere ich mich deswegen regelmäßig, damit ich meinem Zwillingsbruder nicht zu sehr ähnle. Damit ich nicht wild aussehe.

Alles umsonst. Mein Bär versucht, sich zu befreien.

„Schau dir das an." Ich deute mit einer Hand auf unseren zerstörten Wohnwagen. „Schau dir an, was er getan hat."

„Du musst diese Seite von dir annehmen. Du musst derjenige sein, der du schon immer sein solltest."

„Und Paloma? Was, wenn er sie verletzt? Was, wenn er ihr Angst macht?"

„Sie ist stark. Sie wird nicht so schnell Angst kriegen."

„Sie wird gehen", brülle ich.

Er kommt näher und ich stoße ihn von mir. „Wie Winnie. Wie Mom."

„Nein ..." Teddy packt mich und schlingt seine riesigen

Arme um mich. Irgendwie ist dieser Mistkerl stärker als ich. Ich versuche, mich gegen ihn zu wehren, doch er hält mich einfach nur fest.

Er hält mich fest, bis ich meine Gegenwehr einstelle.

„Sie ist wegen mir gegangen", sage ich und als die Worte meinen Mund verlassen, höre ich sie in einer leiseren, jüngeren Stimme. Ich bin auf die Größe geschrumpft, die ich war, als ich jünger war.

Teddy geht in die Hocke, um auf Augenhöhe mit meinem kleineren Selbst zu sein. „Es war nicht deine Schuld, dass unsere Mutter ging. Du kannst dir nicht die Schuld daran geben." Er verwandelt sich und wird zu einem jüngeren Teddy. Keine Tattoos, kein Bart. Ein Spiegelbild von mir.

„Es ging nicht um uns", erklärt er mit seiner siebenjährigen Stimme. „Sie traf ihre eigenen Entscheidungen."

„Ich bin ganz allein." Die Lichtung ist dunkel geworden.

„Nein, Bruder. Ich habe dich nie verlassen." Teddy schlingt seine dünnen, siebenjährigen Arme um mich. „Ich habe es nie getan und werde es nie tun."

Plötzlich sind wir wieder groß und in unseren erwachsenen Körpern. „Und unsere Brüder werden das genauso wenig tun. Wir werden dich nicht verlassen."

Die Lichtung ist verblasst, der Wohnwagen aus unserer Kindheit ist fort und wurde von der Hütte am Bad Bear Mountain ersetzt. Meiner Hütte. Das Zuhause, das ich abgelehnt habe.

„Genauso wenig wie Paloma. Aber sie braucht dich jetzt."

Hinter der Hütte lauert ein Schatten. Er ist zu groß, um sich hinter der Hütte zu verstecken, weshalb er dort mit gebeugtem Rücken aufragt. Seine Augen leuchten und das Licht reflektiert von seinen übergroßen Krallen.

Es ist ein Monster, das so furchterregend ist, dass es einem Kind lebenslange Albträume bescheren kann.

„Er wartet. Er ist deine Kraft. Du musst ihn rauslassen."

Ich sage nichts. Ich habe nicht einmal die Energie, um es ihm zu sagen. „Ich kann nicht."

Teddy mustert mein Gesicht und seufzt. „Das hier ist meine Schuld. Ich war wild, genau wie du. Ich kämpfte zu viel mit dir. Damals war mir das nicht bewusst, aber ich versuchte, dich zu provozieren, damit du deinen Bären annahmst. Wenn mir das schon früher klar geworden wäre, hätte ich das besser machen und es einfach mit dir besprechen können, anstatt zu kämpfen."

Ich schaue ihn böse an. „Das hier ist mein Traum und du reißt ihn an dich?"

„Das hier ist kein Traum. Und deine Gefährtin braucht dich." Das Licht flammt in seinen Augen auf und sein Bär schaut mich an. „Deine Zeit ist abgelaufen. Denk daran, was ich dir gesagt habe."

Er tritt zurück und ballt seine Hände zu Fäusten. Ich erkenne diese Haltung gut. Er wird gleich einen Kampf beginnen.

Ich hebe die Hände. „Warte …"

Er durchbricht meine Abwehr und schlägt mir direkt ins Gesicht.

* * *

TEDDY

Ich wache mit einem Keuchen und um mich schlagend auf. Etwas versucht, mich zu erwürgen, und ich lasse meine Krallen raus, um es in Stücke zu reißen.

„Teddy", ruft Lana. Sie ist direkt neben mir. „Es ist okay."

Ich zwinge mich, nicht mehr zu kämpfen und die Wildheit ziehen zu lassen. Ich bin im Wohnzimmer in unserem neuen Berghaus und liege auf unserem Ledersofa. Lana sitzt neben mir auf einem Polsterhocker. Matthias steht hinter ihr.

Fetzen eines babyblauen Stoffs sind auf meinem Oberkörper und dem Boden verstreut.

Ich streiche sie weg. „Was …?"

„Das war die Decke, die auf dir lag", erklärt Matthias. „Du hast sie zerstört."

Ich setze mich auf und reibe mir mit beiden Händen übers Gesicht. „Sorry."

„Es ist okay." Lana streckt ihre Hand aus und wartet darauf, dass ich sie ergreife. Ich ziehe Lana in meine Arme, da ich ihre feste Wärme brauche, um mich zu erden.

Nach einer langen Umarmung weicht sie zurück und lässt mich von Matthias untersuchen. Er ist anscheinend mit meinen Vitalfunktionen zufrieden, denn er geht in mein Gästezimmer, dessen Tür er leise hinter sich schließt.

„Hat es funktioniert?", fragt Lana. „Hast du eine Verbindung hergestellt?"

„Ich glaube schon. Ich weiß es nicht." Der Trancezustand hat mich in einen Traum versetzt, der so real war. „Ich sah Darius und sprach mit ihm. Ich glaube, er hat die Botschaft erhalten."

Ich erhebe mich, da ich nicht mehr still sitzen kann. Meine Fingerknöchel pochen, als hätte ich jemanden geschlagen. Darius ist in einer Vision ein genauso großer Sturkopf wie im wahren Leben.

Unsere Gästezimmertür schwingt auf und Matthias kommt mit Palomas Schwester Wren heraus. Sie sieht blass und zittrig aus, weshalb ich mich beeile, ihr beim Hinsetzen zu helfen.

„Hat es funktioniert?", frage ich. „Hast du sie erreicht?"

„Es hat funktioniert", antwortet Wren. Matthias hilft ihr, auf das Sofa zu sinken.

„Lass ihr ein wenig Platz zum Atmen", befiehlt er.

Lana legt eine Decke um Wrens Schultern. Ich jogge zum Kühlschrank, um ihr ein Glas Wasser zu holen.

Matthias hält es so, dass Wren trinken kann. Nach einem Moment kehrt die Farbe in ihre Wangen zurück und sie räuspert sich. „Sie sind am Leben. Ich kann sie beide spüren."

„Hast du einen Eindruck davon erhalten, wo sie sind?", fragt Matthias.

Sie nickt. „In einem Stahlrahmengebäude, so wie die, in denen man ein kleines Flugzeug aufbewahrt. Ringsum habe ich eine Menge Land gespürt. Wald. Einige Berge. Es gab einen Stapel Kartons mit einem Logo darauf. Ein eingekreistes X. Der Kreis und das X bestanden beide aus Silberketten."

„Verstanden." Matthias erhebt sich und zückt sein Handy. „Ich werde Kylie Bescheid geben. Sie verfolgt alle Privatflüge innerhalb der USA. Das wird ihr helfen, zu bestimmen, wohin Thompson die beiden möglicherweise gebracht hat." Er geht raus, um seine Telefonate zu erledigen.

„Das hast du gut gemacht", lobe ich Wren. „Danke schön."

Sie nickt. „Ich habe dich und Darius miteinander verbunden, damit du ihm die Botschaft überbringen konntest."

Gänsehaut entsteht auf meinen Armen. Ich weiß nicht, wie diese übersinnlichen Visionen funktionieren, doch als ich mit Darius neben dem Haus aus unserer Kindheit stand, fühlte sich alles real an.

„Ich habe ihm die Botschaft ausgerichtet", berichte ich.

„Dann ist es erledigt." Wren blinzelt und hebt den Kopf. Ihre Augen wirken verträumt. „Jetzt liegt es an ihm."

* * *

Darius

Ich komme zu mir und schlage um mich. Ich kann mich kaum bewegen. Ich befinde mich in einer aufrechten Position und schwere Ketten fesseln mich an eine harte Oberfläche.

Ich bin im selben Raum wie zuvor und von Wachen umringt. Thom und Paloma stehen einige Schritte entfernt.

„Darius." Paloma kommt zu mir, doch zwei Wachen packen sie und ziehen sie zurück. „Lasst mich los."

„Paloma", knurre ich. Ich mag es nicht, wenn sie jemand anfasst. Genauso wenig wie mein Bär. Er lauert unter meiner Haut, kämpft jedoch nicht, um rauszukommen.

Ich erinnere mich an meinen Traum – den Traum, von dem mir Teddy gesagt hat, dass es kein Traum war. Er fühlte sich so real an. Mein Gesicht pocht noch immer von Teddys Schlag. Der Schmerz ist gut, sauber und belebend im Vergleich zu der ekelerregenden Schwäche, die das Silber mit sich bringt.

In meinem Traum war mein Bär ein missgestaltetes Monster.

Nimm deinen Bären an, riet mir Teddy.

„Sag es ihm", befiehlt Thompson Paloma. „Erzähl ihm, was wir ihm und all seinen Gestaltwandlerfreunden antun werden."

„Lasst mich los und ich werde es tun", entgegnet sie. Er bedeutet den Wachen, sie loszulassen.

Paloma läuft langsam zu mir. „Darius, ich muss dir etwas erzählen." Sie tritt näher zu mir. Ihr hübsches Gesicht wirkt ernst. „Ich weiß nicht, ob wir aus dieser Sache rauskommen werden. Aber es spielt keine Rolle. Es ist nur wichtig, dass …" Sie holt tief und zitternd Luft. „Ich liebe dich. Ich werde dich immer lieben."

„Prinzessin", flüstere ich. Ich spanne mich in meinen Fesseln an und wünsche mir, ich könnte mich befreien und sie in den Armen halten.

„Egal, was passiert, ich möchte, dass du das weißt." Daraufhin wirbelt sie herum und packt sich die Armbrust, die auf einem Tisch in der Nähe liegt. Sie wendet sich der

Menge aus Thompsons Männern zu. „Wenn ihr ihm wehtun wollt, müsst ihr an mir vorbei."

„Nein." Ein großer Kerl mit einer schwarzen Sonnenbrille drängt sich zwischen seinen Kollegen hindurch. Er riecht seltsam, als wäre er mit Nelkenöl bedeckt. Andere Hinweise erhalte ich von seinem Geruch nicht. Er steuert auf Paloma zu, die stehen bleibt und die Armbrust meisterhaft hält. Sie bewacht mich so, wie ich sie bewachen sollte.

„Verletze sie nicht", schreit Thompson. Der große Kerl wird langsamer und Paloma schießt ihm in die Brust. Er brüllt und zieht den Pfeil heraus, doch das Betäubungsmittel wurde so gemischt, dass es schnell wirkt. Die Schwäche übermannt ihn und seine Beine knicken ein, woraufhin er zusammenbricht.

„Wer ist als Nächstes dran?" Paloma bleckt die Zähne. Sie sieht wie die Kriegerprinzessin aus, die sie ist.

Seit wir uns das erste Mal begegnet sind, hat sie mich Wikinger genannt. Denn sie brauchte es, dass ich einer war. Sie brauchte keinen zivilisierten Mann in einem Anzug. Sie brauchte einen Krieger. Jemand Starkes und Wildes, der vor nichts Halt machen würde, um für sie zu kämpfen.

Sie hat keine Ahnung, wie wild ich sein kann. Es ist Zeit, dass ich den Ruf beantworte und meinen Bären heraushole.

Ich brauche dich, teile ich ihm mit. *Unsere Gefährtin braucht dich.*

Gefährtin?

Wir werden sie markieren. Doch vorher müssen wir uns befreien.

Ich gebe die Kontrolle auf und es ist, als würde ich frische Luft einatmen, nachdem ich jahrelang die Luft angehalten habe. Meine Lunge füllt sich. Meine Muskeln schwellen an. Der Bär pumpt mehr Kraft in meinen Körper, als ich für möglich gehalten hätte. Das Silber unter meiner Haut brennt wie Säure, aber ich heiße den Schmerz willkommen.

Meine Arme und mein Oberkörper kribbeln vor unerträglichen Empfindungen. Metallische Tropfen, die Rot getönt sind, sammeln sich auf meiner Haut. Ich schwitze Silber aus. Silber und Blut. Ich blinzle und silberne Tränen laufen über mein Gesicht, wo sie Spuren aus Feuer hinterlassen.

Die Schwäche verlässt meinen Körper zusammen mit dem Silber. Jetzt muss ich nur noch die Ketten abschütteln.

Paloma schwingt noch immer die Armbrust und lenkt alle ab.

„Steht nicht nur rum. Schnappt sie euch", befiehlt Thompson seinen Männern. Sie rennen vor. Paloma schießt noch einen Pfeil ab, wird jedoch rasch überwältigt. Sie packen sie und bringen sie zu Thompson.

„Haltet sie fest. Ich werde die Injektion verabreichen." Er holt eine Phiole mit einer blauen Flüssigkeit aus einem Medizinkoffer und hält sie hoch. Ich kann den sauren Gestank von hier riechen.

Gift, brüllt mein Bär.

Rette sie, befehle ich ihm. Er zögert. Ich habe so lange gegen ihn angekämpft.

Es tut mir leid. Es war falsch von mir, dich zu unterdrücken. Du bist ein Teil von mir und ich brauche dich. Du bist meine Kraft.

Er geht auf seine Beine. Energie pumpt durch mich. Ich zerre an den Fesseln. Sie geben nicht nach, doch das solide Metall in meinem Rücken knickt ein.

„Nein." Paloma spannt ihre Arme an, lehnt sich gegen die Männer, die sie festhalten, und tritt mit den Beinen nach Thompson. Weitere Wachen eilen herbei, um ihre Beine zu packen.

„Haltet sie fest", befiehlt Thompson. Er nähert sich ihr mit einer Giftspritze in der Hand.

Ich beuge den Rücken und verbiege das Metall rings um mich. Die Ketten lockern sich so weit, dass meine Füße den

Boden berühren können. Ich kann stehen und habe den Metalltisch in meinem Rücken.

„Wa…?" Die Wache, die mir am nächsten ist, hört das Klirren der Ketten und dreht sich um.

Und ich lasse meinen Bären raus.

* * *

PALOMA

Ein Brüllen erschüttert die Wände und den Betonboden. Thom macht einen Satz und lässt die Spritze fallen, mit der er mich injizieren wollte.

„Was?" Er sieht verärgert aus und dreht sich zu der Störung um.

Eine Wache fliegt an uns vorbei und kracht in eine Gruppe aus sechs weiteren Wachen. Sie fallen wie Bowlingkegel um.

Darius ist auf den Beinen, nach wie vor an die Metallplatte gekettet, jedoch irgendwie in der Lage, sich zu bewegen. Er zerrt das ganze Gebilde mit sich. Die Ketten klirren, als er zu den restlichen Wachen trampelt.

„Erschießt ihn", schreit Thom. Er versucht, wegzurennen, und stürzt.

Die Wachen ziehen ihre Pistolen und feuern.

„Nein", kreische ich.

Darius wirbelt herum und die Kugeln treffen das Metall in seinem Rücken. Es erklingen weitere klirrende und knallende Geräusche, bevor eine riesige haarige Tatze nach oben greift, die Metallplatte packt und sie sich über den Kopf reißt.

Darius' Bär steht auf. Die Ketten fesseln noch immer seinen riesigen, haarigen Körper. Rauch steigt auf und ein zischendes Geräusch erklingt dort, wo die Ketten sein Fleisch verbrennen. Ihn scheint das allerdings nicht zu interessieren. Er fällt auf alle viere und rennt so schnell auf die Reihe aus Wachen zu, dass sie keine Zeit haben, aus dem Weg zu springen, bevor er sich auf sie stürzt. Pistolen und Menschenarme fliegen durch die Luft.

Ich erlaube mir, in den Armen der Wachen zu erschlaffen. Sie lassen mich fallen und allein, um ihre Waffen zu holen, und ich kann mich wegrollen.

Weitere Wachen bilden eine Reihe, um auf Darius zu schießen, und ich finde die Armbrust wieder. Ich suche hinter einem umgekippten Tisch Deckung, wappne mich für den Rückschlag der Armbrust und schieße auf die Wachen. Ich treffe sie nicht, lenke sie jedoch genug ab, da sie sich umdrehen und auf mich schießen, während ich mich ducke.

Die Gestalt von Darius' Bär krümmt sich. Sein Körper wird unfassbar groß. Die Silberglieder werden bis zum Äußersten gespannt und er platzt aus den Ketten.

Noch mehr Wachen strömen in die Halle.

„Pass auf", rufe ich.

Bär Darius achtet nicht auf meine Warnung. Er wütet bereits durch den Raum, packt die Ketten, die ihn einst fesselten, und schlägt mit ihnen um sich. Er wird zu einem Hurrikan aus Fell und Silberketten, der durch die Halle fegt, Wachen zerfetzt, Ausrüstung umwirft und Kisten zersplittert.

In dem Wahnsinn schießen die Wachen auf ihn, doch er greift sie unentwegt an. Die Kugeln scheinen ihn nur noch wütender zu machen. Er brüllt so laut, dass das Gebäude erzittert. Sein Pelz ist rot von seinem Blut und dem seiner Feinde.

Die meisten Wachen sind gefallen und wurden von dem tödlichen Wirbelwind umgemäht. Einige rennen zur Tür und der Bär verfolgt sie. Es erklingen feuchte, fleischige Laute und Blut spritzt. Es ist ein Massaker.

Dann ächzt jemand in der Nähe. Der große Gestaltwandler Hannibal regt sich. Ich erhebe mich mit der Armbrust, kann allerdings keine weiteren Beruhigungspfeile finden. Sie sind in dem Chaos verloren gegangen.

„Darius", rufe ich. „Wir müssen gehen."

Der Bär wirbelt herum. Seine goldenen Augen heften sich auf mich und ich verspüre einen Anflug von Furcht. Ist Darius dort hinter diesem wilden Blick?

„Darius", spreche ich mit ruhiger und fester Stimme, als würde ich mit Starlight reden. „Ich bin es. Das hast du gut gemacht." Ich mache einen Schritt und mein Fuß tritt in einen Fleck aus etwas Glitschigem. Ich gehe weiter und wage es nicht, nach unten zu schauen. „… aber es ist jetzt Zeit, zu gehen. Wir können fliehen. Gemeinsam."

Etwas packt mein Bein, ich kreische und verliere beinahe mein Gleichgewicht. Thom hat mich.

Ich schüttle ihn ab, doch er klammert sich an mich. „Lass mich los", knurre ich.

Ein riesiger Schatten fällt auf uns beide. Der Bär ist da und knurrt. Die Stücke braunen Fells, die nicht blutverkrustet sind, sträuben sich.

Er geht auf die Hinterbeine. *Dios*, er ist doppelt so groß wie Darius in Menschengestalt. Goldlöckchen würde sich in die Hose machen.

Ich will seinen Namen rufen, mein Mund ist jedoch zu trocken. Ich kann nur zu ihm hochstarren.

Mit einer riesigen, blutverkrusteten Tatze schiebt er mich sachte aus dem Weg. Seine Körperhitze ist wie ein Ofen, der mich versengt.

Er fällt auf alle viere, schiebt seinen Kopf in die Nähe von Thoms und bleckt die Zähne. Sein Mund ist groß genug, um Thoms ganzen Schädel zu schlucken.

Ich will eigentlich nicht zuschauen, wie der Bär jemanden frisst, kann den Blick aber nicht abwenden. Der Bär legt eine Tatze auf Thoms Brust, drückt sie jedoch nicht nach unten.

Stattdessen verwandelt er sich, bis Darius in Menschengestalt und wunderbar nackt dasteht. Seine Finger sind in Thoms Kragen geballt.

„Paloma", raunt Darius.

„Ich bin hier." Ich trete an seine Seite. Seine Wunden sehen auf nackter Menschenhaut schlimmer aus, doch vor meinen Augen schließen sich die schlimmsten Schnitte und Silberverbrennungen.

„Was willst du mit ihm machen?", fragt mich Darius. Seine Stimme klingt heiser.

„Ich habe Geld", sagt Thom rasch. „Ich werde dir alles geben, was du willst …"

„Du hast kein Geld", erinnere ich ihn. „Nicht mehr." Mein Stiefel trifft etwas Kleines, das daraufhin wegrollt. Ich bücke mich und hebe die Spritze auf, die er benutzen wollte, um mir Gift zu injizieren.

Ich weiß genau, was ich damit tun werde.

„Du hast mich jahrelang gefangen gehalten", sage ich zu Thom. „Du hast versucht, Wren zu töten."

Thom zuckt und öffnet den Mund. Darius' Knurren bringt ihn zum Schweigen.

„Du wolltest meine Gestaltwandlerfreunde zum Spaß jagen."

Darius sieht, was ich vorhabe, reißt Thoms Hemd auf und entblößt die schmächtige Brust des alten Mannes.

Ich gehe in die Hocke und bitte Darius: „Halt ihn fest."

Thom zappelt, doch Darius ist zu stark und packt den alten Mann, sodass er sich nicht mehr bewegen kann.

„Das ist für meine Eltern." Ich ramme die Spritze in Thoms Brust. Ich weiß nicht, welche Dosis Thom für mich vorbereitet hat, ich wette jedoch, dass es eine starke war. Er wollte mich bestrafen und schwächen. Außerdem hat er Herzprobleme. „Dann wollen wir dir mal eine Kostprobe deiner eigenen Medizin geben."

Thoms Augen rollen in seinen Kopf und er beginnt, um sich zu schlagen. Darius lässt ihn los, sodass Thoms Glieder auf den Betonboden trommeln. Wir schauen beide zu, wie er reglos wird.

Ich wende den Blick von seinem Körper ab und fühle nichts. Thom verdiente es, zu sterben.

„Du hast es geschafft." Darius schlingt seine Arme um mich. Ich umarme ihn sachte und löse mich von ihm.

„Du blutest."

„Es ist schlimmer, als es aussieht. Es ist nicht nur mein Blut."

„Wir müssen von hier verschwinden. Kannst du rennen?"

„Ja. Aber du musst es nicht tun. Steig auf." Er tritt zurück, sein ganzer Körper erbebt und er verwandelt sich wieder in einen Bären.

Ich nehme mir einen Moment, um mit der Hand über sein Fell zu streicheln. Es ist dicht und weicher, als ich es mir vorgestellt hatte. Der Bär grunzt mich an und hebt einen Arm, um mir auf seinen Rücken zu helfen. Ich lasse mich auf ihm nieder und packe eine Handvoll Bärenfell, damit ich nicht runterrutsche.

Hinter uns kracht es und Hannibal erhebt sich aus den Trümmern des Lagerhauses. Seine Brille ist runtergefallen und seine schwarzen Augen funkeln. Er bleckt die Zähne und seine Fangzähne werden vor meinen Augen größer.

„Geh", schreie ich und packe das Fell des Bären. Bär Darius trottet zur Wand und reißt ein Loch in die Metallverkleidung. Ich ducke mich, um meine Augen vor dem herabfallenden Schutt zu schützen. Die Muskeln des Bären spannen sich unter meinen Beinen an und wir schießen aus der Halle in den dichten Wald.

Einen Bären zu reiten, ist kein Vergleich dazu, ein Pferd zu reiten. Ich presse mich so gut wie möglich an den Rücken des Bären, er ist jedoch so breit, dass ich ihn nicht gut mit den Knien packen kann. Es hilft auch nicht, dass wir über unebenes Gelände galoppieren und Büschen und Bäumen ausweichen. Bär Darius greift immer wieder nach hinten, um mich auf seinem Rücken zurechtzuschieben.

Ich bekomme den Dreh raus, gerade als ein Brüllen hinter uns erklingt. Dieses Brüllen unterscheidet sich von einem Bärenbrüllen. Es klingt eher wie das Gebrüll eines Wasserbüffels. Etwas poltert hinter uns durch den Wald. Bäume fallen um.

Hannibal verfolgt uns.

Bär Darius beschleunigt sein Tempo. Ich presse mich flach an ihn und drücke seinen großen Bärenhals. Er sprintet regelrecht durch den Wald, doch Hannibal kommt immer näher. Was würde ich jetzt nicht für einen Betäubungspfeil geben.

Ein hoher Kiefernbaum biegt sich und kracht neben uns zu Boden. Darius schwenkt nach links, um ihm auszuweichen. Einige Sekunden später folgt ein anderer Baum.

Hannibal treibt uns in eine bestimmte Richtung. Doch wohin? Ich kann meinen Kopf nicht weit heben, ohne einen Sturz zu riskieren.

Über unseren Köpfen ertönt ein *Wop, wop, wop* Geräusch. Ich spanne mich an, da ich mit einem neuen Angriff rechne, aber es fliegt ein großer schwarzer Helikopter über uns. Der Wind von seinen Propellern schüttelt die Baumspitzen durch.

Bär Darius rennt über eine mit Felsen übersäte Lichtung und der Helikopter fliegt gen Boden. Canyon streckt den Kopf auf der geöffneten Seite raus.

„Dort lang", schreit er und wedelt mit dem Arm in westliche Richtung.

Es knirscht in der Nähe. Hannibal hat einen Baum entwurzelt und stemmt ihn hoch, um ihn auf den Helikopter zu werfen.

„Pass auf", kreische ich.

Der Baumstamm segelt durch die Luft auf Canyon zu.

„Shiitake!", schreit Canyon und duckt sich in den Hubschrauber.

„Haltet durch", brüllt Bern vom Pilotensitz. Der Helikopter saust nach Westen davon. Bär Darius folgt ihm und springt über Felsen. Ich werde so stark durchgeschüttelt, dass meine Beine in die Luft fliegen, um kurz darauf wieder auf Darius' Rücken zu krachen. Das Einzige, was mich auf seinem Rücken hält, sind meine Arme, die ich um den Bärenhals geschlungen habe.

Vor uns endet der Wald plötzlich. Ich kann nichts sehen, bis wir zwischen den Bäumen hervorbrechen, um über die felsige Oberfläche zu rennen. Wir befinden uns auf einer Klippe. Ich kann anhand der fallenden Bäume erkennen, dass Hannibal direkt hinter uns ist. Er hat uns in die Ecke gedrängt.

Bär Darius stürmt vorwärts. Wenn er so weitermacht, fliegen wir von der Klippe. Ich vergrabe mein Gesicht in seinem Fell.

In der letzten Sekunde schießt der Helikopter vor und taucht hinab.

Bär Darius springt …

Bern neigt den Hubschrauber auf die Seite …

Bär Darius packt die Kufen. Der Helikopter schaukelt wild, aber stürzt nicht zur Erde. Wir hängen in der Luft. Meine Arme spannen sich an und bemühen sich, sich an Darius zu klammern.

Hannibal hält schlitternd an der Klippenkante und wirft einen letzten Baumstamm wie einen Speer. Er saust durch die Luft. Bär Darius dreht sich, um ihm auszuweichen. Und ich verliere meinen Griff um seinen Hals.

„Darius", kreische ich.

Er verwandelt sich mitten in der Luft, streckt die Hand

aus und packt meinen Arm. Bei der Bewegung geht ein Ruck durch meine Knochen bis in meine Schulter, aber ich beschwöre ihn mit der Kraft meiner Gedanken, mich festzuhalten.

„Ich hab dich", sagt er. Seine Finger schlingen sich um meinen Bizeps und halten mich fest. Wir baumeln schwer atmend in der Luft, bis Canyon nach unten greift, um uns in den Helikopter zu helfen, und Bern dessen Geschwindigkeit drosselt und wegfliegt.

KAPITEL FÜNFZEHN

Paloma

Sobald wir auf dem Bad Bear Mountain landen, deutet Darius zu der kleinen Halle auf der Seite der Landebahn. „Du hast ein Begrüßungskomitee."

Neben Everest in Bärengestalt steht Wren.

Darius, dessen Haare und Bart erneut auf Wikingerlänge gewachsen sind, seit er seinen Bären rausgelassen hat, hilft mir aus dem kleinen Flugzeug. Nach der Helikopterrettung wechselten wir zu einem Kleinflugzeug. Bern übernahm das Fliegen und Canyon war der Kopilot. Die zwei benahmen sich ziemlich kompetent.

Sowie meine Füße den Asphalt berühren, renne ich über die Landebahn. Wren kommt mir auf halbem Weg entgegen und wir krachen in eine stürmische, feste Umarmung.

„*Gracias por Dios. Gracias por Dios.* Ich dachte, du wärst *gestorben*, Rencita."

„*Estoy bien* … ich bin okay. *Y tú?*", heult Wren in meinen Armen.

„Ich bin auch okay." Wir schluchzen beide vor Freude.

„Wo ist Thom? Was ist passiert?"

„Thom ist tot." Ich schaue über meine Schulter zu Darius, der hinter mir steht, als würde er noch immer meinen Rücken bewachen.

„Deine knallharte Schwester hat ihm eine Kostprobe seiner eigenen Medizin gegeben." Darius lächelt mich an.

„Du hast ihn getötet?"

„Ich habe ihm dasselbe Gift injiziert, das er für mich bereitgehalten hat, aber ich schätze, er hatte noch keine Toleranz dagegen aufgebaut, und du weißt ja, dass er Herzprobleme hatte." Ich zucke mit den Achseln.

Der große Bär auf der Landebahn trottet näher. „Ich vermute, du hast Everest kennengelernt." Ich bin mir nicht sicher, wie viel Wren über die Bären des Bad Bear Mountains weiß, das können wir jedoch später klären.

„Oh ja. Er hat mich herumgeführt." Sie sieht mich an und zieht eine Braue hoch. „Ich habe gehört, dein Freund ist ebenfalls ein Bär?"

„Das ist Darius." Ich löse mich widerwillig von ihr, damit sie Darius die Hand geben kann. „Er und seine Brüder haben uns das Leben gerettet."

Wren ignoriert seine ausgestreckte Hand und wirft sich für eine Umarmung in seine Arme.

Darius gluckst überrascht, bevor sich seine Arme heben und um sie schlingen. „Es ist schön, dich kennenzulernen, Wren."

„Ich werde nicht zum Internat zurückkehren", verkündet Wren energisch, als sie wieder aus Darius' Armen auftaucht.

„Nein, das wirst du nicht", stimme ich zu. „Ab jetzt bleiben wir zusammen. Abgesehen davon, wenn es an der Zeit ist, dass du ausziehst, aufs College gehst und die normalen Dinge tust, die junge Leute tun sollen."

„Das normale Zeug, das dir nicht *erlaubt* war", erwidert Wren düster. „Ich wusste immer, dass etwas nicht stimmte, aber du hast so getan, als wäre alles in Ordnung." Sie verpasst mir einen sanften Schubs. „Warum hast du mir nicht *erzählt*, was los war?"

„Ich wollte dich einfach nur beschützen und von seinem Wahnsinn abschirmen. Hättest du es gewusst, hättest du darauf bestanden, bei mir zu bleiben, und dann hätte er herausgefunden, dass du ebenfalls übersinnliche Fähigkeiten hast."

„Apropos übersinnliche Fähigkeiten." Darius lässt eine Hand auf Wrens Schulter fallen. „Wir haben gehört, dass du herausgefunden hast, wo wir festgehalten wurden."

Wren lächelt. „Ne, ich habe nur Hinweise gesammelt. Deine Hacker-Freundin hat den Rest in Erfahrung gebracht. Wie hat Teddy gesagt, heißt sie nochmal? Kylie?"

„Ja, Kylie."

„Aber ich habe dich und Teddy miteinander verbunden, damit er dir sagen konnte, dass du deinen Bären rauslassen sollst."

Ich drehe mich zu Darius um, dessen Mund aufklappt. „Das ist wirklich passiert? Ich dachte, es wäre eine Halluzination."

Wren sieht zufrieden mit sich aus, wie sie es auch sein sollte.

„Oh, ja. Habe ich dir erzählt, dass meine talentierte Schwester, ebenfalls übersinnliche Fähigkeiten besitzt?" Ich werfe stolz einen Arm um Wrens Schultern. „Sie hat eine Gabe dafür, in meinen Träumen zu erscheinen. Ich wusste nicht, dass du zwei andere Leute psychisch verbinden kannst."

„Ich habe es noch nie zuvor versucht", erklärt Wren. „Aber ich bin mir sicher, es hat geholfen, dass ihr zwei Zwillinge seid."

„Das bezweifle ich", brummt Darius. „Wir stehen uns nicht nahe."

Wren legt den Kopf auf die Seite, während sie ihn

mustert. „Für mich habt ihr euch sehr engverbunden angefühlt. Fast so, als wüsstet ihr nicht, wo einer von euch anfängt und der andere aufhört.“

Ich mache einen leisen ‚Mmh‘-Laut, weil das für mich in energetischer Hinsicht Sinn ergibt. Darius war mit seinem Bruder uneins, weil er mit sich selbst uneins war. Mit seinem eigenen Bären.

„Steigt ein, Leute!“ Lana winkt auf der Beifahrerseite eines glänzenden, weißen Jaguar-SUVs, der direkt neben uns hält. Teddy sitzt hinter dem Lenkrad. Beide steigen aus, um uns zu umarmen, bevor wir mit Wren auf den Rücksitz klettern.

„Wren kann bei uns wohnen“, sagt Lana. „Wir haben sie dort bereits untergebracht und ihr zwei müsst euch vermutlich ein Weilchen ausruhen und erholen.“

„Und euch um einige unerledigte Angelegenheiten kümmern“, brummt Teddy auf dem Vordersitz.

Darius bleckt die Zähne und knurrt ihn an.

Ich lache und packe Darius’ riesigen Bizeps. „Spricht er von dem, was ich denke, von dem er spricht?“

„Was ist das?“, will Wren wissen.

„Er muss sich aus meinen Bären-Angelegenheiten raushalten“, verkündet Darius.

Ich kichere. Lana fällt mit ein. Sogar Teddy stößt ein belustigtes Schnauben aus.

„Auf mich macht es den Eindruck, als hätte Teddy bei deinen Bären-Angelegenheiten recht gehabt“, erinnere ich ihn.

Darius’ Gesicht nimmt sanftere Züge an. „Ja, Bruder. Danke für den Schlag ins Gesicht. Er war genau das, was ich brauchte.“

* * *

Darius

Teddy und Lana setzen uns ab und ich trage Paloma in meine Hütte, wobei sie ihre Beine um meine Taille schlingt und sich ihre heiße Mitte ein Stück oberhalb der Stelle an mich presst, wo ich sie haben will.

„Prinzessin, ich werde dir die Kleider so schnell vom Leib reißen, dass du schreien wirst", warne ich sie und trete meine Stiefel im Türrahmen beiseite.

Ich spüre, wie mein Bär vor Aufregung brüllt, mache mir jetzt allerdings keine Sorgen wegen ihm.

Ich habe meinen Bären in meinem Kopf zu etwas Groteskem gemacht. Etwas Gefährlichem. Ein Monster, das die Leute verletzt, die ich liebe. Als ich in dem Lagerhaus wütete, realisierte ich, dass er zwar zu all diesen Dingen in der Lage ist, aber noch immer ich ist. Der Bär in mir war anfangs nur so wild, weil ich nicht alt genug war, um zu verstehen, wie man ein Bär ist. Die Pubertät setzte zu früh ein und unsere leibliche Mutter schenkte mir weder Verständnis noch erklärte sie mir, was es bedeutete, ein Gestaltwandler zu sein, oder wie ich damit umgehen sollte. Ich konnte meine tierische Seite nicht kontrollieren und das machte mir Angst, was natürlich meinem Bären Angst machte, woraufhin er unberechenbarer und gefährlicher wurde.

Ich wies meine tierische Seite in dem Glauben zurück, dass ich so die Kontrolle erhalten würde, nach der ich mich in dieser dunklen Zeit meines Lebens verzweifelt sehnte. Stattdessen geriet mein Bär *mehr* außer Kontrolle, wurde frustrierter und war nicht mehr in der Lage, Erfüllung zu erhalten.

In Bärengestalt zu wüten, um meine Gefährtin zu retten, war unendlich befriedigend. Nichts kann diesem Gefühl nahe kommen abgesehen davon, Paloma zu markieren.

Sie schlingt ihre Arme um meinen Hals und knabbert an

meinem Ohr, während ich durch die kleine Hütte marschiere. „Ach ja?", schnurrt sie. Sie will, dass ich sie zum Schreien bringe. Ich glaube, sie will, dass ich sie markiere, doch ich muss auf Nummer sicher gehen.

„Mh hmm." Ich trage sie ins Schlafzimmer und werfe sie aufs Bett.

„Weißt du, was jetzt passiert?" Ich nutze meine barsche Wikingerstimme bei ihr teilweise, weil ich weiß, dass sie es liebt, und teilweise, weil mein Bär rausgekommen ist. Ich lasse ihn durchschimmern. Seine Aggression ist meine Aggression. Meine Aggression ist seine.

„Wirst du mich markieren?", fragt sie.

Ich reiße mir mein Hemd vom Körper, ohne die Knöpfe zu öffnen, weshalb sie in alle Richtungen fliegen.

Paloma kichert.

„Das stimmt, Schönheit." Ich schlendere um das Bett. „Ist das für dich in Ordnung?"

Sie lächelt mich an. Ihr Gesicht ist vor Verlangen gerötet und ihre Augen schimmern trotz unserer Tortur hell. Sie nickt.

„Du hast keine Angst vor meinem Bären?"

Ihr Lachen ist so kräftig und warm wie Honig. „Warum sollte ich vor deinem Bären Angst haben? Er hat mich gerade vor dem Tod bewahrt."

Ich steige über sie.

„Außerdem ist er *du*, Darius. Er ist nicht irgendein getrenntes Wesen, zu dem du wirst. Du *bist* der Bär."

Ich grinse sie an wie der Idiot, der ich bin. „Das ist genau der Schluss, zu dem ich gerade gekommen bin, Prinzessin." Ich erobere ihren Mund und küsse sie gründlich auf die Art, wie ich es den Rest meines Lebens tun möchte. „Was beweist, dass du das perfekte Weibchen für mich bist, nicht, dass ich irgendeinen Zweifel daran hatte." Ich fahre fort, sie zu küssen, und reibe meinen steifen Schwanz an der Stelle zwischen ihren Beinen. „Du bist eine Person, die mich noch besser versteht, als ich mich selbst verstehe. Sogar besser als Teddy ... damit will ich nicht zugeben, dass mich dieses Arschloch möglicherweise besser gekannt hat als ich selbst."

Paloma lacht. „Es gibt allerdings noch eine Sache."

„Welche ist das, Täubchen?", grolle ich.

Sie rümpft auf die niedlichste mögliche Art die Nase. „Ich glaube, wir brauchen vorher beide eine Dusche."

Ein Lachen schießt aus meiner Kehle. „Du hast recht." Ich versuchte, mich auf dem Heimflug zu waschen, war jedoch mit Blut bedeckt, und es sind vierundzwanzig lange Stunden seit unserer extrem erfreulichen Dusche vergangen.

Ich hebe sie wieder hoch und trage sie ins Bad. Sie lacht, als ich sie auf die Füße stelle und das schmutzige, zerrissene, türkisfarbene Crop-Top über ihren Kopf zerre. Sie öffnet die Knöpfe meiner Jeans, während ich ihren Sport-BH vorne aufreiße.

„Darius!", ruft sie atemlos. „Wie machst du das überhaupt? Das sollte unmöglich sein."

„Prinzessin, es gibt mindestens ein Dutzend Dinge, die ich jetzt mit dir tun werde, die du früher für unmöglich gehalten hast."

„Ach ja? Zeig es mir", fordert sie mich heraus.

Herausforderung angenommen.

Ich reiße ihre Yogahose und Höschen zu ihren Knöcheln hinab und gehe dabei in die Hocke. Als sie den Stoff von ihren Knöcheln tritt, schiebe ich meine Arme zwischen ihre Beine, sichere ihren Rücken mit meinen Handflächen und stehe mit ihrer Pussy auf einer Höhe mit meinem Mund auf. Sie kreischt, lacht und duckt sich, damit ihr Kopf nicht gegen die Decke knallt. Ich verliere mich in ihrer Essenz. Meine Zunge taucht zwischen ihre Falten.

„Oh Gott!" Ihre Schenkel schließen sich um meine Ohren.

„Darius." Sie vergräbt ihre Finger in meinen schnell wachsenden Haaren und zieht an ihnen. „Oh, mein Gott."

„Ich wette, du wusstest nicht, dass das möglich ist", necke ich sie zwischen meinen Zungenbewegungen.

Ihre Schreie fallen wie Goldmünzen um mich herum herab. Funkelnde Belohnungen dafür, dass ich genau das tue, wozu ich geboren wurde. „Oh, bitte." Sie bebt, ihr zartes Fleisch verkrampft und entspannt sich. „Es ist ... es ist zu viel."

Ich weiß, dass sie das nur sagt, weil sie kommen muss.

Ich drehe mich um, fixiere ihre Hüften an der Wand und meine Hände wandern von ihrem Rücken zu ihren Achseln. Ihre Beine baumeln über meinen Armen und ihre Füße treten aus, als ich mit meiner Zunge in sie dringe.

„Darius ... Darius!", ruft sie alarmiert. „Oh mein Gott, bitteeee!", kreischt sie und zieht fest an meinen Haaren.

Ich sauge an ihrer Mitte, woraufhin sie bockt und kommt. Sie schluchzt vor Wonne und zittert am ganzen Körper, als ich sie sachte auf den Waschtisch senke, während ich das Wasser anschalte.

„Verlass mich nicht", murmelt sie und klammert sich an meinen Arm, als ich mich abwende. „Ich glaube nicht, dass ich schon aufrechtbleiben kann."

„Ich habe dich, Prinzessin." Ich stütze sie mit einer Hand an ihrer Taille, während ich meine Jeans ausziehe. Ich trage keine Boxershorts – meine Kleider wurden zerfetzt, als ich mich spontan in dem Lagerhaus verwandelte, aber zum Glück hatten die Drillinge Ersatzkleider zu unserer Rettung mitgebracht.

Sobald ich nackt bin, teste ich das Wasser und finde es warm vor. Daraufhin hebe ich meine hübsche Gefährtin mit mir in die Duschkabine. Ich lasse sie unter dem warmen Wasserstrahl stehen, während ich ein Seifenstück nehme und in meinen Händen rolle.

„Nein." Paloma greift danach. „Dieses Mal will ich dich waschen", verkündet sie und zieht mich vor, sodass wir unsere Positionen tauschen. „Ich muss diese großen, starken Bärenmuskeln fühlen." Ihre Hände finden meine Taille, streicheln meine Seite hinauf und gleiten in einem langsamen Kreis um meine Brustmuskeln.

Mein Schwanz ist steinhart, reckt sich ihr entgegen und Lusttropfen quellen aus der Spitze. Ihre offensichtliche Bewunderung meines Körpers gibt mir das Gefühl, als könne mein Bär jeden Moment aus mir hervorspringen. Anstatt die Empfindung von mir zu schieben, heiße ich sie willkommen. Ich lasse den Bären nicht raus, verschmelze jedoch mit ihm. Ich lasse meine Bärenseite an dem Moment teilhaben.

Ein tierähnliches Knurren dringt aus meiner Brust.

Paloma, die gerade noch meine Bauchmuskeln bewundert hat, schaut mir ins Gesicht. Ich sehe jedoch keine Angst in ihrer Miene. Nur Staunen. Sie hebt ihre Hände an mein Gesicht und streichelt meinen Kiefer entlang, bevor sie an meinem Bart zieht. „Deine Bärenaugen zeigen sich."

Ich greife nach ihr und der Moment, in dem ich ihr die Kontrolle überließ, endet mit einem Aufbranden der Lust. Ich packe ihren Hintern, ziehe ihren Körper an meinen und senke den Kopf, um ihren Mund erneut zu erobern. Sie schließt eine Hand um meinen Schwanz und ich stöhne.

„Lass mich dich waschen", raunt sie an meinem Mund.

Ich zügle meine Kontrolle. „Dein Wunsch ist mir Befehl, Prinzessin." Ich lasse sie widerwillig los, woraufhin sie mit dem Seifenstück über meine Brust, unter meine Achseln und über meine Schenkel gleitet, wobei sie meine extrem offensichtliche Erektion ignoriert.

„Dreh dich um." Ihre Stimme ist heiser. Ihre Nippel sind hart.

Ich drehe mich um und sie seift meinen Rücken ein, bevor sie ihre seifigen Hände über meinen Hintern und zwischen meine Pobacken gleiten lässt und meine Eier von hinten neckt.

„Ffffuuuck“, stöhne ich.

Ich kann nicht länger warten. Ich drehe mich wieder um, doch bevor ich die Kontrolle übernehmen kann, packt sie meinen Schwanz und hält ihn fest. Ich sterbe beinahe, als sie ihre seifige Handfläche meinen Schaft hoch und runter gleiten lässt.

„Oh, süße Taube. Du wirst mich wie einen Teenager zum Kommen bringen. Warte.“ Ich packe ihr Handgelenk und sie lässt mich los.

Ich hebe sie an der Taille hoch, um unsere Positionen wieder zu verändern, und wasche sie, wobei ich sie mit meinen Händen verehre, während mein Mund über ihre Gipfel und Täler wandert, saugt, leckt und an all den Stellen knabbert, die sie zum Schreien bringen.

„Okay!“, ruft sie schließlich.

„Okay, was, süße Taube?“

„Okay, ich glaube, wir sind sauber genug.“

Ich lache. „Mein Bär ist einer Meinung mit dir.“ Ich hebe sie hoch, schalte das Wasser mit dem Knie aus und trage sie aus der Dusche. Ich hole ein Handtuch, um sie darin einzuwickeln, doch es bleibt nicht lange an ihr, denn dreißig Sekunden später habe ich sie umgedreht und an die Wand gepresst.

„Gib mir diesen Hintern“, grolle ich und trete ihre Beine weit auseinander.

Sie beugt sich an der Taille vornüber und bietet sich mir an.

Ich will eigentlich viel charmanter sein. Ich wollte, dass dies eine langsame Verführung wird, nun ist es allerdings zu spät. Mein Bär schmeißt den Laden und er will sie *jetzt*.

Ich reibe mit der Spitze meines pochenden Schwanzes über ihre Spalte und teile ihre süßen Falten. Ich schaffe es kaum, mich zurückzuhalten und daran zu erinnern, dass sie praktisch noch Jungfrau ist. Ihr Körper ist nicht an meine Größe gewöhnt. Die Augen vor Konzentration fest zusammenkneifend zwinge ich mich, langsamer vorzugehen und Zentimeter für Zentimeter in sie zu dringen.

Sie stößt lüsterne Laute aus. Weitere Goldmünzen fallen auf meine Ohren.

„Lass mich in deine enge, saftige Pussy." Meine Stimme klingt zwei Oktaven tiefer als normal.

„Du bist drin, du bist drin", keucht sie, drückt sich mir entgegen und biegt den Rücken durch, um mich tiefer aufzunehmen.

„Mmmh, das ist es, Baby." Ich sinke etwas tiefer. „So gut. Du nimmst mich so gut auf. Oh, du magst den Dirty Talk, nicht wahr?", säusle ich, als sie noch feuchter wird und mir erlaubt, tiefer zu dringen. Ich weiche zwei Zentimeter zurück und schiebe mich wieder langsam vor. „Hmm? Willst du, dass ich dich hart von hinten ficke, Prinzessin? Ist es das, was dein Wikinger tut?"

„Mein Bär", wimmert sie.

Ich bleibe, wo ich bin, greife um sie herum und tippe sachte auf ihren Kitzler. Sie drängt sich mir entgegen und nimmt mehr von meinem Schwanz auf. „Du willst deinen Bären?"

„Ja. Ja, bitte."

Mit den Händen streichle ich ihre Seiten entlang, gleite um sie herum, schmiege sie an ihre Brüste und zwicke ihre Nippel, bevor ich wieder nach unten wandere, um mit den Daumen über ihr Kreuz zu streicheln. „Mmmh, du bittest mich so nett darum. Ich glaube, ich sollte dich gründlich ficken. Was meinst du?" Dieses Mal weiche ich weiter zurück, bevor ich tief in sie dringe und gegen ihre Zervix stoße.

Sie schreit auf.

„Brauchst du einen guten Fick, süße Taube?" Ich packe ihre Taille und ziehe mich zurück, bevor ich mit mehr Kraft in sie dringe. Sie ist tropfnass und überzieht meinen Schwanz mit ihren Säften. Ihr Fleisch ist seidig, prall und einladend.

„J-ja", trällert sie.

Ich spanne meinen Griff an und beschleunige mein Tempo, während ich mich in ihr bewege. Ich beiße meine Wange blutig, um meine Aggression zu zügeln. Damit ich nicht zu grob mit meiner hübschen Gefährtin umgehe.

„Ist das gut, Prinzessin? Nimmst du mich gerne tief auf?" Ich tippe wieder auf ihren Kitzler.

„Gott, ja", haucht sie.

„Dann nimm ihn auf." Ich ficke sie härter und mein Atem pfeift rau zwischen meinen Zähnen hervor.

„Ja!", kreischt sie. „Ich brauche dich. Ich brauche dich. Ich brauche dich."

Ihr Stöhnen erledigt mich. Ich verliere die Kontrolle und hämmere mich in sie. Meine Finger packen sie zu hart und meine Hüften klatschen gegen ihren umwerfenden, gepolsterten Hintern.

Der Raum dreht sich. Es ist zu heiß – der Dampf unserer Dusche benebelt noch immer den Spiegel. Ich spüre, wie meine Fangzähne ausfahren und sich bereit machen, Paloma zu markieren.

„Bist du dir sicher?", krächze ich und erinnere mich irgendwie daran, ihre Zustimmung einzuholen.

„Ja! Ich will das hier!", kreischt sie.

Ich schlinge meinen Arm um ihre Taille, packe sie vorne an der Kehle und hebe sie von der Wand weg, sodass ihr Kopf an meine Schulter fällt, während ich in sie dringe. „Mein", knurre ich, wobei meine Stimme überhaupt nicht menschlich klingt. Ich massiere ihren Kitzler, während ich komme, und sie kommt im gleichen Moment zum Orgasmus wie ich. Meine Zähne sinken in den fleischigen Teil ihrer Schulter und betten das Serum, das meine Zähne überzieht, für immer in ihr Fleisch ein.

Sie zuckt vor Schmerz zusammen und einen schrecklichen Moment lang glaube ich, dass mein Bär durchdrehen wird, doch mir wird bewusst, dass ich die komplette Kontrolle habe. Ich ziehe meine Zähne sofort aus ihrem Fleisch, lecke das Blut weg und küsse ihren Hals. „Das ist es, süße Taube. Es ist jetzt vorbei", raune ich, während meine Fingerspitze nach wie vor ihren Kitzler massiert. „Du bist jetzt die Meine. Meine Gefährtin. Für immer."

Sie kommt erneut zum Orgasmus, zittert und keucht in meinen Armen, während sich ihre Muskeln um meinen Schwanz verkrampfen und mir noch einen Höhepunkt abringen.

„Ich liebe dich, Paloma. Ich liebe dich so sehr. Mehr als jemanden oder etwas in meinem Leben."

KAPITEL SECHZEHN

Darius

Sie stößt ein Schluchzen aus – ob es einen emotionalen Ursprung hat oder nur ein Zeichen körperlicher Erleichterung ist, weiß ich nicht.

„Bist du okay, Schatz?" Ich halte sie fest und küsse sie überall, wo meine Lippen sie erreichen können. „Es tut mir leid, dass ich dir wehgetan habe. Ich will dir nie wieder wehtun. Nie wieder."

„Ich weiß, es ist okay. Ich bin okay." Sie klingt weinerlich, weshalb ich mich aus ihr zurückziehe und sie in meine Arme schwinge, um sie zum Bett zu tragen.

Ich bin erleichtert, als ich ihr Gesicht sehen kann. Sie scheint keine Schmerzen zu haben – sie sieht aus, als wäre sie in Ekstase. Meine unglaubliche, hübsche Gefährtin.

„Glaubst du, dass ich dich liebe?", frage ich. „Ich möchte, dass du weißt, dass es nicht nur an den Pheromonen liegt. Du *bist* meine vom Schicksal bestimmte Gefährtin, aber für mich ist es so viel mehr. Ich finde dich unglaublich, Paloma. Du bist mutiger als jeder Krieger und verflucht klug. Und du bist freundlich und loyal. Die Opfer, die du für deine

Schwester erbracht hast, sind …" Meine Augen werden heiß, als ich daran denke, dass ich meine Brüder und den Bad Bear Mountain im Stich ließ, während ich mir einredete, ich würde das alles für sie tun.

Paloma greift nach meinem Gesicht, während ich mich so mit ihr auf das Bett setze, dass wir einander zugewandt sind. „Denkst du an Teddy?"

„Ich habe an all meine Brüder gedacht. Was für ein Idiot ich war. Ich habe mir eingeredet, dass ich gehen und Reichtum anhäufen müsste, um sie alle zu retten, dabei bin ich in Wahrheit bloß vor meinem Bären davongerannt."

„Dem Bären, den ich liebe." Sie streichelt über meinen bärtigen Kiefer.

„Du liebst meinen Bären?" Ich heische nach ihrer Zustimmung. Beim Schicksal, es ist schockierend, wie verletzlich ich mich gerade fühle. Paloma liebt mich möglicherweise nicht. Sie hat keine Bärenpheromone, die ihr sagen, dass ich das richtige Männchen für sie bin. Aber sie hat mir erlaubt, sie zu markieren. Das muss etwas bedeuten.

„Ich liebe *dich*", verkündet sie bestimmt und hebt ihre weichen Lippen, um sie auf mich zu drücken. „*Und* deinen Bären. Denn ihr seid ein und derselbe."

„Du hast mich gerettet", wird mir bewusst. „Ich war nur ein halbes Männchen mit einer unterdrückten Seite, die ich abgestritten habe. Und du hast mich befreit. All diese Zeit dachte ich, ich würde dich retten, dabei war es andersherum. Genauso wie ich mir einredete, dass ich meine Brüder retten würde, indem ich nach New York zog."

„Nein." Paloma lacht, ihr Gesichtsausdruck wirkt jedoch leicht gequält. „Du hast mich definitiv gerettet. Gott, ich war buchstäblich versklavt. Wenn du nicht gekommen wärst, wäre ich jetzt nicht nur Thoms Börsensklavin, sondern auch noch die Sexsklavin irgendeines Arschlochs." Sie erschaudert.

Mein Bär kommt voller Zorn an die Oberfläche und ich lasse ihn laut knurren.

Paloma ist furchtlos. Ihre Augenwinkel kräuseln sich, als sie noch einen Kuss auf meine Lippen drückt. „Da ist er", schnurrt sie.

Wir werden beide ernst und erinnern uns daran, was sie durchgemacht hat. „Ich kann nicht fassen, dass Thom von Gestaltwandlern wusste und sie jagen wollte."

Ich mache ein finsteres Gesicht. „Ja, es gibt eine Geheimgesellschaft superreicher Leute auf der ganzen Welt, die Gestaltwandler verkaufen … meistens sind es Jugendliche, die sich zum ersten Mal verwandelt haben oder bald verwandeln werden. Sie nennen sich Venatores."

„Richtig. Latein für *Jäger*. Thom hat mir das erzählt, als du bewusstlos warst."

„Ja. Sie haben sich nach den ausgebildeten Jägern im antiken Rom benannt, die an öffentlichen Spektakeln namens *Venationes* teilnahmen. Bei diesen Spektakeln wurden wilde Tiere in Arenen gejagt und getötet. Es war eine beliebte Form der Unterhaltung. Ich schätze für die Venatores von heute, ist ein Gestaltwandler – ein Mensch mit einem wilden Tier – ein besserer Gegner."

„Widerlich." Zorn flammt wild und beschützend in Palomas Blick auf. „Diese Männer sind so verkorkst. Moralisch verwerflich. Sie müssen zu Fall gebracht werden."

„Ja, daran arbeitet die Gestaltwandler-Spezialeinheit, die du kennengelernt hast."

„Und um Himmels willen, *Jugendliche zu jagen*, die sich gerade erst verwandelt haben? Das ist einfach nur krank."

„Da bin ich ganz deiner Meinung."

„Vielleicht kann ich helfen. Ich kenne viele von Thoms Kumpanen."

„Das wäre hilfreich. Ich bin mir sicher, das Team wird allen Spuren gründlich nachgehen, die du ihm geben kannst oder die es jetzt ausgraben kann, da es weiß, dass Thom Teil der Organisation war."

Paloma blinzelt mich an und ihr Blick umwölkt sich noch mehr. „Werde ich jetzt wegen Mordes gesucht?"

„Nein." Ich streiche eine Haarsträhne hinter ihr Ohr. „Auf keinen Fall. Die Spezialeinheit ist zurückgeblieben, um aufzuräumen. Ich vermute, sie haben eine Explosion insze- niert oder einen Flugzeugabsturz oder so etwas, um alles zu vertuschen."

„Oh!" Paloma lacht. „Mir ist erst jetzt bewusst geworden, dass sie deswegen Feuerwerke gezündet haben, als wir bei Lockepoint gelandet sind. Sie haben die Schüsse übertönt! So klug."

„Ja." Ich fahre leicht mit den Fingern um die Wunden, die ich auf Palomas Hals hinterlassen habe. „Wie sehr hasst du mich gerade wegen dem hier?"

Sie lacht. „Morgen werde ich dich vielleicht hassen, doch momentan fühle ich mich unglaublich."

Ich entspanne mich ein wenig. „Das Serum hat vielleicht eine berauschende Wirkung bei Menschen … ich weiß es nicht. Ich werde Matthias fragen. Wir sollten diese Biss- wunde im Auge behalten, um sicherzugehen, dass sie sich nicht entzündet, obwohl mein Speichel die Heilung beschleunigt und Infektionen verhindert."

„Okay." Palomas Lider sinken und ihr Kopf fällt auf das Kissen.

Ich glaube, wir waren beide vierundzwanzig Stunden am Stück wach abgesehen von der Zeit, in der ich betäubt war. Allerdings fühlt es sich an, als gäbe es noch so viel, was wir besprechen müssen. „Es gibt etwas, was ich dir nicht erzählt habe."

Paloma stützt ihren Kopf auf eine Hand und sieht müde aus. „Was ist das?"

„Bären paaren sich fürs Leben. Dich zu markieren, ist

mehr als eine menschliche Ehe. Du kannst dich nicht von mir scheiden lassen oder mich loswerden. Allerdings möchte ich nicht, dass du nach allem, was du durchgemacht hast, das Gefühl hast, eingesperrt zu sein."

Paloma betrachtet mich mit diesen großen braunen Augen. „Willst du damit sagen, dass ich dich jetzt am Hals habe?"

Ich nicke.

„Ich werde den Rest meines Lebens einen riesigen, knurrigen Bärenbeschützer haben?"

„Das stimmt, Prinzessin. Wir müssen jedoch nicht hierbleiben. Ich werde hingehen, wo immer du und Wren leben wollen. Ich kann von überall aus arbeiten, obwohl ich mir die letzten fünfzehn Jahre etwas anderes eingeredet habe."

„Und du kommst in einem Paket mit sieben riesigen Bärenbrüdern und einer Mom, die Winterruhe hält?"

Ich sehe das Funkeln in ihren Augen und kann endlich ausatmen. „Genau."

„Oh, verdammt." Ihre Lippen zucken und sie beugt sich vor, um meine zu küssen. „Das klingt absolut schrecklich, aber ich werde vermutlich zurechtkommen."

Ich streichle mit der Hand über ihre Hüfte. „Bist du dir sicher, Liebes? Ich weiß, wir haben uns gerade erst kennengelernt und Menschen umwerben sich normalerweise viel länger."

„Ich war mir noch nie in meinem Leben bei etwas so sicher", murmelt sie, schiebt ihr Kissen näher zu mir und kuschelt sich an meinen Oberkörper. „Doch jetzt muss ich eine Minute lang Winterruhe halten", murmelt sie schläfrig.

Mein Bär grollt leise und ist endlich zufrieden. Meine Gefährtin liegt in meinen Armen, genau dort, wo sie sein soll. Ich habe Rapunzel zwar aus ihrem Turm entführt, doch jetzt ist sie zufrieden damit, bei mir zu bleiben.

Ich drücke einen ehrfürchtigen Kuss auf ihre Stirn.

„Schlaf, Täubchen", raune ich, obwohl ihr Atem bereits tief und gleichmäßig ist.

* * *

Paloma

„Wach auf."

„Du solltest eines wissen", murmle ich. „Ich bin kein Morgenmensch." Die Jahre, in denen mich Thom zwang, von früh bis spät während der Handelszeit zu arbeiten, haben die tiefe Sehnsucht in mir geweckt, auszuschlafen.

„Gut, zu wissen." Darius küsst meine Schulter. Er hat seine Haare auf Wall Street Länge gekürzt, was verflucht sexy ist. Tatsächlich steht ihm jede Haar- und Bartlänge, die ich bei ihm gesehen habe.

„Schlaf, so viel du willst, Prinzessin. Nur damit du es weißt, ich habe gehört, dass Teddy und Lana uns zu einem großen Pancake-Frühstück eingeladen haben."

Meine Augen fliegen auf. „Okay, ich bin wach. Ich liebe Pancakes."

Darius' Brust rumpelt vor Lachen. „Wren hat ihnen erzählt, dass sie dein Lieblingsfrühstücksessen sind. Sie und Everest haben eine Bananas-Foster-Soße dazu gemacht."

„Ich bin auf, ich bin auf." Ich schlage die Bettdecke zurück und renne zum Bad.

„Lass dir Zeit. Ich mache dir einen Kaffee."

Einige Minuten später verlasse ich das Schlafzimmer in einer bequemen GoddessWear Yogahose und einem Top mit Spaghettiträgern, über das ich eines von Darius' Flanellhemden angezogen habe, damit es wärmer ist. Darius begrüßt mich mit einer heißen Tasse Kaffee und einem Kuss.

„Mmmmh, daran könnte ich mich gewöhnen." Ich reibe über sein stoppeliges Kinn. Vor einer Minute war er glattrasiert, doch jetzt ist sein Kiefer mit drahtigen goldenen Haaren bedeckt. „Wikingerbartküsse sind die besten.“

„Das ist mein Bär“, schimpft Darius. „Er macht sich bemerkbar.“

„Hallo, Bär. Danke noch einmal, dass du uns die Haut gerettet hast.“

Darius beugt sich nach unten und senkt den Kopf. Wir stehen Stirn an Stirn da und genießen unsere Zweisamkeit einen Moment lang. Wir haben in den letzten Tagen so viel durchgemacht, so viele Abenteuer überstanden und trotzdem überlebt. Ich habe noch immer nicht richtig verarbeitet, dass wir zusammen und in Sicherheit sind.

Etwas wiehert und schnaubt vor der Tür. Es ist ein vertrauter Laut – wie das Prusten eines Pferdes.

„Was ist das?“ Ich recke den Hals.

„Das ist das Willkommensgeschenk meiner Brüder für dich.“ Er schiebt mich zur Tür. „Sie haben einige Freunde von uns dazu gebracht, sie aus Lockepoint rauszuschmuggeln.“

Ich stelle meinen Kaffee auf einen Beistelltisch und gehe nach draußen. Auf der Lichtung vor der Hütte wartet mein Pferd Starlight. „Oh, Baby, du bist hier.“ Ich nehme ihre Zügel und küsse ihre Nase. Sie wiehert leise und begrüßt mich.

Darius kommt nach draußen, woraufhin sie den Kopf herumwirft, schnaubt und zurückscheut.

„Schhhh, es ist okay.“ Ich streichle ihre Flanken und erlaube ihr, vor Darius zurückzuweichen.

„Sie riecht meinen Bären.“ Er hält Abstand zu ihr.

„Sie wird sich an dich gewöhnen. Ich habe dich zu Beginn auch nicht gemocht.“ Ich schneide eine Grimasse und er grinst.

Axel und die Drillinge stehen am Waldrand. Ich führe

Starlight zu ihnen. Ihre Ohren spitzen sich, doch sie erlaubt mir, zu ihnen zu gehen.

„Vielen Dank euch allen." Ich ziehe jeden Einzelnen in eine Umarmung. Sie müssen sich nach unten beugen, um mich zu erreichen, aber sie können sich genauso gut daran gewöhnen. Ich werde nicht mehr wachsen und habe das Gefühl, dass wir uns oft umarmen werden.

Wir sind jetzt eine Familie.

„Sie sieht gut aus. Wer hat sie gestriegelt?"

Die Drillinge deuten auf Axel.

„Sie hat nicht so viel gegen mich", erklärt er und beweist das, indem er ihre Zügel nimmt und mit den Händen über ihre Mähne streicht. „Ich habe meine andere Garage ausgeräumt, um einen Stall für sie herzurichten."

„Wir können hier einen Stall bauen", bietet Darius an.

„Heißt das …", beginnt Bern und Canyon beendet seinen Satz, „ihr bleibt?"

Ich schaue Darius an und ziehe die Brauen hoch.

„Die Entscheidung liegt bei dir." Er greift nach meiner Hand. „Wenn du willig bist, bin ich bereit, nach Hause zu kommen."

Ich lächle. „Ich bin willig. Ich bin mehr als willig. Dieser Ort fühlte sich ab dem Moment wie ein Zuhause an, in dem ich hier ankam."

„Whooohooo", jubelt Hutch und als Starlight nervös zur Seite tritt, bringen wir ihn alle zum Schweigen.

„Yay", flüstern die anderen zwei Drillinge. Einer von ihnen stößt mit der kleinstmöglichen Bewegung eine Faust in die Luft.

Wir gehen zu Lanas und Teddys unglaublicher Hütte, die in ein Architekturmagazin gehört und über eine ganze Fensterwand mit Aussicht auf den Wald verfügt.

Wren betritt die Veranda, um mich erneut fest zu umarmen. „Pancake-Zeit!"

Sie sieht munter, glücklich und lebendig aus – so anders, wie sie in Thoms Villa oder übers Internat aussah. Es ist, als wäre etwas in ihr erwacht, als Thom starb. Oder vielleicht passierte es, als sie hierhergelangte. Es ist schwer, zu glauben, dass sie sich so wohl fühlt, nachdem sie die letzten Tage und Nächte unter völlig Fremden verbracht hat.

„Es tut mir leid, dass ich so lange geschlafen habe. Ist es dir hier oben gut ergangen?" Die große Schwester in mir muss sich immer noch um sie kümmern, obwohl es ihr eindeutig prima geht.

„Wir lieben es, sie hier zu haben!" Lana kommt aus der Küche und umarmt mich zur Begrüßung.

„Ja, ich liebe es hier", antwortet Wren. „Ich glaube, wir sollten bleiben."

Ich lache und schaue zu Darius auf, der weiterhin an meiner Seite steht und seine Aufgabe als mein Wächter-Bären-Gefährte viel zu ernst nimmt. „Genau das haben wir uns auch gedacht."

„Oh gut!" Sie wippt auf den Fußballen. „Denn ich habe ihnen bereits gesagt, dass du hier nicht ohne Starlight leben kannst und dann sind sie einfach losgegangen und haben sie geholt."

„Du warst dafür verantwortlich?" Ich grinse von einem Ohr zum anderen. Es ist beinahe schwer, so viel Freude zu empfinden.

Zu spüren, dass alles so perfekt sein könnte.

„Jepp." Wrens Blick wandert zu Tür, als würde sie nach einem oder allen Drillingen suchen.

In diesem Moment fliegt die Tür auf und Canyon, Bern, Hutch und Axel kommen herein.

„Pancakes, Pancakes, Pancakes!", skandieren die Drillinge. Sogar in Lanas und Teddys riesigem Haus füllt ihre Präsenz den Raum.

„Beruhigt euch", befiehlt Matthias. Er sitzt auf dem Sofa

und liest ein Buch. Er muss nicht einmal aufschauen und trotzdem beruhigen sich die Drillinge.

Ich bemerke einen Extrafunken Energie bei Wren, als sie mit schwingenden Hüften zur Küche läuft. „Sie sind fertig … kommt und setzt euch!"

Teddy kommt mit einer Platte mit einem Pancake-Berg aus der Küche, der höher ist als sein Kopf. Die Drillinge brechen in Jubelrufe aus.

Darius und ich folgen ihnen zu dem riesigen Esszimmer und nehmen Platz. Einen Augenblick später fällt ein Schatten auf mich. Im Fenster ragt ein riesiger hellbrauner Bär auf.

Everest.

Er steht auf den Hinterbeinen und hat seine Tatzen ans Fenster gestützt. Seine schwarze Nase presst sich ans Glas.

Teddy stellt die Pancakes ab und gibt dem Bären ein Zeichen. „Runter mit dir."

Der Bär legt den Kopf auf die Seite. Obwohl er riesig ist, sind seine kleinen runden Ohren niedlich.

„Awww, er hat Hunger." Wren stellt ein Tablett mit Sirupen in verschiedenen Geschmacksrichtungen und einen Topf mit der Bananas-Foster-Soße auf den Tisch, die sie gemacht hat, weil sie meine Lieblingssauce ist. Sie lässt sich neben mir auf einen Stuhl fallen.

„Du kannst nicht reinkommen", belehrt Teddy Everest. „Keine Bärengestalt im Haus."

„Everest", sagt Matthias ruhig.

Everest lässt sich fallen. Ich bin mir nicht sicher, wann ich mich daran gewöhnen werde, einen riesigen Bären direkt vor einem Haus herumlungern zu sehen. Oder auf einem Rugbyfeld.

„Werde ich ihn jemals in Menschengestalt kennenlernen?", frage ich.

Darius legt einen Arm über meine Stuhllehne. „Er ist

schüchtern. Wir sind Gegenteile. Ich habe meinen Bären nie rausgelassen. Er bleibt die ganze Zeit in Bärengestalt."

„Er muss sich daran gewöhnen, ein Mann zu sein", meint Teddy und wirft Matthias einen unglücklichen Blick zu, der am Kopfende des Tischs sitzt.

Matthias nickt. „Wir arbeiten daran."

„Wir versuchen, die ,keine Bärengestalt im Haus'-Regel jetzt einzuführen, bevor das Baby auf die Welt kommt", flüstert uns Lana zu. Sie reibt über ihren runden Bauch und beißt sich auf die Lippe. Sie sieht ein wenig schuldbewusst aus, während sie beobachtet, wie Everest in den Wald trottet.

„Gute Regel", erwidert Darius und stapelt Pancakes auf meinen und Wrens Teller. „Das hätte Teddy und mich davor bewahrt, unsere Stockbetten dreimal zu zerstören."

„Uns auch", kommentiert Hutch mit vollem Mund.

Axel stößt ihm den Ellenbogen in die Seite. „Sprich nicht mit vollem Mund."

„Wisst ihr noch das eine Weihnachten", beginnt Bern, woraufhin Canyon lacht und ihn unterbricht, um zu sagen: „Wir dachten, wir würden Santa Claus dabei erwischen, wie er durch den Kamin kommt ..."

„Und wir haben den Mörtel zerstört, der die Steine zusammengehalten hat", beendet Hutch die Geschichte. Die Drillinge und Axel brechen in Gelächter aus. Sogar Matthias gluckst.

Hutch wird ernst. „Das hat die strukturelle Unversehrtheit der Hütte zerstört und wir mussten ausziehen."

„Ja, das war ein Spaß", meint Canyon und die anderen Drillinge rempeln ihn an.

Teddy reibt mit einer Hand über sein Gesicht. „Kein Wunder, dass unsere Mutter Winterruhe hält."

Ich wage einen Blick zu Darius, doch er lächelt und sein Gesicht wirkt fröhlich. Die Geschichten von seinem außer

Kontrolle geratenen Bären und denen seiner Brüder belasten ihn nicht mehr.

Nach dem Frühstück gehen Darius und ich wandern. Wren und die Drillinge marschieren mit Picknickkörben voller Pancakes hinter uns her. Nach einigen Minuten trennen sie sich, um Everest zu suchen.

Darius und ich schlendern Händchen haltend über einen häufig benutzten Pfad. Der Wald ist friedlich, Vögel zwitschern und flattern von Baum zu Baum. Die kühle Luft riecht leicht rauchig. Der Winter steht bevor. Es ist beinahe Thanksgiving.

Ich habe viel, wofür ich dankbar bin. Meine Familie ist in Sicherheit. Wren, Starlight und ich werden die Freiheit haben, nach der wir uns immer gesehnt haben. Außerdem haben wir all die Liebe und Unterstützung unserer neugefundenen Familie. Das Frühstück heute Morgen war ein Vorgeschmack auf das sanfte Chaos, das damit einhergeht, wenn man sich in der Gegenwart so vieler übermütiger Bären befindet, und ich habe alles in mich aufgesaugt. Wren ebenfalls. Sie fühlt sich bereits wie zu Hause.

Außerdem ist es schön zu wissen, dass die Bären Hackfleisch aus unseren Feinden machen können, sollte uns jemand bedrohen.

„Also ist das in Ordnung für dich?", durchbricht Darius die Stille. „Auf dem Bad Bear Mountain zu bleiben?"

„Ich habe gerade gedacht, dass dieser Ort das Paradies ist. Frische Luft, atemberaubende Aussicht. Ein sexy Wikinger in meinem Bett." Ich lege den Kopf schief. „Was ist mit dir? Wirst du New York vermissen?"

Er stößt Luft aus. Ich glaube, ein Teil von ihm findet sich allmählich damit ab, wie sehr er seine Familie und sein Zuhause liebt. Wie sehr er hierhergehört. „Nicht wirklich. Meine Angestellten arbeiten hauptsächlich von zu Hause aus.

Ich könnte die Miete meines Büros und Penthouses morgen kündigen. Ich müsste nicht einmal packen."

„Es war nie wirklich dein Zuhause", bemerke ich.

„Nein."

Ich schweige einige Schritte lang und lasse das sinken. „Es hindert uns nichts daran, New York gelegentlich zu besuchen."

„Ja, das würde mir gefallen. Ich habe einige Freunde, die ich dir gerne vorstellen würde. Sully, der Kerl, der uns geholfen hat, zu dem Safe House zu gelangen, ist einer von ihnen. Aber ich glaube, wir gehören zu diesem Berg."

Ich lächle, doch dann kommt mir noch ein Gedanke. „Was ist mit Lockepoint?"

„Ich habe Leute angewiesen, dem auf den Grund zu gehen. Thoms Anwesen gehört quasi Gläubigern. Und soweit mir Kylie aufgrund ihres Hackens berichten konnte, wurde ein Großteil seines Reichtums einigen Privatfirmen geschenkt, die sich dem Naturschutz verschrieben haben."

„Im Sinne von … Naturschutzbemühungen, um die Erde zu retten?"

Sein Gesicht nimmt grimmige Züge an. „Wir glauben, dass sie in Wahrheit Briefkastenfirmen der Venatores sind."

Ein kalter Schauder durchfährt mich. Die Venatores sind noch dort draußen und stellen noch immer eine Bedrohung dar.

„Du und Wren seid hier sicher", sagt Darius.

„Ich weiß. Danke schön." Das hier ist vermutlich der sicherste Ort auf der ganzen Welt für uns.

„Wir werden weitergraben. Doch wenn es um Lockepoint geht … ich weiß nicht, ob du und Wren etwas erben werdet."

Ich zucke mit den Achseln. „Das ist okay. Wir brauchen sein Blutgeld nicht. Ich kann es mir selbst verdienen." Ich drücke seine Hand. „Ich warte noch immer auf eine offizielle Einladung, bei Mountain Top Investments zu arbeiten."

Darius erstarrt. „Das würdest du tun? Mit mir arbeiten?"

Ich drehe mich zu ihm um. „Natürlich. Ich mag Trading. Ich will bloß nicht jemandes Sklavin sein."

„Dann betrachte das hier als dein offizielles Angebot. Wie klingt eine fünfzigprozentige Inhaberschaft?"

„Perfekt." Ich lasse mich von ihm umarmen und für einen Kuss nach hinten neigen.

„Ich liebe dich, Täubchen", raunt er, kurz bevor er meinen Mund erobert.

„Ich liebe dich, mein Wikinger-Bär." Ich erwidere den Kuss

* * *

KEINE SORGE, es ist noch nicht ganz vorbei! Lese weiter für einen besonderen Epilog über Lanas Babyparty mit Lana, Paloma, Wren und einigen Gästen aus Taos. Und natürlich mit den Bad Boy Bären.

Paloma

Der Tag von Lanas Babyparty ist ein schöner, frischer Herbsttag. Darius und ich wandern früh zu ihrem Haus, um zu helfen, doch Lana hat ein ganzes Party-Planungsteam angeheuert. Daher ist bei unserer Ankunft bereits ein ganzes Brunch-Buffet auf dem Esstisch ausgebreitet und ein großes Zelt steht mit Tischen draußen vor dem Haus.

Es gibt einen Luftballonbogen in Regenbogenfarben und Tischdecken mit einem Muster aus Regenbögen, die an beiden Seiten von kleinen braunen Bären festgehalten werden.

„Kein Rosa und Babyblau?", ziehe ich Lana auf. Sie trägt ein lavendelblaues Loungewear-Set und zwischen ihren hellrosa Zöpfen befinden sich einige blaue.

„Ich wollte alle Farben. Teddy wollte braun für seinen Bären, weshalb die braunen Bären für ihn sind."

Die Partyplaner sind alle verschwunden, dennoch senke ich meine Stimme. „Glaubst du, das Baby wird ein Gestaltwandler werden?"

„Teddy sagt, vermutlich schon", antwortet Lana und

Teddy erscheint, als wäre er gerufen worden. Er marschiert an die Seite seiner Gefährtin und beugt sich nach unten, um einen Kuss auf ihren Kopf zu drücken.

„Ich wette, unsere Kinder werden alle Bären sein."

„Braunbären?", frage ich. „Wie du und Darius?"

„Ja." Teddy könnte seine Brust nicht mehr aufblähen, wenn er es versuchen würde.

„Everest hofft allerdings, dass das Baby einen Bären hat, der wie er eine Mischung aus einem Grizzly und einem Eisbären ist."

„Ist das genetisch überhaupt möglich?"

„Nein", antworten Lana und Teddy wie aus einem Mund.

„Werdet ihr das Everest erklären?"

Teddy seufzt nur.

Everests Bärengestalt bewegt sich zwischen den Tischen hindurch. Ich vermute, Lana veranstaltet die Party im Freien, damit er kommen kann.

Ich frage Darius danach und er nickt. „Wir werden bald ein Familientreffen abhalten, um mit ihm darüber zu sprechen, dass er wieder seine Menschengestalt annimmt. Ich glaube, er hat sich wie ein Bär vom Land ernährt."

Ich will ihm weitere Fragen stellen, doch Lanas Gäste kommen an. Sie hatte eine große Party in LA für ihre berühmten Freunde, weshalb die heutige Feier nur für Gestaltwandler-Freunde und Familie ist.

Ich stehe neben Darius und es ist beinahe zu viel, zu verarbeiten – da ist einfach so viel Liebe. So viel Zusammengehörigkeit. Nach zehn Jahren der Einsamkeit habe ich plötzlich alles. Es fühlt sich an, als würde mein Herz jeden Moment platzen.

Hutch und Bern haben mit dem Helikopter Frauen aus Taos abgeholt. Sie sind die menschlichen Gefährtinnen von Rafe, Lance und Deke, den Männern, die bei Wrens Rettung geholfen haben. Adele, Charlie und Sadie sind alle mit Lana befreundet.

„Kommen die Männer?", fragt Lana und umarmt jede Frau.

„Sie passen auf die Kinder auf", erklärt Charlie. „Das hier ist ein Mädelsausflug und wir sind nicht mit dem Auto gefahren. Also können wir etwas trinken!"

Ich biete ihr einen Cider an und sie bedankt sich mit einem Seufzen bei mir.

„Sie lassen ihre Glückwünsche ausrichten", sagt Sadie. „Und Deke und Lance haben sich darum gestritten, wer euch eine Babytrage schenken darf. Sie haben starke Meinungen in Bezug auf Babytragen."

„Wie geht es deinen Zwillingen, Sadie?", erkundigt sich Lana.

„Sie halten uns Tag und Nacht auf Trab", berichtet Sadie mit einem müden Lächeln. „Ansel ist eine Nachteule und Bonnie wacht im Morgengrauen auf. Zum Glück kommt Deke mit wenig Schlaf zurecht."

„Möchtest du Kaffee?", fragt Wren sie.

„Oder alkoholhaltigen Cider?" Ich halte mein Tablett hoch.

„Wie wäre es mit alkoholhaltigem Kaffee", schlägt Sadie vor.

„Das hört sich schon besser an." Adele strahlt und wir lachen alle.

Nach unserem feuchtfröhlichen Brunch übergeben wir die Geschenke. Adele gehört ein Schokoladengeschäft in Taos. Sie hat uns allen Geschenke mitgebracht – goldene und weiße Schachteln mit kleinen Schokoladenbären. Lana liebt die Bücher, die wir für das Kinderzimmer gekauft haben. Teddy und Darius führen beide unterschiedliche Babytragen vor, wobei sie Teddybären anstelle von Babys benutzen.

Meinen Eierstöcken gefällt es wirklich sehr, Darius ein

‚Baby' halten zu sehen. Er ertappt mich dabei, wie ich ihn anstarre, und seine Augen leuchten golden auf. Ich wende den Blick ab, bevor sein Bär auf Gedanken kommt.

Wren neigt sich zu mir. „Werden du und Darius mich zur Tante machen?"

Ich schlage spielerisch nach ihrem Arm. „Das wird noch eine Weile dauern. Wir wollen ein wenig Zeit für uns. Und ich will mir eine Karriere aufbauen."

„Ich mein ja nur, Darius wäre ein toller Hausmann."

Ich bringe sie zum Schweigen. Werbären haben ein supergutes Gehör. „Führe mich nicht in Versuchung." Als ich erneut aufschaue, betrachtet er mich mit einem sexy Blick und ich beschließe, dass ich nichts dagegen hätte, wenn er mir eher früher als später ein Bärenbaby machen würde.

„Werdet ihr eine Gender-Reveal-Party abhalten?", fragt Charlie Lana.

„Es ist noch zu früh, um das Geschlecht zu wissen. Außerdem hat Bern gestern drei Stunden damit verbracht, uns zu erklären, dass es mehr als das binäre Geschlechtersystem gibt." Lana lächelt den Goth-Drilling an. Er räuspert sich, als würde er gleich eine weitere Erklärung zum Besten geben, woraufhin ihn Hutch und Canyon packen und eine Hand auf seinen Mund drücken.

„Ich habe den Arzt gebeten, uns einige Bilder vom letzten Ultraschall zu geben", berichtet Lana. „Wir haben sie noch nicht gesehen." Sie hält einen Umschlag hoch. „Teddy, willst du ihn öffnen?"

Er nimmt den Umschlag und lässt einen gefalteten Streifen Schwarz-Weiß-Fotos fast bis zum Boden aufklappen. Es dauert einige Sekunden, bis wir begreifen, was wir sehen.

„Baby Eins", liest Lana die Beschriftung in dem Kästchen des obersten Bildes vor. Es folgt eine Reihe Bilder und dann noch eine Beschriftung. „Baby Zwei."

Teddys Hand beginnt, zu zittern. Lana greift nach der untertesten Bilderreihe. Wir starren alle das dritte Kästchen an.

„Baby Drei", liest Darius vor.

Teddys Augen sind weit aufgerissen und seine Lippen erstarrt. Darius nimmt die Bilder und legt sie auf den Tisch. Lana beugt sich mit den Händen auf dem Bauch vor.

„Heißt das …?"

„Das heißt", erklärt Matthias mit der tadellosen Feinfühligkeit eines Arztes, „dass ihr Drillinge bekommt."

Es entsteht ein verblüfftes Schweigen.

„Yeeeah", jubeln die Drillinge. Axel fängt an, langsam zu klatschen.

Sadie hat die Hände vors Gesicht geschlagen und lacht.

„Herzlichen Glückwunsch, Bruder." Matthias klopft Teddy auf den Rücken. Teddy taumelt leicht und Axel stützt ihn.

„Keine Sorge." Darius tritt vor, um seinen Zwillingsbruder zu umarmen. „Wir werden alle babysitten."

„Ja!", stimmen die Drillinge zu.

Teddy sieht aus, als würde er gleich ohnmächtig werden. „Ich weiß nicht, ob ich mich bei euch bedanken oder euch sagen soll, dass ihr euch von meinen Kindern fernhalten sollt."

„Komm her." Lana winkt ihn zu sich und er geht zu ihr. Er sinkt vor ihrem Sessel auf die Knie und lässt seine Stirn gegen ihre kippen. Wir wenden alle den Blick ab, um ihnen einen Moment für sich zu geben.

„Es ist okay, Papa Bär", murmelt Lana. „Wir schaffen das."

„Ich liebe dich, Babygirl." Teddys Stimme ist ganz belegt.

Nach einer Minute ausgedehnten Küssens räuspert sich Matthias. „Komm schon, Bruder. Lass uns etwas trinken. Und dann können wir Onkel vielleicht alle üben, Windeln zu wechseln." Er und Darius führen einen zutiefst erschütterten Teddy weg.

Lana klatscht in die Hände. „Wer will eine Führung des Kinderzimmers?"

„Ich nehme es zurück", flüstere ich Wren zu, während wir Lana ins Haus folgen. „Wenn Zwillinge und Drillinge in der Familie liegen, halte ich meine Beine möglicherweise geschlossen."

„Viel Glück dabei", gackert Wren.

Es ist Nachmittag, bevor wir die Party mit der letzten Aktivität beenden.

„Die Brüder haben einen Pumpkin-Pie-Backwettbewerb abgehalten", verkündet Lana. „Der Gewinner darf die Pies für Thanksgiving backen. Adele, spielst du die Preisrichterin?"

„Natürlich." Sie führt uns nach draußen zu einem Tisch, der mit Kürbissen dekoriert ist, um die acht Pumpkin-Pies zu präsentieren.

Matthias joggt mit einem breiten Lächeln im Gesicht den Pfad zu den Tischen entlang. „Brüder – und Schwestern – versammelt euch. Kommt alle her."

Ich geselle mich zu Darius, der daraufhin einen Arm um meine Schultern legt und mich dicht an sich zieht. Gemeinsam gehen wir zu Matthias.

Die Drillinge ignorieren ihn, doch er führt die Finger an seine Lippen und pfeift, woraufhin sie ihre Köpfe heben und zu ihm schauen. Er winkt sie zu sich.

Axel, Everest und die Drillinge stellen sich mit Darius, Teddy, Lana und mir in einem Kreis um Matthias.

„Ich habe Neuigkeiten", verkündet Matthias mit kräftiger, jedoch sanfter Stimme. „Ich komme gerade von Moms Hütte."

„Mom?", fragt Teddy.

„Ja", bestätigt Matthias. „Das ist es, was ich euch allen erzählen möchte. Mom ist wach."

* * *

WIR HOFFEN, dir hat Alphas Anspruch und Darius' und Palomas Geschichte gefallen. Falls ja, würden wir uns sehr über eine Rezension freuen. Sie machen einen großen Unterschied für Indie-Autoren.

Falls du Teddys und Lanas Buch (Alphas Rettung) noch nicht gelesen hast, klicke hier.

Für Jacksons und Kylies Buch (Alphas Versuchung) klicke hier.

Und lass dir die Taos-Paare unserer Gestaltwandler-Spezialeinheit-Reihe nicht entgehen!

Alles Liebe und knurrige Bärenbrüder,

Renee & Lee

KLICKE HIER, um eine kurze Bonusgeschichte zu lesen: Ein Bad Bear Thanksgiving

RENEE ROSE: HOLEN SIE SICH IHR KOSTENLOSES BUCH!

Tragen Sie sich in meine E-Mail Liste ein, um als erstes von Neuerscheinungen, kostenlosen Büchern, Sonderpreisen und anderen Zugaben zu erfahren.

https://www.subscribepage.com/mafiadaddy_de

LEE SAVINO: KOSTENLOSE NOVELLE

Hol dir ein kostenloses Exemplar von Gezeugt von den Berserkern und Eine Berserker-Geburt, indem du dich für meinen Newsletter anmeldest.

Der dritte Teil von Daegans, Brennas und Samuels Geschichte. Lies den ersten Teil in **Verkauft an die Berserker** *und den zweiten in* **Gepaart mit den Berserkern**. *Diese Novelle ist kostenlos, ein Geschenk.*

https://BookHip.com/PKRMGC

Unterwelt von Las Vegas

King of Diamonds: Was in Vegas passiert, bleibt in Vegas, Band 1

Mafia Daddy: Vom Silberlöffel zur Silberschnalle, Band 2

Jack of Spades: Gefangen in der Stadt der Sünden, Band 3

Ace of Hearts: Berühmtheit schützt vor Strafe nicht, Band 4

Joker's Wild: Engel brauchen auch harte Hände (Unterwelt von Las Vegas 5)

His Queen of Clubs: Russische Rache ist süß (Unterwelt von Las Vegas 6)

Dead Man's Hand: Wenn der Tod mit neuen Karten spielt

Wild Card: Süß, aber verrückt

Mountain Men

Held

Rebell

Krieger

Sündhaftes Chicago

Sündenpfuhl

Verwurzelt in Sünde

Wolf Ranch

ungebärdig - Buch 0 (gratis)

ungezähmt– Buch 1

ungestüm - Buch 2

ungezügelt - Buch 3

unzivilisiert - Buch 4

ungebremst - Buch 5

unbändig - Buch 6

Two Marks

ungebärdig - Buch 1 (gratis)

versucht - Buch 2

Begehrt - Buch 3

verzaubert - Buch 4

Wolf Ridge High

Alpha Bully - Buch 1

Alpha Knight - Buch 2

Step Alpha - Buch 3

Alpha King - Buch 4

Alpha Varsity - Buch 5

Bad Boy Alphas

Alphas Versuchung

Alphas Gefahr

Alphas Preis

Alphas Herausforderung

Alphas Besessenheit

Alphas Verlangen

Alphas Krieg

Alphas Aufgabe

Alphas Fluch

Alphas Geheimnis

Alphas Beute

Alphas Blut

Alphas Sonne

Alphas Mond

Alphas Schwur

Alphas Rache

Alphas Feuer

Alphas Rettung

Alphas Befehl

The Werewolves of Wall Street Serie

Der große böse Boss: Mitternacht

Der große böse Boss: Mondverrückt

Der große böse Boss: Markiert

Der große böse Boss: Miteinander

Bad Boy Bären

Alphas Anspruch

Mitternacht Doms

Alphas Blut von Renee Rose & Lee Savino

Ihr Vampir Master von Maren Smith

Ihr Vampir Held von Nicolina Martin

Ihr Vampir Schuft von Brenda Trim

Ihr Vampir Rebell von Zara Zenia

Ihre Vampir Leidenschaft von Tymber Dalton, die als Lesli
Richardson schreibt

Ihre Vampir Versuchung von Alexis Alvarez

Ihre Vampir Besessenheit von Tabitha Black

Ihr Vampir Verdächtiger von Brenda Trim

Seine gefangene Sterbliche von Renee Rose & Lee Savino

Die Gefangene des Vampirs by Kay Elle Parker

Vampirbeute von Vivian Murdoch

Die Meister von Zandia

Seine irdische Dienerin

Seine irdische Gefangene

Seine irdische Gefährtin

Seine irdische Rebellin

Seine irdische Frau

Ihr Gefährte und Meister

Zandianisches Haustier

Sein irdischer Besitz

Zandianische Bräute

Eine Nach md den Zandianern

Von den Zandianern gekauft

Von den Zandianer beherrscht

Das Licht der Zandianer

Festgehalten vom Zandianer

Vom Zandianer beansprucht

Vom Zandianer gestohlen

Die Berserker-Saga

Verkauft an die Berserker

Gepaart mit den Berserkern

Entführt von den Berserkern

Übergeben an die Berserker

Gefordert von den Berserkern

Die Frauen der Berserker

Gerettet vom Berserker – Hasel und Knut

Gefangen von den Berserkern – Weide, Leif und Brokk

Verschleppt von den Berserkern – Salbei, Thorbjorn und Rolf

Gebunden an die Berserker – Laurel, Haakon und Ulf

Berserker-Nachwuchs – die Schwestern Brenna, Sabine, Muriel, Fleur und ihre Gefährten

(demnächst)

Die Nacht der Berserker – die Geschichte der Hexe Yseult

Eigentum der Berserker – Farn, Dagg und Svein

Gezähmt von den Berserkern – Ampfer, Thorsteinn und Vik

Beherrscht von den Berserkern

Unschuld mit Stasia Black (Eine dunkle Liebesgeschichte)

Das Erwachen (Unschuld 2)

Königin der Unterwelt: Eine Dunkle Liebesgeschichte (Unschuld 3)

Die Gefangene des Biestes: Eine dunkle Romanze (Die Liebe des Biestes 1)

Die Rache des Biestes: Eine dunkle Romanze (Die Liebe des Biestes 2)

Der Soldat, der mich verführt

Draekons (Drachen im Exil) mit Lili Zander (Eine Sci-Fi Dreierbeziehung Romanze)

Draekon Gefährtin

Draekon Feuer

Draekon Herz

Draekon Entführung

Draekon Schicksal

Tochter der Dragons

Draekon Fieber

Draekon Rebellin

Draekon Festtag

ÜBER RENEE ROSE

USA TODAY Bestseller-Autorin RENEE ROSE liebt dominante, verbalerotische Alpha-Helden! Sie hat bereits über eine Million Exemplare ihrer erotischen Liebesromane mit unterschiedlichen Abstufungen verruchter sexueller Vorlieben und Erotik verkauft. Ihre Bücher wurden außerdem in *USA Todays Happily Ever After* und *Popsugar* vorgestellt. 2013 wurde sie von *Eroticon USA* zum nächsten *Top Erotic Author* ernannt und freut sich ebenfalls über die Auszeichnungen Spunky and Sassy's *Favorite Sci-Fi and Anthology Autor*, The Romance Reviews *Best Historical Romance* und Spanking Romance Reviews *Best Sci-fi, Paranormal, Historical, Erotic, Ageplay and Couple Author*. Bereits fünfmal gelang ihr eine Platzierung in der USA-Today-Bestsellerliste mit verschiedenen literarischen Werken.

Besuchen Sie ihren Blog unter www.reneeroseromance.com

ÜBER LEE SAVINO

Lee Savino ist eine USA Today-Bestsellerautorin von Smexy-Romanzen. Smexy, wie in "smart und sexy". Finden Sie sie in der Goddess Group auf Facebook und laden Sie ein kostenloses Buch unter www.leesavino.comherunter!

Sie finden sie unter:
www.leesavino.com

Sie lieben knurrige Alphas? Dann schau dir die Berserker-Saga an. Beginne mit **Verkauft an die Berserker.**